Sanctuary

Flucht in die Freiheit

Paola Mendoza ist Autorin, Filmregisseurin, Aktivistin und Künstlerin, die sich an vorderster Front für Menschenrechte einsetzt. Sie ist Mitbegründerin des »Women's March« und Co-Autorin des New-York-Times-Bestsellers »Together We Rise«. Mendoza hat ebenfalls bei preisgekrönten Filmen mitgewirkt.

Abby Sher ist Performerin und preisgekrönte Autorin. Neben Jugendromanen schreibt sie auch für diverse Zeitungen und Magazine, wie die New York Times, die LA Times, Elle u. v. m. Eins ihrer Essays war Vorlage für eine Fernsehshow. Sie schreibt Drehbücher und tritt selbst auf der Bühne und in Fernsehshows auf.

Stefanie Frida Lemke, geboren 1977 und aufgewachsen in der Nähe von Hannover, studierte nach einer Ausbildung zur Buchhändlerin Deutsche und Englische/Amerikanische Literaturwissenschaften in Hannover und Bristol. Nach verschiedenen Stationen in München und New York lebt und arbeitet sie seit 2010 als Übersetzerin in Berlin.

Paola Mendoza & Abby Sher

SANCTUARY

FLUCHT IN DIE FREIHEIT

Aus dem Englischen von Stefanie Frida Lemke

CARLSEN

Wir produzieren nachhaltig

- Klimaneutrales Produkt
- Papiere aus nachhaltigen und kontrollierten Quellen
- Hergestellt in Europa

FSC
www.fsc.org
MIX
Papier | Fördert gute Waldnutzung
FSC® C021394

Veröffentlicht in der Carlsen Verlag GmbH
Völckersstraße 14–20, 22765 Hamburg
Juni 2022

Aus dem Englischen von Stefanie Frida Lemke
Umschlagabbildung: © Dana Lédlová
Umschlaggestaltung: formlabor
ISBN 978-3-551-32135-0

Den Migrantinnen und Migranten, Geflüchteten und undokumentierten Immigrierten, die mir über die Jahre ihre Geschichten anvertraut haben, dieses Buch ist für euch. Die Kraft eurer Liebe, eures Mutes und eurer Würde lebt in diesen Seiten.

Meinem Sohn Mateo Ali,
du bist mein Licht, mein Wegweiser, meine Hoffnung.

– PAOLA

x

Für Sonya, Zev und Samson.
Ihr seid so außergewöhnlich, mutig und klug,
und ich freue mich wahnsinnig, zu sehen,
wie ihr euch voller Liebe in diese Welt stürzt.

– ABBY

KAPITEL 1

Nach fünfzehn Schritten war sie tot.

Fünfzehn – einer für jedes Jahr ihres Lebens, bevor es ausgelöscht wurde.

Ich saß am Küchentisch und hätte eigentlich Hausaufgaben machen müssen. Ich *machte* sogar Hausaufgaben, aber mein Handy vibrierte die ganze Zeit, also tippte ich schließlich auf die Benachrichtigungen, und da war sie.

Ihren Namen habe ich nie erfahren. In den Berichten wurde sie bloß »illegale Fünfzehnjährige« oder »fünfzehnjährige Immigrantin« genannt, je nachdem, wer über sie sprach.

In den Meldungen aus dem Untergrund wurde sie auch als »mutig«, »rebellisch«, »furchtlos« bezeichnet.

Und in den Nachrichten der Regierung hieß es, sie sei »von Krankheiten gebeutelt«, »illegal«, »kriminell« gewesen.

X

Dabei war sie einfach ein Mädchen in meinem Alter. Sie trug ein ausgeblichenes Mickey-Mouse-T-Shirt und Jeans-Shorts, die sie am Bund umgekrempelt hatte und die ihr trotzdem fast von den schmalen Hüften rutschten. Irgendwie hatte sie es über den Maschendrahtzaun entlang des ausgebrannten Streifens Land zwischen Tijuana und San Diego geschafft. Über die verrostete, kaputte Barrikade, welche die Menschen auf mexikanischer Seite zurückhalten sollte. Sie stand da als Narbe. Als Mahnung. Als Warnung. Ihre einzige Funktion war, zu sagen:

BLEIBT WEG. IHR HABT HIER NICHTS VERLOREN.

Das Mädchen im Mickey-Mouse-T-Shirt hatte keine Zeit für Warnungen. Sie wollte sich nicht einschüchtern lassen. Völlig unerschrocken löste sie sich vom Zaun und betrat das Niemandsland zwischen Mexiko und den Vereinigten Staaten. Das Mädchen war unbewaffnet, allein. Ihre dunklen Haare waren zu einem hüpfenden Pferdeschwanz zurückgebunden, und unter dem linken Auge hatte sie einen hellroten Kratzer. Abgesehen davon wirkte ihr Gesicht unversehrt, ruhig sogar, während sie über den staubigen Streifen Buschland zwischen Tijuana und der Mauer ging.

Richtig, *der* Mauer. Der *Great American Wall.*

An der überhaupt nichts großartig war. Sie war vielmehr grotesk. Mit den fünfzehn Meter hohen Stahlbetonpfeilern und dem dichten Metallgeflecht verstellte sie den Himmel. Stacheldrahtspulen verliefen in mehreren Reihen quer darüber, und obendrauf befand sich ein Gewirr von Funken sprühenden Elektrokabeln. Die Regierung hatte Milliarden von Dollar dafür ausgegeben und die komplette Reserve einberufen, um dieses Ungetüm zu bauen. Um uns vom restlichen amerikanischen Kontinent abzuriegeln.

Stehen bleiben! Sofort!, knurrte es aus einem Lautsprecher an der Mauer.

Genau genommen befand sich das Mädchen noch nicht einmal auf US-amerikanischem Boden. Doch wie der Präsident gern sagte, die Vereinigten Staaten von Amerika waren die großartigste Nation in der Geschichte der Großartigkeit, und wir mussten tun, was auch immer nötig war, um unsere heiligen Grenzen zu schützen. Deswegen war oben auf der Mauer eine ganze Kolonne der Grenzschutzpolizei aufgereiht. Grüne Zombies, wie ich sie nannte. In ihren olivgrünen Uniformen standen sie mit blassen, ausdruckslosen Gesichtern bewegungslos da, während sie auf das Mädchen hinabsahen. Sie trugen die neuesten AK-87-Gewehre auf dem Rücken und um ihre Beine liefen Deutsche Schäferhunde.

Denn das hier war ihr Land.

Und es war ihre Pflicht, die Vereinigten Staaten von Amerika zu schützen und zu verteidigen.

Was auch immer diese Fünfzehnjährige in Flipflops und rutschenden Shorts vorhatte, sie war jetzt zu einer nationalen Bedrohung geworden.

X

Wie gebannt beobachtete ich die langsamen, bedächtigen Schritte des Mädchens. Ich hatte Angst, hörte meinen eigenen keuchenden Atem.

»*Mi'ja*, was machst du da?«, fragte mich Mami. »Wenn du mit deinen Hausaufgaben fertig bist, geh ins Bett.«

»Warte, das musst du dir ansehen.«

»Nein, muss ich nicht.«

»Doch, Mami, musst du«, sagte mein kleiner Bruder Ernie, der gerade im Schlafanzug aus dem Badezimmer kam. Eben noch hatte er auf dem Handy Fußball geguckt, aber anscheinend hatte er dieselben Benachrichtigungen bekommen wie ich. »An der Mauer passiert was Seltsames«, erklärte er.

Mami nervten die ständigen Mitteilungen und Unterbrechungen von unseren Smartphones, auf die wir lange gespart hatten. Doch jetzt hörte sie auf, den Küchentresen zu wischen, und stellte sich hinter mich, um mit auf mein Handy zu gucken.

»*¿Qué es eso?* Ich kann überhaupt nichts sehen. Der Bildschirm ist winzig«, seufzte sie.

Mami erzählte uns gern, wie es früher war, als unsere kleine Familie in dieses Land gekommen war und wir alle zusammen auf einem einzigen Fernseher dieselbe Sendung gesehen hatten. Das war natürlich, bevor die Regierung das gesamte Rundfunksystem übernommen hatte. Bevor sämtliche Nachrichtensprecherinnen und -sprecher, die dagegen protestierten oder zu viel zu sagen hatten, rausgeschmissen und alle Filme und Sendungen, die unpatriotisch schienen, gestrichen wurden. Wenn wir etwas Unverfälschtes oder Außergewöhnliches mitbekommen wollten, mussten wir uns Livestreams im Darknet ansehen. Genau das taten wir gerade. Ich tippte noch einmal aufs Display, um den Livestream in ein Hologramm zu verwandeln. Wir drei pressten die Köpfe zusammen und blickten auf das flackernde Bild. Die Verbindung war schlecht. Die Kamera schwenkte umher und zeigte zwischen Hoffnung und Panik gefangene Gesichter.

»Das gefällt mir nicht«, sagte Ernie. Mir gefiel es auch nicht, aber wir konnten uns nicht davon losreißen. Wir konnten uns nicht bewegen. Wir konnten nur auf diese verrauschten Bilder starren, während das mutige Mädchen einen Fuß vor den anderen setzte – eins, zwei, drei.

Hinter der Barrikade in Tijuana hatte sich eine Traube von Menschen angesammelt, die riefen:

¿Qué estás haciendo? ¡Cuidado!

Was machst du denn da? Pass auf!

Ein Signalhorn ertönte. Ein zweiter grüner Zombie bellte durch die Lautsprecher:

Sofort zurück hinter den Zaun! Es ist untersagt, US-amerikanischen Boden zu betreten! Ich wiederhole: Es ist untersagt, US-amerikanischen Boden zu betreten!

Das Mädchen blieb stehen und hob die Hände, um zu zeigen, dass sie nichts Böses im Schilde führte. Sie blinzelte in die helle Westküstensonne, lächelte leicht und ließ die schlaksigen Arme wieder fallen. Ich fragte mich, ob sie mit dieser wilden Tapferkeit auf die Welt gekommen war oder ob sie einfach schon zu viel verloren hatte, um Angst zu haben.

Sie ging weiter.

»Warum macht sie das?«, flüsterte Ernie. »Warum hört sie nicht auf die Polizei?«

Ich wollte eine Antwort murmeln, aber meine Zunge fühlte sich viel zu groß an. Ich wechselte zu einem anderen Livestream in Tijuana – alle filmten jetzt das Mädchen. Manche von so weit entfernt, dass sie wie ein Fleck auf dem Display oder der Kameralinse wirkte, der zwischen den Betonpfeilern über das Bild kroch. Andere zoomten so nah heran, dass ich fast die Nasenhaare des Mädchens erkennen konnte. Wir beobachteten das Geschehen aus Tausenden Kilometern Entfernung, in der Sicherheit des abendlichen Vermont. Aber ich fieberte mit ihr, mein ganzer Körper zitterte. Ich wünschte, nur einen Funken ihres Muts zu besitzen.

Kein unbefugtes Betreten der entmilitarisierten Zone!, riefen die Zombies. *Ich wiederhole: Kein unbefugtes Betreten der entmilitarisierten Zone!*

»Dios mío«, sagte Mami leise und schnalzte mit der Zunge. Sie bekreuzigte sich und schluckte. Mami war ziemlich zäh und begegnete der Welt eigentlich immer mit Fassung. Trotz der Falten um ihre Augen ließ sie sich nichts von all ihren Sorgen und dem Kummer anmerken. Wenn sie jetzt Gott um Hilfe bat, war dies eindeutig die Stunde der Wahrheit.

Währenddessen machte das Mädchen noch einen Schritt

vorwärts. Und noch einen. Es sah aus, als würde sie jetzt richtig lächeln. Zumindest möchte ich sie so in Erinnerung behalten.

Das ist unsere letzte Warnung!, brüllten die Zombies.

¡Eres un héroe! ¡Cuidado!, rief die Menge hinter dem Zaun in Tijuana. In San Diego hatten sich inzwischen auch ziemlich viele Menschen hinter der Mauer versammelt. Sie riefen etwas, das klang wie: *Lasst sie durch! Lasst sie durch!*

Die Stimmen auf beiden Seiten wurden immer lauter und schienen das Mädchen zu beflügeln, es sah aus, als schwebte sie die nächsten paar Schritte. Elf, zwölf.

Ich zählte leise mit.

Sie hatte gerade den fünfzehnten Schritt in ihren Flipflops gemacht, da explodierte der Boden unter ihr. Flammen in Rot, Gelb und Orange schossen in die Höhe und rissen das Mädchen in Stücke. Verwandelten sie in Staub.

Alles um mich herum bebte. Es fühlte sich an, als wäre die Bombe in meinem eigenen Bauch explodiert und die Stoßwelle würde sich grollend durch mich hindurch ausbreiten. Noch nie hatte ich ein Licht so grell wie von diesen Flammen gesehen. Und am erschreckendsten war: Es gab keinerlei Geräusch. Oder vielmehr gab es nur die *Abwesenheit* von Geräuschen. Als wäre ein Loch in die Welt gerissen worden und wir müssten alle Luft, die noch übrig war, in einem riesigen Atemzug einsaugen und sie so lange wie möglich anhalten.

Ernie hielt die Stille nicht mehr aus. »Was ist passiert? Wo ist sie hin? Warum sehen wir sie nicht mehr?«, rief er panisch.

»Sie ist … sie ist …«, stammelte ich. Ich wusste nicht, wie ich erklären sollte, was gerade passiert war – weder ihm noch mir selbst. »Mami?«

Mami stand nur da und starrte auf das Hologramm, während Ernie und ich tausend nicht zu beantwortende Fragen stellten. Irgendwie mussten wir den Leerraum füllen. Weiterreden, denn zu reden bedeutete zu atmen, und zu atmen bedeutete zu leben, und zu leben bedeutete, dass wir immer noch existierten, auch wenn es in einer verrückten, beschissenen Welt war, in der ein fünfzehnjähriges Mädchen in die Luft gejagt wurde, weil es versucht hatte, die Grenze zu überqueren.

»Mami, hast du gesehen, was passiert ist?«, flehte ich. Als ich Mamis Schweigen nicht länger ertrug, packte ich ihre warme Hand und drückte sie.

»Sí, claro que sí«, murmelte Mami. Sie so verstört zu erleben, machte das Ganze nur noch schlimmer, realer. Langsam atmete sie aus, die Luft pfiff zwischen ihren Zähnen hindurch. Dann schloss sie die Augen, als wollte sie ausblenden, was sie gerade gesehen hatte. »Das war eine Landmine, *mi'ja*. Wie in Kolumbien.«

»Was?!«, rief ich. Als ob meine Wut das Geschehene ändern könnte. Wobei, vielleicht tat sie das auch, denn das Bild des Mädchens in Flammen verschwand. Die Verbindung war abgebrochen.

Ich fand einen Livestream von jemandem in San Diego, auf der anderen Seite der Mauer. Die Menschen dort klagten und brüllten: *Sie haben sie umgebracht! Sie haben sie umgebracht!*

Ein wütender Mob drängte in Richtung der Mauer. Die Leute warfen sich gegen die Stahlpfeiler, traten gegen das Metallgeflecht und zerrten daran.

Eine Horde grüner Zombies stürmte in die Menge. Es waren mindestens genauso viele wie oben auf der Mauer. Vielleicht sogar mehr. Sie ließen ihre Schäferhunde los. Die Hunde knurrten und schnappten wild um sich.

Dann wurde alles weiß.

Die Person, die unseren Livestream gerade filmte, rannte los. Eine Stimme rief: *Haltet die Luft an! Lauft!*

Anscheinend sprühte die Grenzschutzpolizei auf amerikanischer Seite Tränengas in die Menge.

»*Dios mío*«, keuchte Mami.

Auf dem Boden lagen sich krümmende und windende Menschen. Sie klammerten sich aneinander, rangen verzweifelt nach Luft. Dann war ein dumpfer Aufschlag zu hören und wir sahen nur noch einen Ansturm von Staub aufwirbelnden, vorbeilaufenden Füßen, teils in Sneakern oder Flipflops, teils nackt.

»Nein!«, flehte ich. Ich wollte durchs Hologramm greifen und der Person, die gerade gestürzt war, aufhelfen, aber ich musste einen anderen Feed finden, um zu sehen, was los war. Ich scrollte durch die Bilder. Die Menschenmengen auf beiden Seiten der Mauer vervielfachten sich mit jeder Sekunde. Der Zorn und die Verzweiflung wurden immer lauter. Die

Leute brüllten in ihre Kameras und schrien die Hubschrauber der Grenzschutzpolizei an, die jetzt über den Köpfen der Menschen kreisten.

In Tijuana kletterten einige über den Zaun und liefen auf die Überreste des Mädchens zu. *¡Era una niña!*, klagten sie. Mütter mit tränenüberströmten Gesichtern pressten ihre Kinder an sich.

In San Diego warfen die Leute Steine gegen die groteske »großartige« Mauer und schlugen darauf ein. Es klang wie immer lauter werdender Donner. *Nieder mit den Mauern! Keine Toten mehr!*, riefen sie. Die Menschen krallten sich an die Betonwand, versuchten den Stahl zu zerreißen, den Stacheldraht, den Hass, aus dem die Mauer gebaut worden war. Die grünen Hubschrauber schwebten wie eine Giftwolke über ihnen.

»Wozu sind die Hubschrauber da? Werden sie noch mehr Leuten wehtun?«, fragte Ernie mit kaum hörbarer Stimme.

»Ich glaube nicht. Nein, das können sie nicht«, sagte Mami und griff nach meinem Smartphone, vielleicht um es auszuschalten und uns davor zu bewahren, noch mehr zu sehen. Doch in dem Moment peitschte ein neues schreckliches Geräusch aus dem Handy-Lautsprecher.

Rat-tat-tat-tat-tat-tat-tat!

Aus den Hubschraubern wurde auf beiden Seiten der Grenze in die Menge geschossen.

»Nein!«, schrie ich.

»Dios mío santísimo …«

Immer mehr Kreischen und Stöhnen war zu hören. Die Menschen riefen in verschiedenen Sprachen nach Hilfe. Ernie vergrub den Kopf an Mamis Brust.

»Was ist … Was ist, wenn Tía Luna da ist?«, stotterte ich.

Mami stürzte zum Küchentresen, auf dem ihr Handy lag.

»Todo va estar bien. Tranquilos«, war alles, was sie sagte, während sie die Nummer ihrer Schwester wählte.

»Ruf Tía Luna an!«, schrie ich bereits in mein Telefon. Doch es erkannte meine verzweifelte hohe Stimme nicht. Also tippte ich mit zitternden Fingern ihren Namen ein.

Am anderen Ende der Leitung verkündete eine sterile Stimme:

Ihr Anruf kann zurzeit nicht entgegengenommen werden. Bitte versuchen Sie es zu einem späteren Zeitpunkt noch einmal.

Mami lief unruhig auf dem Linoleumboden umher, legte immer wieder auf und versuchte es von Neuem.

»Glaubst du, sie ist auch da?«, fragte ich. »Sie würde doch nicht dahin gehen, oder?«

»Nein. *No creo*«, sagte Mami, ihr Gesicht ein Knoten aus Wut und Schmerz. Sie legte ihr Handy weg und rang vorm Küchenfenster die Hände, als ob der Himmel ihr etwas anderes sagen könnte.

»Ich verstehe das nicht«, wimmerte Ernie. »Was ist denn los?«

Aus meinem Lautsprecher waren immer noch Schüsse zu hören. Ich konnte sie nicht zählen. Ich konnte gar nichts tun. Die Lücke zwischen uns und dem, was auch immer an der Grenze passierte, wurde immer größer, wie ein riesiges Loch.

Teilte uns in ein Hier und ein Da.

Ein Davor und ein Danach.

»Ich weiß es nicht«, sagte Mami. »Ich weiß nicht, ob Tía Luna da ist oder …«

Und dann war alles abgeschnitten.

Unsere Smartphones wurden schwarz. Es war nichts mehr zu hören, nichts mehr zu sehen. Es gab keine Verbindung mehr zu dem, was auch immer am anderen Ende des Landes los war. Es gab nur noch einen schwarzen Bildschirm. Angsterfüllt hielten wir die Luft an.

Und dann, ein paar Augenblicke später, erschien flackernd ein neues unheimliches Bild auf meinem Handy. Ein Bild, das ich noch nie von allein hatte erscheinen sehen. Wir blickten auf einen großen Schreibtisch mit einem leeren Stuhl dahinter. Der Tisch stand mitten in einem leeren Raum vor einer kargen grauen Betonwand, an der das Porträt des Präsidenten hing.

Ich wechselte zu einem anderen Feed und noch einem anderen. Doch sie zeigten alle dasselbe. Denselben Tisch, dieselbe Betonwand, dasselbe Porträt.

Als ob alles, was gerade passiert war, ausgelöscht werden sollte.

Als ob *wir alle* ausgelöscht werden sollten.

KAPITEL 2

In der Nacht tat Mami noch nicht einmal so, als würde sie schlafen. Sie warf sich neben mir auf dem Ausziehsofa herum, stand auf und legte sich wieder hin. Gegen drei Uhr morgens ging ich in die Küche, um mir ein Glas Wasser zu holen, da kochte sie einen großen Topf *ajiaco* – kolumbianische Hühnersuppe. Ihre langen, gewellten Haare fielen ihr aus dem sonst so festen Knoten. Sie schnitt und rührte unendlich langsam, während sie aus dem winzigen Fenster starrte. Der Himmel war kalt und stahlgrau, der abnehmende Mond bloß eine Sichel.

»Mami? Warum kochst du?«, fragte ich.

»¡Mi'ja!«, rief sie und drehte sich um. Sie blinzelte schnell, um alle Anzeichen dafür, dass sie einen Schreck bekommen hatte oder auch nur von meiner Stimme überrascht worden sein könnte, zu verbergen. Dann kam sie zu mir und legte mir ihre kräftigen Hände auf die Wangen. *»Vali, vete a dormir«*, sagte sie.

»Ich kann nicht schlafen«, sagte ich.

»Du musst«, erwiderte sie.

Mami war eine leidenschaftlicher Mensch und konnte knallhart sein. Ich war überzeugt, dass sie mit ihren nur eins fünfundfünfzig die Welt aufhalten oder Ernie und mich durch die Apokalypse tragen konnte – was auch immer zuerst erforderlich war. Sie hatte breite Schultern, einen tonnenförmigen Leib und wettergegerbte hellbraune Haut. Ihre dunklen Augen funkelten stets vor Entschlossenheit. Mami arbeitete auf McAuley's Dairy Farm knapp außerhalb von Southboro, der Stadt, in der wir in Vermont lebten. Gerade vor ein paar Wochen hatte sie geholfen, ein Kalb auf die Welt zu bringen. Es war eine Steißgeburt. Mami hatte mir erzählen wollen, wie aufregend es war, seine Plazenta aufzufangen, aber ich musste würgen. Mami war absolut nie zimperlich oder verängstigt. Ihre Überlebensregeln lauteten:

1. Liebe alle Lebewesen, groß wie klein.
2. Sorge dich nicht und danke dem Herrn für dein Leben.
3. Beschütze deine Familie um jeden Preis.

»*Mi 'ja, a dormir*«, sagte sie, ihre Stimme leise und rau. Ihre vollen Lippen formten sich nur dann zu einem Lächeln, wenn sie es wollte. Jetzt verzog sie den Mund missbilligend.

Ich tat es ihr nach, unser Gesichtsausdruck war fast identisch. Ich fand es schön, meiner Mami so sehr zu ähneln. Wir hatten die gleiche Hautfarbe, die gleichen langen Haare, sogar die gleichen Hüften. Wir trugen dieselben BHs, benutzten dieselben Lipliner und teilten unsere Liebe für Old School Reggaeton. Vor allem hatte ich das Gefühl, dass

Mami in mich hineinsehen, durch meine ganze Verwirrung und Angst dringen und auf mein Herz aufpassen konnte.

Normalerweise hätte ich nie gewagt, ihr zu widersprechen. Ich wäre zurück ins Bett gegangen, wie sie es mir gesagt hatte. Ich war ein sehr respektvolles Kind. Aber ich konnte meine Gefühle nicht einfach ignorieren und mich wieder hinlegen. Egal, was Mami mir einzureden versuchte, das hier war kein normaler Tag. Gerade erst vor ein paar Stunden hatten wir mitverfolgt, wie dieses Mädchen an der Grenze zwischen Mexiko und den Vereinigten Staaten in die Luft gejagt worden war, wie Leute in San Diego auf die Mauer losgingen und Schüsse in die Menge abgefeuert wurden. Das hier war der Morgen danach, oder vielleicht war es nur eine Fortsetzung des schrecklichen Moments, in dem wir uns hier befanden, während die Westküste in Flammen stand und niemand uns sagte, was los war.

Wenn ich mich noch mal hinlegte und die Augen zumachte, würde ich wieder das Mädchen mit dem hüpfenden Pferdeschwanz sehen, wie es von einem Augenblick auf den anderen von Flammen verschluckt wurde. Oder ich würde einschlafen und den nächsten Albtraum von ihr haben, wie sie auf eine Landmine tritt und ihr Körper explodiert und Eingeweide und Augäpfel und Fetzen ihres Mickey-Mouse-T-Shirts durch die Luft fliegen.

Oder von mir, wie ich über den Streifen Land renne, um sie wieder zusammenzustückeln, wohl wissend, dass es mir nicht gelingen wird.

»*¿Mi'ja?*« Mami drückte meine Wangen. »Ab.«

»Aber was ist mit Tía Luna? Hast du mit ihr geredet?«

Mami schüttelte den Kopf und wendete sich wieder dem Topf auf dem Herd zu.

»Gibt es immer noch keinen Empfang?«, fragte ich. Sie antwortete nicht. Doch ein Blick auf mein Handy verriet es mir. Die Regierung hatte alles abgeschaltet – Internet, Mobilfunk. Die Botschaft war klar: Hier gibt es nichts zu sehen und nichts zu tun. Man zeigte uns nichts weiter als einen leeren Stuhl und das Porträt des Präsidenten in einem Raum aus Beton.

Wir befanden uns in völliger Dunkelheit.

»Es gibt nur noch die Nationalen Nachrichten«, sagte Mami resigniert. »Dort wird ständig dasselbe erzählt. Von der Wirtschaft, die so gut läuft, und den Handelskriegen, die wir gewinnen. Und wusstest du, dass es eine neue Sandale mit … *cremallera* … mit Reißverschluss gibt? Die ist diese Saison sehr beliebt.«

»Was redest du da?«, rief ich ein bisschen zu laut.

»Schhh. *Por favor.* Ernie schläft noch«, flüsterte Mami. »Mehr sagt man uns nicht. Das sind alle Neuigkeiten, die ich für dich habe. Das sind alle Neuigkeiten, die es gibt.«

Ich griff nach Mamis Handy auf dem Küchentresen. Es war ganz warm. Sie hatte Tía Lunas Nummer seit dem Abend dreiundfünfzigmal angerufen. Ich rief ein vierundfünfzigstes Mal an, doch wieder hörte ich nur den nichtssagenden Spruch: *Ihr Anruf kann zurzeit nicht entgegengenommen werden.*

»Vali, *por favor*«, sagte Mami und nahm mir das Telefon ab, bevor ich die Nummer noch einmal wählen konnte.

»Ich will wissen, was los ist!«

»Ich auch, *mi'ja*. Aber man sagt uns jetzt nichts. Also geh schlafen.« Sie drückte mich schnell an ihre Brust, dann schob sie mich zur Küchentür hinaus. Und das war's.

Ich versuchte, wieder einzuschlafen. Ich versuchte es wirklich. Ich ging ins Wohnzimmer und legte mich hin, erst auf meine Seite des Betts, dann auf Mamis Seite, dann quer. Es ging einfach zu viel in mir vor. Ich sah Bilder von dem Mädchen, wie es einen Fuß vor den anderen setzte. Ich sah die Erde explodieren, die Kamera fallen, die rennenden Füße und den aufwirbelnden Staub. Ich hörte die wahnsinnigen Schüsse.

Ich nahm mein Handy und suchte nach Informationen über den letzten Abend. Aber es gab nichts. Oder vielmehr gab es nichts anderes als die Nationalen Morgennachrichten, mit bleich geschminkten Sprecherinnen und Sprechern, die auf Wetterkarten zeigten und vorgaben, aus leeren Bechern Kaffee zu trinken, und an der von der Regierung finanzierten Farce mitwirkten – über die Vereinigten Staaten, die zu einem wunderbaren neuen Tag erwachten. Obwohl ich ganz sicher wusste, dass wir uns in der schlimmsten Wirtschaftskrise der Geschichte der USA befanden. Hier wuchs nichts. Die Dürre tötete das Vieh und jede Art von Vegetation, das Wasser war strikt rationiert, und wir konnten froh sein, dass Mami überhaupt einen Job hatte.

Die Nachrichtensprecherinnen und -sprecher mit ihren weißen, geraden Zähnen verkündeten erfundene Wahrheiten, wie

Die US-Wirtschaft boomt!

Die Dürre ist fast vorbei!

Und sehen Sie sich diese wunderbaren neuen Sandalen an!

Ich konnte es durchaus verstehen. Ich konnte verstehen, wie das amerikanische Volk von diesen geistlosen Nachrichten hypnotisiert werden konnte. Ich wollte mich auch davon einlullen lassen und den Nachrichten glauben. Es wäre so viel einfacher gewesen.

Aber ich wusste, was es bedeutete, eine Lüge zu leben. Eine Lüge, wegen der ich Menschen gegenüber, die ich nicht kannte, schüchtern und unsicher war. Eine Lüge, die mich nervös machte, sobald ich Sirenen hörte oder wenn ich in der Schule eine Aufgabe bekam, die das Erzählen der persönlichen Familiengeschichte beinhaltete. Eine Lüge, die sich durch meine Ängste noch weiter verfestigte und immer größer wurde.

Für mich begann die Lüge, als wir Kolumbien verließen.

Mein Name ist Valentina González Ramirez, aber Menschen, die mich richtig gut kennen, nennen mich Vali. Ich wurde in der Stadt Suárez, eingekeilt zwischen Bergen im Norden der Provinz Cauca, geboren. Dort lebte ich, bis ich vier Jahre alt war, daher habe ich nur noch Erinnerungsfetzen von Farben und Geräuschen:

Die orange glühende Sonne, die durch unseren hölzernen Türrahmen fiel.

Das schnelle Keuchen von Papi, während er mit mir auf dem Rücken einen steilen, schlammigen Pfad emporlief.

Der Staub unter mir, der sich dunkelrot färbte, nachdem ich über die Schaufel eines Bergbaubaggers gestolpert war und mir die Unterlippe aufgeschlagen hatte.

Die Süße von Mamis Kochbananen auf unserem Herd.

Doch die Fäden, die diese Details miteinander verbanden, sah ich nicht. Ich wusste nichts von den großen Unternehmen, die unsere Stadt übernehmen wollten. Ich wusste nichts von den Morddrohungen und dass tatsächlich Menschen umgebracht wurden, wenn sie die Unternehmen davon abhalten wollten, das Gold unter unseren Bergen hervorzuholen. Und ich wusste definitiv nichts davon, dass meine Großeltern, meine *abuela* und mein *abuelo*, in ihrem brennenden Haus in den Flammen umgekommen oder dass fünf Mädchen gefoltert und in dem Fluss, in dem ich Schwimmen gelernt hatte, ertränkt worden waren.

Sie waren alle Opfer eines bewaffneten Konflikts ohne Kriegserklärung. Es handelte sich nicht mehr um den zweiundfünfzigjährigen Bürgerkrieg in Kolumbien, dieser Krieg war stiller. Fast noch tödlicher, weil er so verborgen und grausam war. Ein Krieg, getarnt im Gewand des Friedens.

Mami hatte mir das alles erzählt, nachdem wir in die USA gekommen waren. Sie sagte, sie vermisse Kolumbien jede einzelne Sekunde jedes Tages, aber dass die Berge und Flüsse voller Blut seien. Deswegen mussten wir unser Zuhause verlassen und uns hier ein neues erschaffen.

Tu naciste en Colombia pero también eres de acá, sagte Mami jeden Abend zu mir, bevor ich schlafen ging.

Und ich antwortete: *Naci en Colombia pero también soy de acá*.

Es war wie ein Gebet, eine Bitte. Ich würde immer Kolumbianerin sein. Genauso wie ich immer Amerikanerin sein würde. Zumindest fühlte ich mich wie eine Amerikanerin, nachdem ich jetzt schon seit zwölf Jahren hier lebte.

Zwei Wochen nach meinem vierten Geburtstag gingen Mami, Papi und ich über die Grenze nach San Diego. Ich erinnere mich noch genau an den Tag, weil ich Mami da zum ersten Mal weinen gesehen hatte und sie mir nicht sagen konnte, ob sie weinte, weil sie glücklich oder traurig war. Wir schliefen eine Zeit lang in einer Obdachlosenunterkunft, doch dort wurden Mami und ich von Papi getrennt, was mich wütend machte und mir Angst einjagte. Also beschloss Mami, dass wir stattdessen im Park schliefen, damit wir alle zusammen sein konnten. Papi fand eine Farm, auf der er und Mami tagsüber Tomaten pflücken konnten. Ich saß währenddessen hinter einem Schuppen und musste ganz leise sein, um niemanden zu stören. Von den ganzen Tomaten bekam ich Bauchschmerzen und ich wurde ziemlich oft von Bienen gestochen.

San Diego war wunderschön und schrecklich zugleich. Die Straßen waren breit und asphaltiert. Jeden Abend, wenn die Sonne unterging, verfärbte sie sich rosa. Es gab einen Vergnügungspark mit Achterbahnen und springenden Delfinen. Doch irgendwie fühlte ich mich ständig einsam, selbst als ich in den Kindergarten kam und Zeit mit Kindern meines Alters verbrachte. Ich wusste, ich war anders. Ich wusste, nicht alle Familien mussten sich einen Plan für den Fall überlegen, dass Mami oder Papi nicht von der Arbeit nach Hause kamen, weil die Einwanderungsbehörde sie geschnappt hatte. Ich wusste, es war nicht normal, dass ich jedes Mal zusammenzuckte, wenn jemand an die Tür klopfte.

Ich lernte den Treueschwur auf die Flagge der Vereinigten Staaten auswendig und sprach ihn beim täglichen Aufsagen in der Schule besonders laut. Auf dem Pausenhof freundete ich mich mit einem blonden Mädchen namens Rosie an. Sie sagte, dass ich ihre beste Freundin sei und jederzeit bei ihr schlafen könne. Doch als ich es einmal machen wollte, fragte mich ihr Vater, woher ich käme, und ich wurde so nervös, dass ich »Nirgendwoher!« sagte und nach Hause lief. Danach redete Rosie nicht mehr mit mir.

Mami, Papi und ich zogen in ein eigenes Apartment. Eigentlich war es ein Büroraum über einem Autohaus, daher roch es immer nach Benzin, und statt eines Kühlschranks hatten wir bloß eine Kühlbox. Aber es war unseres. Ich weiß noch, wie ich am Anfang der ersten Klasse unsere neue Adresse auf mein Notizbuch schrieb – für den Fall, dass ich es verlor. Und weil ich so stolz war.

Ich bettelte Mami ständig an, mir Jeans und Stirnbänder zu kaufen, damit ich aussah wie die ganzen beliebten Mädchen in meiner Klasse. Aber ich sah nicht aus wie sie. Egal, wie ich mich kleidete, ich hätte nie so ausgesehen wie sie. Ich war breiter und dunkler. Ein Mädchen sagte einmal, ich habe die Farbe ihrer Lieblingskaramellsorte. Ein anderes fragte mich, warum die Haare an meinen Armen so lang seien und ob ich ihr beibringen könne, das R zu rollen.

Ich wollte einfach nur mit der Schule fertig werden und arbeiten gehen wie meine Eltern. Ich erzählte ihnen, dass ich eines Tages Herzspezialistin oder eine berühmte Sängerin werden und genug Geld verdienen würde, um ihnen ein schickes Auto aus dem Autohaus unter uns zu kaufen – zum vollen Preis. Mami lachte und Papi sagte, er könne es gar nicht erwarten, damit zu fahren. Ich dachte, ein Auto wäre das, was sie am meisten brauchten. Sie rackerten sich beide in mehreren Jobs ab, um für Essen und Miete aufzukommen und für das neue Baby zu sparen. Mami war mit meinem kleinen Bruder Ernesto schwanger, der am selben Tag geboren wurde, als der Präsident Kaliforniens Gouverneur durch ein Mitglied seiner Regierung ersetzte, um für »Einheit und Integrität« zu sorgen.

Zu dieser Zeit wurden die Abschiebungsrazzien immer schlimmer. Jeden Tag gab es Aufstände und Proteste. Als der Präsident zum dritten Mal wiedergewählt wurde, erlaubten mir meine Eltern, am Abend aufzubleiben und mit ihnen Nachrichten zu gucken. Fassungslos sahen wir das Feuerwerk in Rot, Weiß und Blau losgehen während nördlich der Grenze die ersten Stahlträger in den Boden gerammt wurden.

Es geschah wirklich. Zwischen Mexiko und Kalifornien wurde die *Great American Wall* errichtet.

Kurz darauf traten die Pressezensurgesetze in Kraft. Papi warf unseren Fernseher raus und sagte, ab jetzt würden wir nur noch echte Nachrichten aus unabhängigen Quellen verfolgen. Doch die Regierung drang auf jede mögliche Weise in unseren Raum ein. Der Präsident erschien überall in riesigen, flackernden Hologrammen wie irgendein intergalaktischer Prophet. Er redete davon, dieses Land »säubern« zu wollen, damit es keine Obdachlosigkeit, keine Seuchen, keine Drogen und keine sonstigen Bedrohungen unserer Demokratie mehr gab.

In Wirklichkeit meinte er, keine undokumentierten Immigrantinnen und Immigranten mehr. Niemanden mehr wie uns.

Von nun an, erklärte er, müssen sich alle, die in den Vereinigten Staaten lebten, am Handgelenk einen ID-Chip unter der Haut einsetzen lassen. Auf den Chips würden alle Informationen über uns gespeichert sein – Ausweisnummer, Geburtsort, Blutgruppe, Krankheitsgeschichte, sogar Allergien. Die Chips würden alles viel einfacher machen, erklärte der Präsident. Mit einem simplen Scan wüssten wir ein für alle Mal, wer hierhergehörte.

Wer keinen Chip hatte, war offensichtlich »illegal«.

Sich einen Chip einsetzen zu lassen war schmerzlos und umsonst, aber vorgeschrieben. Wir mussten nichts weiter tun, als mit unserer Geburtsurkunde oder dem Nachweis unserer Staatsangehörigkeit in eine Klinik zu gehen. Die Chips waren so klein, dass sie mithilfe von ein bisschen Betäubungsspray durch eine Spritze injiziert werden konnten. Ich hatte zugesehen, wie Ernie seinen Chip bekam. Er war noch ein Baby und gab kaum einen Mucks von sich. Für ihn war es leicht, einen Chip zu bekommen, denn er war in den Vereinigten Staaten geboren.

Bei Mami, Papi und mir war es anders.

Während der Präsident noch vor dem Feuerwerk redete, fing Mami bereits an, alle, die sie in San Diego kannte, zu kontaktieren und um Hilfe zu bitten. So machte sie jemanden ausfindig, der in seiner Küche gefälschte ID-Chips einsetzte. Er nahm fünftausend Dollar pro Stück, was viel mehr war, als meine Eltern hatten, selbst wenn wir in Raten zahlten. Papi sagte, er würde sich später einen Chip holen, es sei wichtiger, dass Mami und ich einen hätten. Er sagte, er würde vorsichtig sein, es würde alles gut gehen.

Der Chip war nicht größer als ein Reiskorn, aber als der Mann in meine Haut schnitt, tat es so sehr weh, dass ich ohnmächtig wurde – eine Betäubung hätte extra gekostet. Ich hatte mir fest vorgenommen, mutig zu sein. Ich drückte Mamis Hand und sah ihr fest in die Augen. Sie hatte diesem Mann buchstäblich jeden Penny gegeben, den wir besaßen. Als ich aufwachte, war ich

Amelia Catherine Davis
Ausweisnummer 072 54 3998
Geboren am 22. 07. 2016, in Arcata, Kalifornien
Blutgruppe: A+, braune Augen, keine Allergien

Ich wusste nicht, wer Amelia Catherine Davis in Wirklichkeit war. Ich wusste noch nicht mal, ob sie tot war oder noch lebte. Ich wusste nur, dass sie mir eine neue Identität gegeben hatte, eine neue Chance, in Sicherheit zu leben. Ich wiederholte die Daten wieder und wieder. Ich sagte sie vor meinen Eltern auf, vor Ernie, der noch ein Baby war, vor den Wänden unseres Apartments, vor dem Himmel. Ich sagte sie zehnmal auf, bevor ich ins Bett ging, zehnmal, bevor ich mir die Zähne putzte, und zehnmal für jeden Schuh, den ich morgens anzog. Ich rieb das Narbengewebe an meinem rechten Handgelenk, bis es ganz rot und wund war. Ich musste mich versichern, dass es noch da war, dass ich noch da war.

Kurz darauf führte die Regierung die ersten ID-Scanner in Kalifornien ein. Sie sahen aus wie diese Geräte, mit denen die Barcodes von Lebensmitteln gescannt werden. Nur waren es statt Kassiererinnen und Kassierern Mitarbeitende der Einwanderungsbehörde in voller Kampfmontur, die kontrollierten, ob wir es alle hindurchschafften. Als ich zu meinem ersten Scan an der Schule stehen bleiben musste und zusah, wie das dünne blaue Licht über meine pummelige Hand strich, dachte ich, ich könnte jeden Moment in eine Million Teile zerfallen.

Ich bin Amelia Catherine Davis. 072543998, wiederholte ich in Gedanken. *Ich bin in den Vereinigten Staaten geboren.*

Als der Scan abgeschlossen war, hörte ich ein leises Klicken, und der Mann hinterm Scanner nickte und schickte mich weiter. Mir war so schlecht vor lauter Aufregung, dass ich erst einmal auf Toilette gehen und meine Wange gegen die kalten Fliesen pressen musste, um mich zu beruhigen. Doch als ich meinen Eltern beim Abendessen davon erzählte, nickten sie stolz. Papi nannte mich sogar seine kleine *guerrera*.

»Ich bin nicht klein«, sagte ich und streckte die Brust raus. Er lachte und strich sich über den Bart. Das machte er ständig.

Bis sie ihm den Bart abrasierten.

Am letzten Tag vor den Winterferien in der dritten Klasse wurde Papi, während ich in der Schule meiner Freundin die Haare flocht, von der Einwanderungsbehörde festgenommen. Er wurde in Handschellen abgeführt und in einen Viehtransporter gedrängt. Alle auf der Tomatenfarm – insgesamt über dreihundert Menschen – wurden zusammengetrieben und zu einer Haftanstalt an einem geheimen Ort transportiert. Mami war an dem Tag zu Hause, weil Ernie Fieber hatte. Doch sobald sie von der Razzia erfuhr, schnürte sie sich meinen kleinen Bruder vor die Brust und kam zur Schule gelaufen, um mich in der Pause abzupassen.

Statt sie lächelnd zu begrüßen oder auch nur ihren sorgenvollen Blick zu bemerken, fragte ich: »Was machst du hier? Ich spiele Fangen!«

Sechs Monate lang war Papi in der Haftanstalt. Sie hatten ihm alle Habseligkeiten abgenommen und den Kopf kahl geschoren. Wenn er uns über Videofon anrief, biss ich mir immer in die Wangen, um nicht zu weinen. Er rief alle paar Tage zu unterschiedlichen Zeiten an und fragte uns nach den ganzen albernen Details unseres Lebens. Ich erzählte ihm, dass Ernie jetzt krabbeln konnte und Unmengen von Avocados aß. Ich berichtete, dass ich der einzige neunjährige Sopran im Schulchor war und 92 Prozentpunkte aufs Diktat bekommen hatte. Es fühlte sich seltsam an, ihm all das zu erzählen, aber er sagte, er wolle es hören. Als wollte er sich versichern, dass wir ohne ihn zurechtkamen.

Das taten wir aber nicht. Zumindest ich tat es nicht. Das war das Schwerste an diesen langen Monaten – vorzugeben, als ginge es uns allen gut, als wären wir glücklich. Die Lehrerinnen und Lehrer an der Schule anzulächeln oder den Mann, der den kleinen Lebensmittelladen nebenan besaß, und mich zu fragen, ob sie sich wünschten, dass auch ich verschwand.

Ich hatte vor allen und allem Angst. Vor den Scan-Stationen und den Transportern und der Frage: *Wie geht's?*, oder *Alles okay?*

Ich wurde schweigsam und wütend und klein wie eine geballte Faust. Ich zuckte zusammen, wenn ich das Gefühl hatte, dass mich jemand komisch ansah – schon allein, wenn ich das Gefühl hatte, dass mich überhaupt jemand nur ansah. Ich wollte einfach auf die Welt einschlagen, meinen Papi schnappen und wegrennen.

Wir mussten aus dem Autohaus ausziehen und lebten wieder in der Obdachlosenunterkunft. Mami konnte nicht zurück zur Arbeit. Die beiden Farmen, auf denen sie als Tagelöhnerin gearbeitet hatte, beschäftigten zwar wieder Leute, aber Mami hielt es für zu riskant, selbst mit gefälschtem Chip. Sie hörte von einem Netzwerk von Kindermädchen, die gut bezahlt wurden, aber auch das schien gefährlich. Wir wussten nicht, wo die »Säuberungen« als Nächstes stattfinden würden und wem wir vertrauen konnten. Jedes Mal, wenn wir mit Papi redeten, sagte er, er würde bald nach Hause kommen. Nur klang seine Stimme mit der Zeit immer müder und weniger überzeugend.

Und dann rief er auf einmal nicht mehr an. Wir warteten tagelang, und die Tage wurden zu Wochen und dann zu einem Monat. Noch nicht einmal die Anwältin, für die Mami unser letztes Geld zusammengekratzt hatte, konnte unsere Fragen beantworten. Wir erfuhren nie, wann, wie oder warum die Haftanstalt aufgelöst worden war und man die Undokumentierten in Flugzeuge zwang, um sie abzuschieben. Wir erfuhren nie, wo Papi gewesen war, bevor der Krieg in Kolumbien ihn einholte.

Hatte er es zurück in unsere Heimatstadt Suárez geschafft?

War er gerade aus dem Flugzeug gestiegen?

Wusste er, wer ihm neunmal in den Rücken schoss?

Mami hatte nie gewollt, dass ich das Foto von den sterblichen Überresten meines Vaters sah. Kein neunjähriges Kind sollte so etwas sehen müssen. Doch eine unserer Cousinen, die noch in Suárez lebte, schickte Mami eines Tages, als wir gerade zu Abend aßen, eine Nachricht. Mami ließ ihr Telefon fallen und stieß ein herzzerreißendes Klagen aus. Als ich nach dem Telefon griff, versuchte sie noch, es mir wegzureißen, doch zum ersten Mal in ihrem Leben hatte sie nicht genug Kraft.

Das Foto zeigte Papis Leiche. Er lag neben einem steilen Bergpfad, vielleicht demselben Pfad, den er mit mir auf dem Rücken hochgestiegen war, als ich mit meinen wenigen Jahren die Schönheit der Berge noch nicht zu schätzen wusste. Sein Gesicht grün und blau geschlagen und im Schmerz erstarrt. Überall war Blut.

Ich starrte auf das Bild. Versuchte, es neu zu sortieren, auf den Kopf zu stellen oder umzudrehen, für den Fall, dass es jemand anders war. Aber ich konnte nicht leugnen, dass es mein Papi war. Er trug dasselbe blassgelbe T-Shirt, in dem ich ihn vor fast einem Jahr zum letzten Mal gesehen hatte. Seine neuen Barthaare stachen in dünnen Stoppeln aus der Haut an seinem Kinn.

Ich sah das Bild von Papi, im Tod verrenkt und kalt, ständig vor mir. Ich sah ihn, wenn ich abends die Augen schloss und wenn ich sie morgens wieder aufschlug, wenn ich mir die Haare bürstete oder im Radio eine Gitarre hörte, wenn ich Röstzwiebeln roch und wenn ich redete oder lachte oder atmete.

Am Sonntag, nachdem wir das Bild erhalten hatten, ging Mami mit uns in die Kirche, um für ihn zu beten. Ich wollte alle dort anbrüllen: *Mein Papi ist tot! Sie haben ihn mir weggenommen, und euch allen ist das völlig egal!*

Doch stattdessen saß ich da und weinte noch nicht einmal. Ich wartete bloß darauf, dass die Kerzen alle ausgingen.

x

»*Niños*, Vali, Ernesto!«, rief Mami aus der Küche. Mit tränenüberströmtem Gesicht wachte ich auf. Ich hatte mal wieder von Papi geträumt. Deswegen ängstigte ich mich davor, einzuschlafen, besonders wenn Mami nicht neben mir lag. Ich wurde viel zu schnell in diese brutalen Erinnerungen gesogen. *»Vengan! Rapido!«*

Ernie stolperte aus seinem Kabuff, das Mami für ihn als Schlafzimmer umfunktioniert hatte. Es war winzig, aber seins. Was ein Segen war, auch wenn es darin nach alten Socken stank.

»Was ist denn los?«, fragte er mich und klimperte nervös mit seinen langen Wimpern, während er auf eine Erklärung wartete, warum ich geweint hatte. Er umklammerte Señor Cebra – das lila-weiß gestreifte Stoffzebra, das er, seit er ein Baby war, immer mit ins Bett nahm. Manchmal vergaß ich, dass mein kleiner Bruder erst acht Jahre alt war. Was schnell passierte, denn er hatte Papis Gene und reichte mir schon bis zum Kinn. Ernesto Palmero nannte Mami ihn, weil er in die Höhe schoss wie eine Palme.

»Nichts. Alles okay«, sagte ich.

Nichts war okay. Nichts an dieser ganzen Welt war okay.

Aber vielleicht war ich einfach zu sehr daran gewöhnt, eine Lüge zu leben, um etwas anderes zu sagen.

KAPITEL 3

Ángel de Dios, mi querido Guardián, me presento hoy ante ti para agradecerte y pedirte que siempre estés a mi lado, para que guies, ilumines y gobiernes mi vida.

Es war erst kurz nach Sonnenaufgang. Mamis *ajiaco* köchelte immer noch auf dem Herd, und in mir brodelten lauter Fragen, aber irgendwie mussten wir weitermachen. Irgendwie war es trotz allem ein normaler Wochentag, in unserem Apartmentgebäude klingelten die Wecker und wurden ausgeschaltet, Türen gingen auf und zu, und genauso mussten wir es machen, genauso mussten wir mit unserem Leben weitermachen und so tun, als wäre alles in Ordnung.

Ernie und ich stellten uns neben Mami, die vor ihrem Altar das Morgengebet sprach. Es war eigentlich kein richtiger Altar, sondern bloß ein über dem Küchentisch an der Wand befestigtes Holzbrett. Darauf standen Bilder der Menschen, die Mami am meisten liebte – unter anderem ein vergilbtes Foto meiner *abuela* und meines *abuelos*, ein paar schreckliche Schulfotos von Ernie und mir – und ein handtellergroßes Porträt von der Jungfrau Maria, *la Virgen*.

Mein Lieblingsbild steckte in einem kleinen ovalen Rahmen hinter einem Kruzifix aus Elfenbein. Es war von Papi und mir am Strand, kurz nachdem wir in Kalifornien angekommen waren. Papi liebte es, an den Strand zu gehen und in den Wind zu brüllen. Das Foto war ein bisschen verschwommen, aber ich konnte trotzdem Papis Fingernägel erkennen, groß und flach wie verwitterte Muscheln. Das schweißnasse T-Shirt klebte ihm an der Brust, und durch seinen zotteligen Bart war die Andeutung eines Lächelns zu sehen. Ich konnte zu der Zeit nicht älter als fünf gewesen sein. Ich hatte einen Badeanzug mit weiß-blauem Tupfenmuster an, und Papi trug mich auf den Schultern wie einen Pokal. Dabei war in Wirklichkeit er der Gewinn.

Als ich jetzt das Foto ansah, zitterte alles in mir. Mamis Gebetskerzen standen viel zu nah an Papis Bart, und *la Virgen* passte noch nicht einmal auf ihn auf.

»Was ist, wenn in San Diego immer noch Schüsse fallen? Oder in ganz Kalifornien?«, flüsterte ich. Mami ignorierte mich und betete weiter. Doch in mir regte sich der Trotz. Oder vielleicht war es auch nur der brennende Schmerz, den ich ständig spürte, seit mir Papi vor all den Jahren genommen und er umgebracht worden war. »Sie könnten Tía Luna abschieben«, sagte ich lauter. »Und als Nächstes hierherkommen.«

»Schhh. *Tenemos que tener fe*«, sagte Mami. Wir mussten Vertrauen haben. Sie betete weiter.

Te imploro desde el fondo de mi corazón que por favor protejas a nuestra querida Tía Luna. En tu dulce nombre, Amen.

Nachdem sie ihre Gebete beendet hatte, massierte sie mir mit ihren erschöpften Fingerknöcheln die Schultern, um meine verknoteten Sorgen aufzulösen. Ich duckte mich weg. Aus Angst, ich könnte in Tränen ausbrechen, wenn sie zu fest drückte, und meine Panik dann nie wieder unter Kontrolle kriegen.

»Es ist okay«, sagte Mami. »Wir frühstücken jetzt.«

Sie fing an, eine Pfanne *huevos pericos* zu braten. Der Duft tröstete mich ein bisschen. Wir konnten von Glück sagen, dass wir von Mr McAuleys Farm Eier, Tomaten, Zwiebeln und gelegentlich ein Stück Käse bekamen, besonders wo es hier in der Gegend kein frisches Obst und Gemüse und keine Milchprodukte zu kaufen gab. Als das Rührei fertig war, machten wir drei uns geradezu darüber her. Es war, als würden wir mit dem Essen die ganzen Löcher und unbeantwortbaren Fragen stopfen. Ich sah Mamis Kaumuskeln arbeiten, ihr Blick war auf den Teller gerichtet. Ich hatte keine Ahnung, wie sie das alles schaffte. Wie sie für Essen und Kleidung für uns sorgte, während unsere Welt zerstört wurde. Ich wusste nicht, ob ich es als Zähigkeit oder Naivität verstehen sollte.

»Okay, *al colegio*!«, sagte Mami und schluckte ihren letzten Rest Rührei herunter. Sie pustete die Kerzen aus, schob ihren Stuhl zurück und sah uns zu, wie wir aufaßen, dann gab sie uns Anweisungen für den Tag.

»Trocknet das Geschirr ab, bevor ihr geht. Und schließt die Tür ab. Steht gerade und respektiert eure Lehrerinnen und

Lehrer.« Während sie das sagte, küsste sie uns auf den Kopf und hängte sich dann drei Taschen über die Schultern. Darin waren ihre Arbeitskleidung, ihr Mittagessen, ihre Haarbürste und wahrscheinlich noch ein Kruzifix.

»Du gehst arbeiten?«, fragte ich verwirrt.

»*Si*, und ihr geht zur Schule«, sagte Mami. »Wir sind in Sicherheit. Alles wird gut. Ach! Und, Ernesto, nach der Schule gehst du zum *fútbol* und wartest, bis Vali dich abholt, verstanden?«

»Das heißt Fußball, Mami«, korrigierte er sie.

»Fútbol«, wiederholte sie. *»¡Adiós! Y tranquilos que todo va estar bien.«*

Sie glaubte wirklich daran, dass alles gut werden würde. Sie sagte alles mit klarer, fester Stimme, die ihre Entschlossenheit widerspiegeln sollte.

»Ich liebe dich, Mami!«, rief Ernie ihr hinterher, obwohl sie schon zur Tür hinaus war. Dann sagte er zu mir: »Ich gehe ins Bad.«

Beim rationierten Wasser zählte jeder Tropfen. Wer zuerst duschte, konnte am längsten duschen. Normalerweise hätte ich mit meinem kleinen Bruder um diese Extra-Tropfen gestritten, aber heute war kein normaler Tag. Schockiert von Mamis blindem Optimismus saß ich immer noch am Tisch.

»Na, dann los«, sagte ich.

Doch nach zehn Minuten bereuten meine Blase und ich diese Entscheidung. Durch einen Spalt in der Badezimmertür sah ich meinen kleinen Bruder vorm Spiegel stehen. Ich stieß die Tür auf.

»Hey!«, rief er. »Kann ich vielleicht ein bisschen Privatsphäre haben?«

Ich presste die Lippen aufeinander, um nicht laut loszulachen. Er hatte versucht, seine Haare mit einem nassen Kamm, Gel und Zahnpasta zu glätten. Ernie hatte eindeutig Papis Haare – dunkel, lockig und absolut nicht frisierbar. Ein paar seiner Haare waren angeklatscht, aber am Hinterkopf standen die meisten noch in alle Richtungen ab. Zusätzlich hatten sie jetzt einen minzfarbenen Glanz.

»Wow. Willst du heute mit jemand Besonderem Pause machen?«, neckte ich ihn. Als ob irgendwer in seiner zweiten Klasse etwas von seinen Bemühungen bemerken würde.

»Was geht dich das an«, gab er zurück. »Außerdem sieht dein Gesicht aus wie Pause.« Was überhaupt keinen Sinn ergab. Aber an diesem »Tag danach« oder wie auch immer wir diese Finsternis im Gewand eines neuen Schultags nannten, war ich froh darüber, dass mein kleiner Bruder mich zum Lachen brachte.

X

Die Luft draußen fühlte sich aufgeladen und heiß an. Es war erst die zweite Maiwoche, doch ich schwitzte mich in meiner kratzenden Schuluniform klatschnass. Bevor wir nach Vermont gezogen waren, hieß es, die Winter hier seien eiskalt und die einzige Hoffnung auf Sommer bestünde im August. Aber vielleicht waren das nur Geschichten gewesen. Ich hatte jedenfalls noch nie einen Schneemann gebaut oder einen Schneesturm erlebt. Stattdessen hatte es nur leichte Schneefälle gegeben und ein paar Sturzfluten, gefolgt von der jetzigen Dürre, die bereits fast zwei Jahre andauerte. Als wir heute zur Schule gingen, waren es bestimmt schon dreißig Grad, und der Wind war so stark, dass er mir in den Augen brannte. Die Straßen und Gehwege hatten Risse, und die Wälder, die früher die Berge der Gegend bedeckt hatten, waren durch die vielen Lauffeuer versengt. Die Stadt sah aus wie von Schatten umringt.

Hier gab es nichts. Nichts zu sehen, nichts zu tun oder zu verändern.

Nicht dass Southboro, Vermont, jemals versprochen hätte, eine großartige Metropole zu sein oder auch nur ein Zentrum zu haben, das aus mehr als einer Straße bestand. Schließlich war Mami aus genau dem Grund vor fast sieben Jahren mit uns von San Diego hierhergezogen. Wir hatten alles verloren. Papi. Unser Zuhause. Unseren Glauben an Sicherheit und Versprechen.

Mamis kleine Schwester Tía Luna wollte nicht, dass wir aus Kalifornien wegzogen. Sie hatte einen Mann gefunden, der sie für Geld heiratete und ihr Papiere beschaffte. Sie arbeitete als Haushälterin in Imperial Beach und sagte, wir könnten bei ihr wohnen. Und das taten wir eine Weile. Aber wir hatten das Gefühl, dass die »Säuberungen« und Aufstände in Kalifornien immer weiter zunahmen. Ich war ein psychisches Wrack – ich machte ins Bett und bei dem Versuch, das Bild von Papi, wie er blau geschlagen und leblos auf dem Boden lag, zu vertreiben, schlug ich im Schlaf um mich.

Während unserer Zeit in Imperial Beach gab es jeden Tag neue Bekanntmachungen des Präsidenten, dass »Illegale« angeblich das Land ausraubten und ruinierten. Die Wirtschaft sei in Gefahr. Das Land sei in Gefahr. Alle sollten dreimal so viel Steuern zahlen, weil überall böse Ausländerinnen und Ausländer lauerten, bereit, über unschuldige Amerikanerinnen und Amerikaner herzufallen und ihnen alles zu nehmen, wofür sie so hart gearbeitet hatten. Die *Great American Wall*, die in San Diego begann, müsse jetzt entlang aller Staaten an der südlichen Grenze – Arizona, New Mexico, Texas – verlängert werden.

Trotzdem, mahnte der Präsident die amerikanische Bevölkerung, wäre niemand sicher vor »der Plage durch die Immigranten«.

Also tat Mami, was sie in Kolumbien gelernt hatte – sie lief.

Wenn sie kommen, um euch zu holen, lauft.

Lauft schneller als sie. Seid cleverer als sie. Aber vor allem, lauft.

Sie recherchierte Kleinstädte in ländlichen Gegenden, die so weit wie möglich von San Diego und der Grenze entfernt lagen, und fand Southboro in Vermont, wo in der Nähe McAuley's Dairy Farm lag. Mithilfe von Tía Lunas Ersparnissen flogen Ernie, Mami und ich ans andere Ende des Landes. Wir verabschiedeten uns vom Vergnügungspark mit den

Delfinen und den Zitronen in Tía Lunas Garten. Von den letzten Orten, an denen wir mit Papi gewesen waren.

Es war unser erster Flug, und Ernie war superaufgeregt. Wir teilten uns eine Tüte Käse-Cracker, und als wir über die Baustelle der immer länger werdenden Mauer flogen, gab ich vor, die Kolonnen von Panzern und Kränen unter uns nicht zu sehen.

Mami war mit uns hierhergezogen, um uns zu beschützen und einen Neuanfang zu wagen. Sie hatte gehofft, hier, in dieser Oase der Ruhe, die sie für uns erschaffen und für die sie gebetet hatte, würden wir Frieden finden. Kolumbien hatte uns keinen Frieden schenken können. Kalifornien auch nicht. Vielleicht konnte es eine langweilige durchschnittliche Kleinstadt wie Southboro. Sobald wir hier angekommen waren, gab es eine neue Regel von Mami: Wir durften außerhalb der Wohnung nur noch Englisch miteinander sprechen. Doch auch wenn es in Schulen und Regierungsgebäuden ID-Scans gab, wurden wir in öffentlichen Parks und Geschäften nicht kontrolliert. Die meiste Zeit hatten wir hier ohne Angst leben können.

Aber war das jetzt noch möglich, nach dem, was wir letzten Abend gesehen hatten?

Als wir kurz vorm Schultor waren, stieß Ernie mich mit dem Ellbogen an und riss mich aus den Gedanken. »Vali! Ich habe Tschüss gesagt!»

»Was? Warte.« Mich überkam das überwältigende Bedürfnis, ihn zu umarmen und festzuhalten, aber das würde er direkt vor der Schule, wo ihn alle seine Freunde sehen konnten, nicht wollen. Vielleicht sollte ich ihn warnen, dass er aufpassen müsse, oder ich könnte ihm noch eine Weisheit über die Vergänglichkeit unserer Existenz mitgeben. Doch keins dieser verzweifelten Gefühle konnte ich in Worte fassen. Stattdessen sagte ich also etwas ganz Banales, um ihn noch einen Augenblick länger aufzuhalten.

»Äh, hast du dein Mittagessen eingepackt?«

»Ja. Du hast mir doch dabei zugesehen«, antwortete er und verdrehte die Augen.

»Hast du dir die Zähne geputzt?«

Er hauchte mich an. »Sonst noch was?«, fragte er. »Oder kann ich jetzt gehen?« Ich hatte keine Ahnung, ob er sich darüber amüsierte, dass ich ihn so lange aufhielt, oder ob es ihn nervte. Auf jeden Fall würden wir beide zu spät zur Schule kommen, und das würde uns nicht dabei helfen, unauffällig zu bleiben.

»Nein … das ist alles«, sagte ich und versuchte, gleichgültig zu klingen. »Geh einfach nach der Schule direkt zum Fußball und … ja … Wir sehen uns da!«

»Okay. Tschüss!«, rief er über seine Schulter hinweg, während er zum Eingang der Southboro Elementary School lief.

Ich sah zu, wie er durchs Schultor ging und ein Sicherheitsbediensteter sein Handgelenk scannte. Ernie zeigte seinen Schulausweis vor und dann sprang er durch die offene Tür ins Gebäude. Ich merkte, wie ich innerlich zusammenzuckte. Ich war wirklich froh, dass Ernie einfach so in die Schule rauschen konnte, ohne zu befürchten, dass er aufgehalten oder befragt werden könnte. Aber ich war auch unglaublich neidisch. Ich rieb über den Knubbel an meinem rechten Handgelenk. Ich konnte mich noch gut an meine ersten Jahre in der Schule erinnern, damals in Kalifornien, als es noch keine Sicherheitsleute vor den Gebäuden gab. Als das Lehrpersonal noch nicht bewaffnet war und die Schülerinnen und Schüler lesen konnten, was sie wollten. Und ich konnte mich noch daran erinnern, als ich meinen gefälschten Chip bekam und Mami sagte: »Die halten nicht ewig, aber …«

Das Punkt-Punkt-Punkt am Ende ihres Satzes verfolgte mich seitdem jeden Tag. Die Regierung hatte zwar noch keine Möglichkeit gefunden, die gefälschten Chips aufzuspüren, aber es war nur eine Frage der Zeit, bis es so weit war. Wenn man die Identität einer toten Person angenommen hatte, würden die Eintragungen im Sterberegister einen irgendwann einholen. Und wenn es eine echte, noch lebende Amelia Davis gab, die im selben Moment das Handgelenk gescannt bekam wie ich, was dann? Wir hatten von Leuten gehört, die von der Einwanderungsbehörde wegen enttarnter oder nicht funktionierender gefälschter Chips festgenommen worden waren. Wenn so etwas passierte, machte der Scanner dieses schreckliche piepende Geräusch, wie ein Rauchmelder, dessen Batterien leer sind.

Ich kannte das Geräusch viel zu gut, denn ich hatte es letztes Jahr schon einmal gehört. Das war, seit Papi verschwunden war, der schlimmste Tag meines Lebens gewesen.

Mami war mit uns zum Rathaus gegangen, um unsere Wasserrechnung zu bezahlen. Ernie und ich warteten normalerweise draußen, weil es drinnen unangenehm nach Bohnerwachs roch. Doch an dem Tag hörten wir, wie Mami den Mitarbeiter der Einwanderungsbehörde am Eingang grüßte, und dann piepte auf einmal der Scanner, erst einmal, dann zweimal und dann in schneller Abfolge immer wieder.

Wir rannten zum Eingang, aber der Mann führte Mami bereits aus dem Gebäude und in eine finstere Gasse hinter der Parkgarage.

»Halt!«, rief ich ihnen nach. Der Mann drehte sich um und starrte mich an. Er hatte einen Schnurrbart und Hängebacken und sah aus, als wäre er gerade erst aufgewacht. Mami blickte mir nicht in die Augen. Stattdessen hob sie nur ganz leicht den Zeigefinger. Als wollte sie sagen: *Stopp. Mach bloß keinen Ärger.*

Der Mann war mindestens eine halbe Stunde lang mit Mami hinter der Parkgarage. Es war die reinste Qual, darauf zu warten, dass sie zurückkam. Ernie und ich saßen hinter einem geparkten Auto. Wir durften uns nicht rühren. Wir durften keine Fragen stellen oder besorgte Gesichter machen, und wir durften vor allem nicht schreien und betteln: *Wir wollen unsere Mami wieder!*

Auch wenn wir genau das tun wollten.

Mami kam zurück. Doch als sie aus der Gasse wiederauftauchte, wirkte sie um Jahre gealtert. Ihre Jeans war an den Knien abgewetzt und kleine Steinchen fielen davon ab. Ernie und ich rannten auf sie zu und schlangen die Arme um sie.

»Mami! Ich dachte, du kommst nie wieder!«, schluchzte Ernie an ihrer Brust. Sie sagte, dass sie natürlich immer wiederkommen würde und dass alles okay sei, aber ihre Augenwinkel waren feucht, als sie uns von dem Gebäude wegzog. Ernie war da erst sieben, also erklärte ich ihm nicht, was ich glaubte, was der Mann in der Gasse mit unserer Mami gemacht hatte. Stattdessen klammerte ich mich an sie und sah zu, dass wir schnell nach Hause kamen. Mami redete den Rest des Tages nicht mehr. Ich machte ihr eine *arepa*, einen gefüllten Maisfladen, und einen Kaffee, auch wenn sie nichts wollte. Sie war in ihrem Grauen gefangen, und ich konnte sie nicht daraus befreien. Ich sorgte dafür, dass Ernie sie in Ruhe ließ. Wir kehrten die Böden und brachten den Müll weg, und als es dunkel wurde, machten wir ihr das Licht an. Sonst hätte Mami wohl bis zum nächsten Morgen einfach im Dunkeln gesessen.

Wir sprachen nie darüber, was passiert war. Von dem Tag an bezahlte Mami unsere Wasserrechnung immer erst nach Büroschluss am Automaten, sodass sie im Rathaus niemand mehr scannte. Sie lebte vorsichtig, wachsam. Blickte nie zurück, immer nur nach vorn. Das war wesentlich zum Überleben.

Ich dagegen hatte das Gefühl zu ersticken, wenn ich nur an jenen Tag dachte. Auf dem Weg zum Bus, mit dem ich zur Schule fuhr, sah ich mich um, ob mich jemand beobachtete. Ich hatte sonst immer dieses Bild von meiner Familie in einer Art Blase oder Schneekugel gehabt, während die Welt – oder zumindest Kalifornien – in Flammen stand. Doch als ich heute in den Bus stieg, war mir ganz schwindelig vor Angst, sodass ich zu atmen vergaß. Meine Beine gaben fast unter mir nach.

»Alles okay?«, fragte mich meine beste Freundin Kenna. Sie stieg immer eine Haltestelle vor mir ein und hielt mir einen Platz frei.

»Ja. Nein. Ich meine … was ist mit *dir*?«

»Genauso.«

Kenna war groß und dünn und hatte wunderschöne dunkle Haut und ein strahlendes Lächeln, das über ihr gesamtes Gesicht reichte. Doch an diesem Morgen machte sie kaum den Mund auf. Ihre geschwungenen Augenbrauen waren sorgenvoll zusammengezogen.

Ich war so dankbar für Kenna. Seit ich in Southboro lebte, waren wir beste Freundinnen. Wir gingen beide in die elfte Klasse der Morrow Magnet Highschool am anderen Ende der Stadt. Obwohl Kenna in den USA geboren war, verstand sie mich. Ihre Eltern waren beide undokumentiert aus Nigeria in die USA gekommen. Kenna war die Einzige außerhalb meiner Familie, die über meinen Status Bescheid wusste. Sie war genial im Programmieren und sagte, eines Tages würde sie einen absolut sicheren Chip entwickeln. Sie musste es nur bald machen. Am besten noch heute.

Als wir so nebeneinander im Bus saßen, hätte ich sie am liebsten ausgefragt, welche Nachrichten sie am Abend gesehen oder ob sie irgendetwas Neues gehört hatte. Doch in einem öffentlichen Verkehrsmittel würde ich sie gar nichts fragen. Ich musste einfach so tun, als wäre nichts vorgefallen.

»Alles in Ordnung«, sagte ich und versuchte, so cool und undurchschaubar zu klingen wie Mami.

In unserem Viertel hielten nur kleine Busse mit bloß ein paar Sitzbänken. Ernie nannte sie R2D2s, weil sie der ersten Flotte selbstfahrender Pendelbusse entstammten. Sie rasten den äußeren Ring in Southboro entlang, und wenn sie zu schnell waren, quietschten sie.

Es war seltsam, so durch die verschiedenen Stadtteile zu fahren. Als würden wir durch ein alternatives Universum gleiten. Während in unserem Teil der Stadt schon seit fast einem Jahr das Wasser rationiert war und Strom nur stundenweise zur Verfügung stand, hatten in der Nähe der Morrow Highschool die meisten Grundstücke noch Drohnenbewässerung, die Häuser frisch gestrichene Fassaden und die Geschäfte frisches Fleisch und Gemüse in den Schaufenstern liegen. Die vorbeigehenden Leute waren weiß und offensichtlich wohlhabend. Ihre Häuser mit grünem Rasen davor wirkten robuster. Diese Leute gehörten hierher.

Wir nicht. Der einzige Grund, warum Kenna und ich mit diesem Bus zur Morrow High fuhren, waren unsere Spitzenergebnisse bei den Aufnahmeprüfungen gewesen. Aber die

Regierung würde diesen anonymen Prüfungen sicherlich auch bald ein Ende bereiten.

Wir waren nur noch ein paar Blocks von der Schule entfernt, als an einer Station ein paar erschöpft aussehende Landarbeitende einstiegen. Wahrscheinlich hatten sie die ganze Nacht lang Pestizide auf Felder gesprüht. Ihre Gesichter glänzten vor Schweiß, und ihre Kleidung stank nach verbrannten Chemikalien.

»Halt!«, rief auf einmal eine schroffe männliche Stimme.

»Wir gehen durch!«, brüllte eine andere.

Zwei Männer in grauer Kampfkleidung – kugelsichere Weste, Helm und alles – betraten den Bus.

»Guten Morgen allerseits«, sagte der Größere von den beiden zu uns Insassen. »Das hier wird nicht länger als eine Minute dauern.« Er trug eine Art Schutzvisier, aber sein Grinsen konnte ich trotzdem sehen. Mir wurde schwindelig. Eine plötzliche kalte Stille setzte ein.

Er nahm einen Handgelenkscanner aus dem Holster und fing an, die ID-Chips der Leute zu überprüfen. So etwas war noch nie passiert. Dass sie einfach scannten, wen sie wollten, wann sie wollten, wo sie wollten. Ich hielt es nicht länger aus, in die müden, erschrockenen Gesichter der anderen Leute zu sehen, während die beiden Männer durch den Bus gingen. Als einer von ihnen auf mich zukam, konzentrierte ich mich auf einen vertrockneten Ast draußen neben dem Fenster. Ich wusste nicht, was ich sonst tun sollte, um meine Angst zu überspielen. Das graue Monster stand jetzt direkt neben mir im Gang und wartete, dass ich die Hand ausstreckte. Sie war feucht und zitterte, ganz gleich wie sehr ich mich bemühte, ruhig zu bleiben.

Dann hörte ich es. Das süße Klicken des Scanners, als er meine Daten registrierte. Dann das Klicken, als er Kennas Daten las. Erleichtert seufzte ich auf. Ich hörte die Scanner den Gang rauf- und runterklicken, bis …

Das scheußliche Piepen die Stille durchbrach. Es gab eine schreckliche Pause, und dann rief einer der beiden Männer: »Ein Illegaler!«

Kenna und ich fassten uns an den Händen, und mir kam das Frühstück fast wieder hoch. Einer der Landarbeiter bekam Handschellen angelegt und wurde aus dem Bus gestoßen. Ein dünner, gebeugter Mann. Er protestierte nicht. Er zuckte noch nicht einmal zusammen, als die beiden in Kampfmontur ihn beschimpften, von wegen der Integrität der Nation und all der Krankheiten und Drogen, die Leute wie er in unsere Gesellschaft eingeschleppt hätten. Ich fragte mich, was er wohl dachte oder fühlte oder sich wünschte seiner Familie gesagt zu haben, als er sie das letzte Mal sah. *Wahrscheinlich* zum letzten Mal.

Ich dachte an Papi, der monatelang in der Haftanstalt auf dem Fußboden schlafen musste. An seine Stimme am Telefon, die immer mehr wie ein Echo als nach seiner richtigen Stimme geklungen hatte. An die überarbeitete Anwältin, die all unsere Ersparnisse bekam und ihr Bestes tat, um uns zu helfen, zum Schluss aber noch nicht einmal mehr ans Telefon gegangen war. Den Mann von der Einwanderungsbehörde, der mich über seinen Schnurrbart hinweg angesehen hatte, während er mit Mami in die finstere Gasse verschwand.

Warum hassten uns diese Leute so?

Kenna und ich beobachteten, wie der Landarbeiter ein paar Meter vor unserem Bus in einen Einsatzwagen ohne Fenster gestoßen wurde. Er musste sich zusammenfalten, um überhaupt hineinzupassen. Dann drehte sich der größere der beiden Männer in grauer Uniform mit einem Übelkeit erregenden Lächeln um.

Und als er selbst vorne einstieg, sah ich die leuchtend gelben Buchstaben auf dem Rücken seiner kugelsicheren Weste.

DEPORTATIONSEINHEIT stand darauf. Genau wie auf dem Heck des Wagens.

Ich wusste nicht, was genau das bedeutete. Ich wusste nur, es war schlimm.

KAPITEL 4

Die Morrow Magnet Highschool war der weißeste Ort der Welt.

Jeden Tag, wenn ich in die Schule kam, hatte ich das Gefühl, als würde alle Farbe aus meinem Leben gesogen. Das gesamte Gebäude war furchtbar steril und kahl. Es bestand komplett aus durchsichtigen Wänden und kugelsicherem Glas und war von einem riesigen Metallzaun umgeben. Drinnen durfte kein einziges Poster oder Kunstwerk aufgehängt werden, und sämtliches Mobiliar war weiß gestrichen. Und obwohl das elfte Schuljahr sich bereits dem Ende zuneigte, verirrte ich mich immer noch ständig in dem weißen Labyrinth aus Nichts.

Das Design sollte uns beruhigen und gefügig machen. Die Schule war von zwei Personen gegründet worden, die über Ängste bei Teenagern geforscht hatten und wohl überzeugt waren, dass wir nur in einer Welt, so blass wie fettarme Milch, sicher sein konnten. Alle Lehrkräfte mussten eine Pistole tragen, und die Schule hatte drei Kontrollschleusen – einen Handgelenks- und einen Fingerabdruckscanner und eine Schleuse mit Stimmerkennung.

»Amelia Davis«, sagte ich ins Mikrofon der Schleuse. »072 54 3998.«

Ich hörte das Summen, während meine Daten verarbeitet wurden, und obwohl sich kurz darauf die Schleuse öffnete, zitterte ich, als ich durchging. Ich war mir sicher, jede Sekunde würde jemand hinter einem Aluminiumpfeiler hervorspringen und *STOPP!* rufen, genau wie ich es am Morgen mit Kenna erlebt hatte.

Doch das passierte nicht. Zumindest nicht in dem Moment.

Die Schülerschaft an der Morrow High sah aus wie eine Flut über die Gänge huschender Gespenster, alle trugen diese weißen Uniformen, die wahnsinnig kratzten und nach Desinfektionsmittel rochen. Vielleicht fühlte sich die Morrow High für mich deswegen immer noch so fremd und beängstigend an. Die Schule behauptete, »gleiche Möglichkeiten für alle« zu bieten, aber ich war eine von bloß acht Nicht-Weißen in meinem Jahrgang mit zweihundert Schülerinnen und Schülern. Dieses Ungleichgewicht war offensichtlich noch niemandem aufgefallen, obwohl sich der Schuldirektor immer mit Morrows großartigem Mathe-Zweig brüstete. Und ich war das einzige Mädchen in meiner Klasse mit Kurven vorne und hinten. Ich trug die Haare offen, damit sie über meine Brust fielen, denn der Direktor hatte mich schon einmal wegen meines »provozierenden« Aussehens ins Büro gerufen.

»Oh, ganz schön spät, was?«, sagte unsere Geschichtslehrerin Ms Marsh. (Nur um das festzuhalten, es hatte noch nicht ein einziges Mal geklingelt, aber das war egal. Kenna und ich waren trotzdem die Letzten, die sich auf ihre Plätze setzten.) »Ihr habt genau zwei Minuten Zeit, die Morgenaufgabe abzuschreiben. Der Rest der Klasse bereitet sich bereits auf den Test vor.«

Gekrümmt ging sie in ihrem weißen Umhang vor der Klasse auf und ab. Sie war entweder dreißig oder sechzig. Das war schwer zu sagen, weil sie ständig schlapp und schlecht gelaunt war und einen Grund zum Stirnrunzeln fand. Die meisten in meiner Klasse hatten Angst vor ihr. An diesem Morgen rutschten alle nervös auf ihren Stühlen umher und murmelten vor dem Test noch mal die wichtigsten Daten vor sich hin. Aber ich machte mir keine zu großen Sorgen. Es gab jeden Tag irgendeinen Test an der Morrow. Außerdem war das, was wir in Geschichte lernten, ohnehin nur die offizielle Version der Regierung.

Das einzige Fach, das mir ein bisschen was gab, war Mathe, denn zwei plus zwei würde immer vier sein, und Kenna sagte mir täglich, dass Programmieren und Algorithmen zu entschlüsseln unsere einzige Chance war, in dieser Welt der künstlichen Intelligenz zu überleben. Manchmal fragte ich mich, ob wir nicht einfach alles den Robotern übergeben sollten, da ziemlich offensichtlich war, dass wir Menschen die Erde und uns selbst zerstörten.

Doch jetzt konnte ich nicht darüber nachdenken, wie eine durch künstliche Intelligenz gesteuerte Welt funktionieren würde, denn die ganze Klasse stand auf, um das Morgengebet und anschließend den Treueschwur zu sprechen. Die Morrow High hatte an fast jeder Glaswand Smart-Bildschirme, sodass wir beim Aufsagen rundum von Bildern der amerikanischen Flagge umgeben waren und garantiert gefilmt wurden, also setzte ich für diesen Teil des Unterrichts ein gespieltes patriotisches Lächeln auf. Kenna und ich stachelten uns regelmäßig gegenseitig an, was unsere Aussprache anging. Wir bemühten uns, die Vokale und Konsonanten richtig auszusprechen, um unter den weißen Schülerinnen und Schülern nicht aufzufallen. An diesem Morgen fühlte es sich – noch mehr als sonst – an, als hätte ich eine Markierung auf dem Rücken. Oder besser gesagt im Chip an meinem Handgelenk.

Sobald wir uns wieder hingesetzt hatten, wies Ms Marsh uns an, uns auf der Prüfungsseite einzuloggen und zu warten, bis sie den Test für uns freigeschaltet hatte. Doch als sie ihren Code eingab, ertönte auf einmal ein leises Grollen.

Die Lampen wurden gedimmt und die Nationalhymne plärrte aus den Lautsprechern. Der Boden unter unseren Füßen vibrierte, das ganze Gebäude schien zu dröhnen. Dann verwandelte sich vorn im Klassenraum ein Luftstreifen in ein riesiges schimmerndes Hologramm. Ein schwebender ovaler Körper waberte an der Vorderwand entlang, bis geisterhaft das Gesicht des Präsidenten erschien. Seine kahle, glänzende Stirn pulsierte, und er kniff die Augen zusammen, als würde er etwas suchen. Oder jemanden. Er war so groß, dass mein Tisch leicht in eins seiner Nasenlöcher gepasst hätte.

»Guten Morgen, Staatsbürger«, donnerte der Präsident.

Alle sprangen auf und nahmen Haltung an.

»Guten Morgen, Mr President«, antworteten wir im Chor.

»Ich erscheine heute mit sehr dringlichen Nachrichten«, sagte er. »Gestern Abend wurde in Kalifornien Hochverrat gegen die Vereinigten Staaten begangen.«

»Hochverrat?«, flüsterte Kenna. »Was zum …«

»Schhh!«, machte Ms Marsh.

Kenna war so toll. Sie sprach immer aus, was ich bloß dachte. Sie hatte das mit dem Mädchen an der Grenze also auch mitbekommen. Aber ich traute mich nicht, sie anzusehen oder ihr zu zeigen, wie verängstigt ich war. Meine Haut glühte, und es fiel mir schwer, ruhig zu atmen.

Der Präsident fuhr fort.

»Hiermit rufe ich den nationalen Notstand aus und mobilisiere unsere neueste und fortschrittlichste Einheit für Kampfeinsätze. Die Deportationseinheit der Vereinigten Staaten ist damit beauftragt, alle illegalen Ausländer festzunehmen und zu inhaftieren. Die Deportationseinheit kann Verdächtige ohne Haftbefehl festnehmen. Sie kann ohne Haftbefehl private Wohnräume betreten. Es steht ihr frei, auf Abschiebungsverfahren zu verzichten, sollte es zum Schutze unseres Landes notwendig erscheinen.«

Ms Marsh fing an zu klatschen und nickte uns auffordernd zu, damit wir mitklatschten. Wenigstens hatten meine verschwitzten, zitternden Hände jetzt etwas zu tun.

»Lassen Sie mich Ihnen versichern«, sagte der Präsident, »wir sind und bleiben das stärkste, wohlhabendste Land der

Welt. Als Präsident der Vereinigten Staaten und Oberbefehlshaber der Streitkräfte ist es meine Pflicht, mit dem neu in Kraft getretenen Ausländermeldegesetz von 2032 Ausgangssperren zu verhängen und beschleunigte Verfahren anzuordnen. Die Missachtung hat die sofortige Festnahme, Inhaftierung und längere Gefangenschaft zur Folge.«

Mehr erzwungener Applaus, angeführt von Ms Marsh.

»Reisen zwischen Kalifornien und dem Rest der Vereinigten Staaten sind strengstens verboten. Des Weiteren werden in Kürze alle von der Regierung ausgestellten ID-Chips analysiert und die Daten für ein nationales System-Upgrade zusammengetragen, um etwaige Aufstände sofort aufzuspüren und niederzuschlagen. Wir werden dieser Immigranten-Plage mit einer entschiedenen Kampagne ein Ende bereiten. Danke. Gott segne Sie und die Vereinigten Staaten von Amerika.«

Sobald der Präsident sich verabschiedet hatte, erklangen außerhalb des Klassenraums Jubelrufe, und mir wurde bewusst, dass das flackernde Gesicht des Präsidenten in jedem Raum der Schule und überall in der Stadt in allen Häusern und Gebäuden erschienen war. Dass seine unheilvolle Ansprache über die Deportationseinheit, Ausgangssperren und die »Immigranten-Plage« landesweit ausgestrahlt worden war. Von Osten bis Westen. Vom Atlantik bis zum Pazifik. Ich wollte mich in einem Loch verkriechen oder mich ins Weltall schießen und nie wieder zurückkommen.

»Das ist doch verrückt«, sagte Kenna, als wir zwei Stunden später in der Cafeteria-Schlange anstanden.

»Was soll das überhaupt heißen?«, fragte ich.

»Keine Ahnung«, stöhnte ein Mädchen namens Vivian aus meinem Statistik-Kurs. »Aber wegen dieser Rede hatten wir statt fünfunddreißig nur fünfundzwanzig Minuten für unseren Test, und wenn ich in Statistik durchfalle, war's das mit meiner Zukunft.«

Vivian war ein Strich in der Landschaft. Ungefähr halb so breit wie ich, und sie schlich ständig mit gerunzelter Stirn durch die Gegend. Ich wollte ihr am liebsten sagen, dass sie keine Vorstellung hatte, wie es sich anfühlte, keine Zukunft zu haben, aber natürlich tat ich es nicht. Vivians Freundin Naomi war ähnlich dünn und selbstbezogen, nur hatte sie wohl tatsächlich der Rede des Präsidenten zugehört. Oder es zumindest versucht.

»Ich bin nicht ganz hinterhergekommen, was er gesagt hat«, sagte Naomi. »Aber es scheint für manche Leute ganz schön traurig zu sein. Ich bin bloß froh, dass wir nicht in Kalifornien leben.«

»Äh, traurig für wen?«, fragte Maddie Fitz und schob sich zwischen uns, um mitzureden. Maddie gehörte der seltenen Spezies von Teenager-Mädchen an, die vor Selbstbewusstsein nur so strotzten. Sie war Kapitänin des Debattierklubs und nahm an allen Leichtathletik-Wettkämpfen teil. Sie war das sommersprossige, scharfsichtige, durch und durch amerikanische Mädchen und sehr erpicht darauf, uns jetzt ihre Meinung mitzuteilen.

»Ich meine, es ist natürlich total ätzend, wenn wegen dieser Ausgangssperre alle um neun zu Hause sein müssen und überall Kontrollpunkte sind. Aber es ist absolut notwendig. Es gibt sooooo viele Illegale, sogar in Vermont. Es ist echt beängstigend.«

Vivian und Naomi nickten, doch ich war zu wütend, um mich zu rühren. Ich spürte, wie sich mir die Nackenhaare aufstellten.

»Illegale?«, knurrte Kenna.

»Ja, Hunderttausende. Vielleicht sogar Millionen«, sagte Maddie mit weit aufgerissenen Augen. »Mein Dad ist in einem der Beratungsausschüsse zum Schutze Amerikas, also … ja, ich bekomme die Insider-Informationen.«

Ihr selbstgefälliger Blick war so grauenhaft, am liebsten hätte ich sie erwürgt. Und mich gegen die dreifach verriegelte Ausgangstür der Cafeteria geworfen, um abzuhauen.

Natürlich konnte ich nichts davon wirklich tun. Aber ich konnte genauso wenig einfach dastehen und Maddie Fitz anstarren, während sie mir im Grunde genommen erklärte, dass ich gejagt werden würde. Auch Kenna neben mir kochte vor Wut, ihr Atem ging schnell und hektisch.

Zum Glück kam in diesem Moment die Cafeteria-Aufsicht und zog uns aus der hungrigen Schlange. »Ihr habt genug geredet! Auf eure Plätze, oder ich notiere mir eure Ausweisnummern.«

Selbst in der Schulcafeteria musste es still und steril sein. Wir hatten genau neun Minuten Zeit, die uns vorgesetzten Pattys »achtsam« zu verschlingen, bevor wir zurück zum

Unterricht mussten. Die Dinger bestanden aus Algenpulver und Palmöl – die einzigen Grundnahrungsmittel, die seit der langen Dürre noch günstig und in Massen vorrätig waren. Sie waren zäh und salzig und rochen auch nach dem Aufwärmen noch nach Plastikverpackung.

Aber ich beklagte mich nicht. Ich sagte bis zum Ende des Schultags, als ich Kenna um 15:38 Uhr an der Bushaltestelle wiedertraf, kein einziges Wort mehr. Noch nicht einmal da sagte ich etwas, weil zu viele Leute mit uns in den Bus einstiegen. Während sich der Bus schlängelnd Southboro näherte, wurde es allmählich leerer. Dann entdeckte ich Ernie auf dem Fußballfeld und platzte heraus: »Er ist da!«

Das war nicht gerade ein verständlicher Befehl für den Bus, und so sagte Kenna ins Mikrofon am Lautsprecher: »Stopp. Southboro Park«, und wir stiegen aus.

Ernie war nicht so begeistert, mich zu sehen. Er kickte mit seinem Freund Pete den Ball hin und her und machte kaum eine Pause, um mich zu begrüßen.

»Kann ich noch ein paar Minuten spielen, bitte?«, jammerte er. »Der Trainer ist nicht gekommen, deswegen bringt Pete mir Übersteiger bei.«

»Was soll das heißen, der Trainer ist nicht gekommen? Hat er geschrieben, das Training fällt aus, oder …?«

Ernie sah mich verständnislos an und wartete, dass ich den Satz beendete. Sein Trainer war ein Koreaner namens Tony und gerade mal zwanzig Jahre alt. Ich konnte mich nicht daran erinnern, dass er jemals das Training hatte ausfallen lassen.

»Es gibt Ausgangssperren. Hast du die Rede des Präsidenten gesehen?«

»Ja.« Ernie zuckte die Achseln. »Mussten wir. Ich kapiere es nur nicht. Was heißt das denn jetzt für Tía Luna?«

»Nichts!«, fahre ich ihn an. »Bei ihr ist alles in Ordnung und sie lebt weit weg von dem Ganzen.«

»Oh … okay. Sorry, hatte ich vergessen«, sagte Ernie und senkte den Blick. Er hatte die Botschaft verstanden.

»Schon gut. Das hat nichts mit uns zu tun«, sagte ich, für wessen Ohren auch immer, denn das Fußballfeld war bis auf Ernie und Pete leer. »Es nervt bloß, weil ich für meinen Test statt fünfunddreißig Minuten nur fünfundzwanzig Zeit hatte«, imitierte ich das kränklich wirkende Mädchen Vivian.

»Komm«, sagte Kenna. »Essen wir was bei Onkel Jimi. Wir können Ernie von da aus zusehen. Ich habe Superhunger.«

»Okay.«

»Tschüss!«, rief Ernie und lief schon wieder los, um mit seinem Freund weiterzutrainieren. Wir hatten ohnehin noch eine Stunde Zeit, bis Mami von der Arbeit nach Hause kam.

»Ist schon okay«, sagte Kenna und hakte sich bei mir unter. »Ich meine, was sollen wir sonst machen?«

Das war eine gute Frage. Und ich hatte keine Antwort darauf. Während wir ums Fußballfeld gingen, rief ich Mami an, um ihre Stimme zu hören, aber ihr Telefon war aus. Das war normal, wenn sie auf der Farm war, sagte ich mir. Völlig normal. Nichts, weswegen ich mir Sorgen machen oder in ein finsteres *Was-ist-wenn* verfallen müsste.

»Komm schon, Vali!«, rief Kenna und zog mich unter einem hochfliegenden Ball weg.

Onkel Jimis Laden lag kurz hinter der Steinbrücke am Rand vom Southboro Park. Wenn Kenna und ich aus dem Bus stiegen, gingen wir meistens direkt dorthin, um Hausaufgaben zu machen und einen Teller Pommes zu verdrücken. Im Laden wurden wir immer von einer von Kennas kleinen Cousinen begrüßt. Wovon sie eine Menge hatte. Mindestens drei der kleinen Mädchen liefen direkt nach der Schule rüber und durchsiebten die Behälter mit Süßigkeiten. Wenn Kenna und ich kamen, waren sie immer schon ganz aufgekratzt vom vielen Zucker und wollten draußen unter der rot-weiß gestreiften Markise auf mir herumklettern und mit meinen Haaren spielen.

Doch heute gab es keine Markise über Onkel Jims Tür. Da war nur das nackte Aluminiumgerüst, das die Markise normalerweise hielt.

»Was ist denn hier los?«, fragte ich.

»Keine Ahnung«, sagte Kenna mit leiser, weit entfernt klingender Stimme. Sie ging direkt auf den Laden zu, und ich folgte ihr, obwohl ich nichts lieber wollte, als umzudrehen und nach Hause zu gehen. Es war, als würden wir von einem schwindelerregenden magnetischen Sog angezogen werden.

Als Kenna die Hand auf den Türgriff legte, fiel mir auf, dass Onkel Jimis roter Holztürrahmen durch einen neuen weißen Plastikrahmen ersetzt worden war. Kenna öffnete die Tür mit viel zu viel Schwung, die kurz darauf laut krachend wieder hinter uns zufiel. Der Laden war leer und die Luft so kalt, dass ich fröstelte.

»Hallo?«, rief Kenna. »Onkel Jimi?«

Es war zu still hier drin. Zu sauber. Die Gläser mit Kaugummis und Wunderkugeln waren abgewischt, sodass nicht ein einziger Fingerabdruck oder Fleck mehr darauf war. Der Grill hinter der Kasse war makellos geputzt, und der Kühlschrank für süße Getränke stand offen und schnaufte kalte, nach Desinfektionsmittel riechende Luft aus. Abgesehen vom Schnaufen des Kühlschranks war der Raum ruhig, gespenstig ruhig. Wie in der Zeit eingefroren.

Ich hoffte, das alles war nur ein Traum, aber als wir weiter hineingingen, sah ich mehrere Details, die dafür sprachen, dass das hier real war, wie das Loch im Linoleumfußboden und der braune Fleck an der Wand von einer vor langer Zeit übergesprudelten Limo. Kenna murmelte währenddessen vor sich hin.

»Hallo!«, versuchte sie es wieder, diesmal lauter. Hinter dem Tresen waren Regale mit Crackern, Dosensuppen und verschiedenen Hygieneartikeln, und dahinter führte eine Tür zur Laderampe. Auf einmal ging diese Tür auf, und ein großer, knochiger Mann in grauer Kampfmontur platzte herein.

»Kann ich euch helfen?«, bellte er. Nichts in seiner Stimme deutete auf Hilfsbereitschaft hin. Seine Haut war blass und über den Wangenknochen so gespannt, dass ich die blauen, wurmartigen Adern darunter sah.

»Wo ist Jimi?«, fragte Kenna. Ich bemühte mich, für sie zu atmen, mit ihr zu atmen, um uns beide davon abzuhalten durchzudrehen.

»Ich weiß nicht, von wem du redest«, antwortete der Mann.

»Das hier ist sein Laden«, sagte ich. »Wir sind ständig hier.«

Der Mann kniff die Augen zusammen und schnaubte. »Ach ja?«

Eine Frau in derselben Uniform wie der knochige Mann kam herein. »Hinten ist niemand«, berichtete sie ihm. »Aber das Team dreht noch eine Runde.«

Sie stellte sich vor Kenna und mich, nahm ihr Scan-Gerät aus dem Holster und wartete, dass wir uns fügten. Als sie nach meiner Hand griff, blickte ich geradeaus und zählte bis acht, während ich ruhig ein- und ausatmete, wie Mami es mir beigebracht hatte. Aber ich stellte mir die ganze Zeit vor, wie Kenna zum Fußballfeld zurückrannte und Ernie zurief: *Sie haben deine Schwester! Sie haben deine Schwester!*

Der Scanner klickte, und die Frau ließ meine Hand los.

Auch bei Kenna klickte der Scanner. Vor Erleichterung bekam ich eine Gänsehaut.

»Und? Was macht ihr hier, Mädchen?«, fragte die Frau mit zuckersüßer Stimme. Sie trug glitzernden pinken Lidschatten.

»Nichts, danke Ihnen«, sagte Kenna. »Komm«, murmelte sie und zog mich zur Tür.

»Ja, danke Ihnen«, sprach ich ihr nach.

Als Kenna und ich den Hügel hinab zurück zum Fußballfeld gingen, fühlte der Boden sich an, als könnte er sich jeden Moment unter mir auflösen, oder vielleicht war auch ich diejenige, die sich auflöste.

»Was machen wir denn jetzt?«, flüsterte ich Kenna zu, aber sie antwortete mir nicht, bis wir hinter der Brücke waren. Dann sah sie mich an, und ihre Augen funkelten vor Wut. Sie zitterte, als sie durch zusammengebissene Zähne sagte: »Ich gehe nach Hause, und das solltest du auch tun.« Dann drehte sie sich um und lief den Hügel in Richtung ihres Wohnblocks hoch.

Inzwischen kreisten Helikopter in der Luft – das Schlagen der Rotorblätter wurde immer lauter. Sie wirbelten Trichter trockener Blätter von den paar Bäumen auf, die die Dürre bis jetzt überlebt hatten.

»Ernie! Wir müssen los!«, rief ich ihm vom Rand des Fußballfelds aus zu.

»Was? Das waren gerade mal zehn Minuten!«, protestierte er.

»Wir müssen nach Hause! Jetzt!«

Er schoss den Ball gegen einen Baumstamm und sagte etwas zu Pete, was garantiert nichts Schmeichelhaftes über mich war. Dann nahm er seinen Rucksack und kam zu mir.

»Warum müssen wir denn schon gehen?«, schmollte er, doch ich lief bereits los, und er versuchte, mit mir Schritt zu halten. Mittlerweile waren auch Sirenen zu hören. Ein paar Blocks weiter sah ich rot-weiß-blaues Licht über die Hauswände kreisen. Die Straße neben unserem Block war von einer Reihe grauer Laster mit dem Schriftzug **DEPORTATIONSEINHEIT** darauf abgesperrt.

»Ich weiß es nicht«, flüsterte ich meinem kleinen Bruder zu.

Was natürlich absolut keine Antwort war. Aber ausnahmsweise hatte er mal keine Widerworte.

KAPITEL 5

Wir hatten kaum die Wohnungstür geöffnet, da kam Mami auf uns zugelaufen. Sie drückte uns so fest an sich, dass ich dachte, ich würde jeden Moment zerbrechen. Sie zitterte, und ihr Körper war schweißnass.

»*El pájaro*«, keuchte sie. »Er hat mich gerettet.«

»Was?«, antwortete ich.

»Warum ist es hier so dunkel?«, fragte Ernie.

Mami hatte alle Fenster geschlossen und mit Laken und Tüchern verhängt. Es fühlte sich an, als wäre es Nacht. Das einzige Licht kam von der Marienkerze auf Mamis Altar. Die Kerzenflamme leckte am Schatten vom tragisch geneigten Kopf der Jungfrau Maria.

»*El pájaro*«, wiederholte Mami. »*Ven*, ich zeige es euch.«

Sie verriegelte die Wohnungstür zweimal und führte Ernie und mich zum Altar. Zwischen den Fotos und Kruzifixen stand eine orangefarbene Untertasse, so groß wie meine Handfläche. Als meine Augen sich an die Dunkelheit gewöhnt hatten, erkannte ich ein paar trockene Zweige, Erdklumpen und ein kaputtes türkisfarbenes Ei darauf. Mami nahm die Untertasse in die Hand und betrachtete die Dinge darauf. Ihr Gesicht war geschwollen und wirkte unheimlich, ihre Unterlippe sah irgendwie unförmig aus.

»Mami, was ist mit dir passiert?«

Ich wollte das Küchenlicht anschalten, aber Mami hielt mich mit einem scharfen *»No!«* zurück.

»Aber …«

»Sieh dir nur dieses wunderschöne Nest an, *mi'ja.* Es ist unglaublich. Und sie lassen es zurück, weil wir den zweiten Frost haben, so spät.«

»Mami, wovon redest du? Das ist doch wirres Zeug«, sagte Ernie. Ich stieß ihn mit dem Ellbogen an, auch wenn ich das Gleiche dachte.

»Jedes Jahr werden es weniger Tiere«, sagte Mami. *»Y las vacas.* Die armen Kühe.«

»Mami, bitte setz dich hin.« Ich zog ihr einen Stuhl vom Tisch heran, aber sie ignorierte ihn. »Was ist passiert?«

»Die Farm. Die Farm.«

»Was ist mit der Farm?«, fragten Ernie und ich beinah gleichzeitig. Mamis Augen glänzten. Sie kaute auf der Innenseite ihrer Wange, wie sie es immer tat, wenn ihr zu viel durch den Kopf ging und sie nicht wusste, wo sie beginnen sollte. Als sie schließlich anfing zu erzählen, war ihre Stimme leise und rau. Mami hielt den Blick auf die Jungfrau Maria auf ihrem Altar gerichtet.

»Ich gehe heute Morgen zur Farm, und etwas ist seltsam, weil Mr McAuley, er steht am Holztor. Er steht da normalerweise nicht. Er sieht sehr traurig aus. *Liliana, es ist schön, Sie zu sehen*, sagt er. Vielleicht weiß er es schon. Aber ich glaube nicht.«

»Weiß *was* schon?«, fragte Ernie.

»Pst!«, machte ich, und Mami fuhr fort. Sie erzählte uns, dass sie zu ihrem Arbeitsplatz gegangen war und angefangen hatte, die Milchleitungen mit Reinigungslösung zu spülen, als sie von außerhalb der Scheune lautes Vogelgeschrei hörte. Der Vogel klang wütend oder verletzt – Mami konnte es nicht genau sagen. Sie wusste nur, dass der Vogel in Schwierigkeiten steckte, also folgte sie seinem Ruf den Hügel hinab zu einem trockenen Flussbett am Rand des McAuley-Grundstücks. Dort hatte sie das Nest mit dem kaputten Ei gefunden. Sie hielt uns die Untertasse hin, damit wir es besser verstanden, und seufzte schwer.

»Mami«, flüsterte Ernie. »Ich habe Angst.«

Mamis Augen standen voller Tränen.

»No!«, flüsterte sie und blickte Ernie direkt an. Sie stellte die Untertasse mit dem Nest darauf ab und wendete sich uns zu. »Es bringt nichts, Angst zu haben! Sie wollen, dass wir Angst haben.«

»Wen meinst du?«

»Sie«, sagte Mami, als ob das alles erklärte. »Die Männer. Sie haben gelbe Buchstaben auf dem Rücken. Ich sehe sie oben auf dem Hügel, neben der Scheune. Sie kommen mit großen Autos. Sie fahren so schnell, machen Wolken aus Staub. Und dann brüllen sie alle an, dass sie sich in einer Reihe aufstellen sollen. Sie scannen die Leute nicht. Sie schießen in die Luft.«

Mami hatte sich hinter einem Baum versteckt und zugesehen, wie die Deportationseinheit die Tagelöhner, Frauen wie Männer, auf den Boden stießen – Esteban, Nicola, die ganzen Leute, mit denen Mami die letzten sechs Jahre lang zusammen gearbeitet hatte. Sie waren jeden Tag über vierzig Frauen und Männer gewesen. Mr McAuley kam aus dem Haus und wollte etwas sagen. Er war ein guter Mann, betonte Mami immer wieder. Er war schon alt, humpelte und seine Haut war ganz ledern von den vielen Jahren auf dem Feld. Doch was er der Deportationseinheit auch sagen wollte, es nützte nichts. Die Männer schlugen ihn zu Boden. Sie traten ihm immer wieder gegen den Kopf. Da war Mami losgelaufen.

»Ich renne und renne«, sagte Mami. Sie sah wieder auf die Flamme der Marienkerze, und ihre Miene verhärtete sich, während sie sprach. »Ich renne zur nächsten Farm. Ich laufe zwischen den Tieren durch und dann wieder in die Hügel. Und ich falle auf einen Stein.« An dieser Stelle zeigte sie auf ihre linke Wange, die nicht nur geschwollen war, sondern auch bis unters Kinn mit getrocknetem Blut beschmiert.

»Mami, ich mache dich sauber.« Ich bekam die Worte kaum heraus.

Sie winkte ab. *»Estoy bien.«*

»Nein, lass mal sehen.« Ich streckte die Hand nach ihr aus, aber sie nahm meine Hand in ihre. Ernie vergrub wimmernd den Kopf an ihrer Seite.

»Kommt her, *mi vida*«, sagte sie und zog uns beide näher

an den Altar. Näher an das verlassene Nest und das zertrampelte Ei darin. Ich konnte die Erde und die getrocknete Buttermilch auf Mamis Haut riechen. Den bitteren Geruch von zu viel Kaffee in ihrem Atem.

»*El pájaro*, er kann schon ein paar Wochen nach der Geburt fliegen«, sagte Mami. »Und er singt … *hermoso.* Der ganze Wald kann ihn hören.«

Wir standen eine gefühlte Ewigkeit vor der Untertasse. Ich wusste nicht, ob Mami in Gedanken dem Vogelgesang lauschte oder ob sie erwartete, dass wir ihn auch hörten. Ich nahm nur das Dröhnen der immer noch draußen kreisenden Hubschrauber wahr. Ernie schniefte an Mamis Schulter, während sie sich ganz leicht vor und zurück wiegte. Ich musste mich mit ihr wiegen. Es war die einzige Möglichkeit, nicht verrückt zu werden, die Welt drehte sich viel zu schnell.

»*Gracias por cuidarme, pájarito*«, betete Mami, ihre Stimme halb Flüstern, halb Schluchzen.

Aber sie war hier. Das musste ich mir in Erinnerung rufen. Der Rest der Farmleute war mitgenommen worden, aber unsere Mami hatte es irgendwie geschafft. Auch wenn ich vom Beten und Kerzenanzünden nicht viel hielt, musste ich zugeben, dass es ein Wunder war.

»*En el nombre del Padre y del Hijo y del Espíritu Santo. Amen*«, beendete Mami das Gebet.

»Amen«, wiederholten Ernie und ich.

»*A comer.* Wascht euch die Hände. Ich mache die Hühnersuppe warm. Vali, hol die *arepas.*«

Ernie wischte sich die Nase am Ärmel ab und nickte gehorsam. Aber ich konnte das nicht.

»Mami, warte. Woher sollen wir wissen, dass sie dir nicht nach Hause gefolgt sind?«

Mami sah mich an, als hätte ich sie geohrfeigt.

»Sie haben Onkel Jimi mitgenommen. Und Ernies Fußballtrainer«, beharrte ich.

Mami sah Ernie an. *»¿Verdad, mi'jo?«*

Ernie zuckte bloß die Achseln.

»Wir müssen hier weg«, sagte ich. »Sie sind hinter uns her! Und überhaupt, was ist eigentlich mit Kalifornien? Hast du was von Tía Luna gehört? Wir müssen sie finden und … irgendwohin!«

»Schhhh, *mi'ja*!« Mami umklammerte meine Arme. Ihre Lippen zuckten. Sie versuchte, einen Schmerz zu unterdrücken, der nicht länger zu ignorieren war. Dann seufzte sie schwer und legte mir ihre schwielige Hand auf die Brust. *»Mi'ja«*, versuchte sie es noch einmal in ruhigerem Ton. »Ich habe Tía angerufen, sobald ich zu Hause war. Sie antwortet immer noch nicht.«

»Und was machen wir jetzt?«, flehte ich sie an.

»Was wir machen? Wir sind dankbar, dass wir hier sind und dass wir zusammen sind. Und wir essen. Mit leerem Magen können wir nichts tun.«

Ich hatte keinen Appetit, doch ich konnte nicht länger mit Mami diskutieren. Während ich die gefüllten Maisfladen erwärmte und Mami die Suppe rührte, schwiegen wir alle drei.

Mami zündete zwei weitere Kerzen an, damit wir das Essen sehen konnten. Es roch wunderbar, aber runter bekam ich nichts. Ich hatte einen Knoten im Bauch und meine Gedanken waren ein einziges Durcheinander. Mami aß auch nicht richtig. Sie schob das Essen bloß auf ihrem Teller umher, dann stand sie auf, goss sich einen Schnaps ein und zündete sich eine Zigarette an, was sie so gut wie nie machte.

Sie tat mir leid, weil sie so litt, es aber nicht über sich brachte, das zu äußern. Meine Mami war eine starke Frau. Sie sorgte für unsere Kleidung und unser Essen, arbeitete auf dem Feld und beschützte all die Tiere dort. Sie bekam Dinge geregelt. Vielleicht war dieser Abend deswegen so beängstigend für mich – zu sehen, wie sie ein zerstörtes Vogelnest anbetete und Suppe verteilte und darum kämpfte, alles normal erscheinen zu lassen. Sie kippte ihren Schnaps herunter, zündete sich noch eine Zigarette an und nahm einen langsamen, tiefen Zug. Je mehr unsere Wohnung in Dunkelheit versank, desto heller leuchtete die Glut. Wenigstens half der Rauch der Zigarette dabei, etwas Distanz zwischen uns zu bringen. Ich hätte es sonst viel zu unheimlich gefunden, Mamis trübem, durch die Wohnung irrenden, abgelenkten Blick zu begegnen.

Ernie aß mindestens drei Portionen Hühnersuppe. Der Junge hätte selbst essen können, während er von einem Rudel ausgehungerter Wölfe verfolgt wurde. Als er schließlich fertig war und den Teller von sich schob, sagte Mami »*Bueno*« und räumte den Tisch ab. Sie spülte das Geschirr und ich trocknete ab. Ernie fegte den Boden. Das war unsere tägliche Routine, bevor wir unsere Hausaufgaben machten und ins Bett gingen. Denn das war offenbar der Plan – einfach weiterzumachen, als wäre ein ganz normaler Tag.

Auch wenn es das eindeutig nicht war.

Ich trocknete gerade die letzten Löffel ab, als Ernie die Hintertür zur Feuertreppe öffnete, um das Kehrblech auszuschütten. Das Schlagen der Helikopterflügel war ohrenbetäubend laut, und erschreckt schnappte ich nach Luft.

»Mi'jo! Mi'jo! No!«, rief Mami. Sie rannte zu Ernie und zog ihn von der Tür weg, als würde sie ihn vom Rand einer Klippe retten. Dann knallte sie die Tür zu und lehnte sich dagegen.

Ernie brach in Tränen aus. »Tut mir leid, Mami, tut mir leid!«, schluchzte er immer wieder.

»Schhh … ist okay, *mi'jo*«, sagte sie und nahm ihn in die Arme. »Wir müssen jetzt nur noch vorsichtiger sein.«

Auch mir schossen die Tränen in die Augen, doch ich hielt sie zurück. Ernie sollte mich nicht weinen sehen. Ich wollte nicht, dass er noch mehr Angst bekam, als er ohnehin schon hatte. Schließlich war er gerade mal acht. Er hatte bereits seinen Papi verloren, und jetzt musste er den Gedanken ertragen, vielleicht auch noch Mami und mich zu verlieren.

»Alles wird gut«, sagte Mami. »Wir müssen uns nur …«

Anscheinend wusste Mami nicht, wie sie den Satz beenden sollte.

»Wir müssen uns nur *was*?«, fragte ich.

»Wir müssen uns nur erinnern … *Ven.*« Mami führte uns ins Wohnzimmer, und wir setzten uns alle auf die Couch. Mami zog uns an sich, und ich fühlte unsere Herzen in Stereo schlagen und Mamis Stimme in mir vibrieren, während sie in der Zeit zurückreiste.

»Ich erzähle euch jetzt, warum wir ursprünglich hierhergekommen sind. Als Papi und ich in Suárez lebten, war es überall grün. Die Berge waren riesig, die Bäume groß. Weil sie seit Hunderten von Jahren schon da waren. Die Blumen blühten in allen Farben. Die *chivas*, erinnerst du dich noch an sie, Vali?«

Ich schüttelte den Kopf.

»Das sind Busse, und sie sind wunderschön. Sie sind ganz bunt. Darin ist es wie in einem Regenbogen. Überall ist Farbe. Künstlerinnen und Künstler malen sie an. Die Busse bringen die Menschen von Stadt zu Stadt. Und wir sind auch damit gefahren, um unsere Familie zu besuchen, um zur Arbeit zu gehen. Es gab so viele schöne Dinge in Suárez. Aber dann war es nicht mehr sicher. Versteht ihr?«

Mami erzählte uns von der Gewalt und den Drohungen. Sie erzählte uns, wie sie eines Tages aus dem Bus gestiegen war und die verkohlten Überreste ihres Hauses vorgefunden hatte. Wie sie erst gehend, dann rennend nach ihren Eltern gesucht hatte. Ich hörte Ernie neben ihr schniefen.

»Schon gut, schon gut«, sagte Mami, zog Ernie näher an sich und rieb ihm den Rücken, als ob ihm etwas von ihrer Trauer im Hals stecken geblieben wäre. »Deswegen sind

Papi und ich hierhergekommen. Weil die Berge in Kolumbien mehr Blut als Wasser hatten und wir mit unserer Familie in Sicherheit sein wollten. Wir liefen durch Panama, Costa Rica, Nicaragua, Honduras, Guatemala, Mexiko. Alles für euch. Vali, weißt du noch, wie wir an den Strand und in *el parque de atracciones* in San Diego gegangen sind?«

»Ja!«

»Und ich war in deinem Bauch, oder, Mami?«, fragte Ernie.

»Noch nicht, *mi'jo.* Erst, als wir schon ein paar Jahre in Kalifornien lebten.«

Ernie brachte die Zeiten noch oft durcheinander. Er wusste genau, wann die nächste Fußball-Weltmeisterschaft stattfand, und natürlich, wann sein Geburtstag und Weihnachten waren, aber dass schon vor seiner Geburt eine ganze Welt existiert hatte, konnte er sich nur schwer vorstellen.

»Aber du warst schon immer in meinem Herzen«, erklärte Mami. »Deswegen mussten wir hierherkommen. Weil du ein starker Junge bist. Ein kluger Junge. Das hier ist dein Zuhause!«

»Erzähl mir von Kalifornien«, bat Ernie.

»Es war toll!«, rief ich.

»Die ersten Jahre war es schön«, sagte Mami. »*Muy tranquilo*, aber dann wurde der Präsident gewählt und es gab viele Veränderungen. Die Razzien und Verhaftungen fingen an … Alle waren so wütend. Wir hatten schreckliche Angst.«

Ich erinnerte mich, dass wir nach Papis Ermordung in Tía Lunas Einzimmerwohnung gezogen waren. Mami hatte ihre

Schwester immer wieder angefleht, mit uns nach Osten zu kommen, weil es dort sicherer war.

Ich erinnerte mich, wie wir in das Flugzeug nach Vermont gestiegen waren. Wie ich Mamis Hand gehalten hatte und sie Ernie und mir erzählte, wir würden auf ein *aventura* gehen.

»Es war gut, dass wir hergekommen sind«, sagte Mami jetzt. »Wir haben hier viele Jahre ohne große Sorgen leben können. Und wenn wir jetzt auf ein neues *aventura* gehen müssen, dann werden wir das. Zusammen. Aber zuerst warten wir ab und machen einen Plan. Und ruhen uns aus. *Bueno?*«

An diesem Abend putzten wir drei uns nebeneinander die Zähne. Normalerweise kämpften wir immer um unseren Platz im Badezimmer, doch heute war es anders. Wir spürten das Schwirren der Helikopterflügel draußen durch die Mauern und waren voller Angst und Unsicherheit. Und so standen wir drei vor dem einen Waschbecken und lehnten uns, selbst als wir die Zahnpasta ausspuckten, noch aneinander. Dann krabbelte Ernie mit zu Mami und mir ins Bett. Die Federn der Ausziehcouch stöhnten unter unserem Gewicht, aber ich hätte es nicht übers Herz gebracht, ihn in sein eigenes Bett zu schicken.

»Mami, gehen wir morgen zur Schule?«, fragte Ernie.

Mami blickte mich kurz an und presste die Lippen aufeinander. Sie sah aus, als hätte sie unzählige Antworten auf diese Frage und wüsste nicht, welche sie wählen sollte.

Sie entschied sich für: *»No sé. No sé.«*

»Werden die Leute von der Farm wieder nach Hause kommen?«, fragte er.

»Mi'jo …«, sagte Mami. Sie wollte ihn beschützen, aber ich wusste nicht, ob das überhaupt noch möglich war. *»No sé«*, flüsterte sie wieder und klang so müde.

»Werden sie zu Hause anrufen können?«

»No sé.«

»Oder vielleicht Briefe schreiben?«

»No sé.«

Ernie stellte eine nicht zu beantwortende Frage nach der anderen, und Mami wiederholte immer nur *No sé, no sé, no sé.* Sie wusste es nicht. Wie sollte sie auch? Wie sollte irgendwer von uns sich auf das Unbekannte vorbereiten, das drohend immer näher rückte?

»Aber wo kommen sie hin?« Ernie ließ nicht locker. »Was passiert mit ihnen?«

»Sie werden zurück in ihre Länder geschickt«, sagte Mami.

Das Wissen darüber, was das für unsere Familie bedeutet hatte, erfüllte den Raum. Wie viele andere Familien würden heute Nacht, morgen oder in den nächsten Tagen zerrissen werden? Wie viele von ihnen würden Fotos von der Leiche eines geliebten Familienmitglieds erhalten?

»Wenn sie dich und Vali mitnehmen, komme ich mit«, schluchzte Ernie.

»Schhh, schhh, schhh«, mahnte Mami und legte Ernie die Hand über den Mund. Wieder musste ich die Tränen zurückhalten.

»Duérmete, niño chiquito, que tengo que hacer …«

Geh schlafen, kleiner Junge, sang Mami. Ihr Schlaflied war mehr ein Befehl, eine Aufforderung an uns, die Augen zu schließen und zu vertrauen. Uns unserer offensichtlichen Müdigkeit hinzugeben. Und es funktionierte wohl. Auch für mich. Ich schlief ein, bevor das Lied zu Ende war.

»Este niño hermoso …«

Ihre Stimme hielt uns beide und beschützte uns, zumindest in dieser Nacht.

KAPITEL 6

Am nächsten Morgen wachte ich erst nach sieben auf, und das auch nur, weil Ernie mich im Schlaf gegens Schienenbein trat. Mami war natürlich schon in der Küche. Diesmal wischte sie den Boden. Vor dem Fenster über der Spüle hing ein geblümter Kissenbezug und ließ nur einen leichten Schimmer Morgensonne hindurch. Das einzige andere Licht war eine kleine blaue Flamme auf dem Gasherd, die Mamis Morgenkaffee erhitzte.

»Mami, was ist los? Warum hast du mich so lange schlafen lassen?«, fragte ich.

Mami lehnte den Wischmopp gegen den Kühlschrank und küsste mich auf die Wange. Ihre Haut fühlte sich feucht an, sie wischte wohl schon eine Weile. »Heute bleiben wir alle drin, *todos juntos*«, sagte sie. »Bis wir wissen …« Sie lächelte mich an oder vielmehr versuchte sie es. Doch sie bekam kaum die Lippen auseinander, und ihre Augen waren feucht. *»Ven.«*

Sie ging zur Spüle und schob den Kissenbezug ein kleines Stück zur Seite, damit ich hinaussehen konnte. Unsere Wohnung lag im ersten Stock eines ziemlich heruntergekommenen Backsteingebäudes. Der Parkplatz unter der Feuertreppe stand normalerweise voller leerer Bierflaschen und manchmal lagen dort auch die Leute, die das Bier getrunken hatten und dann eingeschlafen waren. Auf der anderen Seite des Parkplatzes befanden sich ein Eisenwarengeschäft, das nie geöffnet hatte, ein Pub, der immer auf war, und ein Elektro-Reparaturladen, der eigentlich erst in einer halben Stunde oder so öffnen sollte, in dem aber alle Lichter brannten. Die Tür war eingeschlagen, und sämtliche Glastresen und Regale waren zerstört.

Zwei Männer in grauer Kampfuniform gingen durch die Trümmer. Ich musste gar nicht erst die gelbe Schrift auf dem Rücken sehen, um Bescheid zu wissen. Der Elektroladen war von einem älteren Inder namens Mr Rashid geführt worden. Er hatte nie besonders viel geredet, Ernie und mir aber immer zugenickt, wenn wir vorbeigingen.

Mami ließ den Kissenbezug wieder vors Fenster zurückfallen.

»Sie haben dort heute Morgen auf ihn gewartet. Ich habe gesehen, wie sie ihn abgeführt und in den Transporter verfrachtet haben.«

Ich fand keine Worte, die in dem Moment irgendeinen Sinn ergeben hätten.

Doch Mami fand sie.

»Mir geht es gut. Dir geht es gut. Alles wird gut werden«, sagte sie und zog mich an sich. Ich wollte den Rest meines Lebens dort an ihrer Halsbeuge bleiben. Es war der einzige

Ort, der sich gerade annähernd sicher anfühlte. »*Ven*. Hilf mir putzen. Es ist gut, beschäftigt zu sein.«

Sie küsste mich wieder auf die Wange und reichte mir den Wischmopp. Ich fing an, das Linoleum zu wischen, nur um nicht wieder zum Fenster zurückzugehen. Nachdem ich den Boden gewischt hatte, gab Mami mir einen Staubwedel und ließ mich alle Bilder und den Altar entstauben, während sie die Spüle schrubbte.

Als Ernie aufwachte, war es schon nach acht, und Mami und ich spülten und trockneten gerade noch einmal die Pfannen und Töpfe vom Vorabend. Wir hatten außerdem beide schon ein Dutzend Mal versucht, Tía Luna anzurufen, und ich hatte schon mehrere verzweifelte Nachrichten von Kenna erhalten:

Kommst du? Der Bus fährt los.

Wo bist du?

Bitte antworte!

Alles ok. Ich bleibe zu Hause.

Verdammt. Du hast mir eine scheiß Angst eingejagt. Geht's dir gut?

Nein. Dir?

Nein.

»Keine Schule?«, krächzte Ernie mit verschlafener Stimme. Er hatte noch Kissenabdrücke im Gesicht.

»Nein«, antworteten Mami und ich gleichzeitig.

»Wir schwänzen einfach alle zusammen, okay?«, sagte Mami, und Ernie und ich kicherten. »*Ven.* Habt ihr Hunger?«

Beim Frühstück öffnete Mami auf ihrem Handy eine Karte der USA und fragte uns in Geografie ab. Zuerst wollte sie nur die Namen der Hauptstädte wissen. Doch dann stellte sie kompliziertere Fragen wie: *Tú sabes*, in welchem Staat die meisten Migranten leben? Oder: Was habt ihr in der Schule über Atlanta gelernt?

Auf die meisten ihrer Fragen wusste ich die Antwort. Aber ich wusste nicht, was sie damit bezweckte, uns so zu testen.

»Soll das heißen, du bist jetzt unsere Lehrerin, Mami?«, fragte Ernie.

Daraufhin lächelte Mami beinahe richtig. »*No, no, no, mi'jo.* Wir lernen nur zusammen, um zu überlegen, was wir als Nächstes tun.«

Der erste Tag versteckt in unserer Wohnung fühlte sich furchtbar und endlos an. Es kam mir vor, als wären wir in unseren eigenen vier Wänden gefangen, während alle um uns herum ihren alltäglichen Gewohnheiten nachgingen. Ich hörte unsere Nachbarn Kaffee kochen, die Toilettenspülung betätigen, Musik hören und sich über einen aufkommenden Sturm unterhalten. Sie gingen mit der Gewissheit, in Sicherheit zu sein, durch ihren Tag und ihr Leben, denn irgendwie war das ihr Geburtsrecht. Wohingegen Mami uns verbot, Musik zu hören oder lauter als flüsternd miteinander zu reden. Wir mussten auf Zehenspitzen herumschleichen. Ich wischte zum fünften Mal den Küchentresen, obwohl er längst sauber war. Ich aß kalte *arepas*, nur damit der wütende Schmerz in meinem Kiefer nachließ. Und trotzdem konnte ich nicht auf die Uhr über dem Herd blicken, weil die Zeit dann nur noch langsamer verging.

Am Abend rief Kenna an.

»Hallo?«, sagte sie mit gehetzter, schriller Stimme. »Geht es dir gut? Wo bist du? Ich dachte, vielleicht haben sie … dich mitgenommen!«

»Ich bin hier. Ich verstecke mich. Ich …« Ich stolperte über meine eigenen Worte, so eilig hatte ich es, ihr alles zu erzählen, was seit gestern Nachmittag bei Onkel Jimi passiert war. »Sie haben alle auf der Farm mitgenommen, bis auf Mami. Sie haben auch Mr Rashid mitgenommen. Und jetzt hängen wir drinnen fest und können kein Licht anmachen.«

Kenna seufzte. Sie erzählte mir von weiteren Leuten aus Southboro, die festgenommen worden waren. Als Kenna morgens an der Schule aus dem Bus stieg, standen zwei graue Transporter der Deportationseinheit vor den Toren der Morror Magnet Highschool. Am liebsten wäre Kenna umgedreht und die sechs Kilometer nach Southboro zurückgelaufen, aber sie hatte schon mit zu vielen Leuten Blickkontakt gehabt, sodass sie es nicht wagte. Zwei der Hausmeister und unsere geliebte Mathelehrerin Ms Kochiyama waren festgenommen worden.

»Es war widerwärtig«, erzählte Kenna. »Sie haben ihnen die Hände mit diesem dicken Draht auf den Rücken gefesselt und sie durch die gesamte Schule an allen vorbeigeführt.« Ich konnte es mir richtig vorstellen, wie die ganzen weißen Gesichter zugesehen hatten, wie sie abgeführt wurden. »Und das Schlimmste war Maddie. Sie stand da, die Hände in die Hüften gestützt, und grinste. Ich hätte sie erwürgen können.«

»Ich bin froh, dass du's nicht getan hast«, sagte ich.

»Ja.« Kenna lachte gequält. »Wäre wohl nicht so gut gekommen. Aber trotzdem … Ich wünschte, ich hätte irgendwas getan, statt einfach nur dazustehen und zuzusehen.«

Das wünschte ich auch. Aber was hätte sie tun sollen? Was konnte irgendwer von uns tun?

»Ich habe sie einfach nur angestarrt …« Kenna machte eine Pause. »Ich habe dich so gern, Val.«

»Ich dich auch.«

Ein langes, schweres Schweigen setzte ein. Dann sagte sie: »Ich muss aufhören. Meine Mom hat Angst, dass wir abgehört werden.«

»Glaubst du das auch?«, fragte ich und fühlte, wie mein Puls schneller wurde.

»Nein. Oder vielmehr: Ich weiß es nicht. Vielleicht? Tut mir leid, ich muss wirklich aufhören. Bis *mañana*?«

»Ja. *Mañana*.«

X

Falls Mami irgendwelche Theorien über abgehörte Telefongespräche mitbekommen hatte, ignorierte sie diese, denn am nächsten Morgen führte sie in der Küche jede Menge Telefonate. Zuerst rief sie an der Morrow High und an der Southboro Elementary an, um uns zu entschuldigen. Dann rief sie wohl ein paar Freundinnen an, denen sie alles erzählte. Ich wusste nicht, wer am anderen Ende der Leitung war, ich hörte nur, dass Mami auf Spanisch und ziemlich schnell redete. Sie fragte, welche Städte am sichersten waren oder ob es irgendwelche Neuigkeiten gab, wie wir am besten reisen konnten. Ich blieb bis nach acht im Bett. Nicht, weil ich so lange schlief. Ich hatte nur nichts anderes zu tun, als Mami zuzuhören und mich zu fragen, was wohl unser nächster Schritt sein würde.

Als Ernie und ich aufstanden, war Mami dabei, all unsere Ersparnisse auf den Küchentisch zu legen. Sie wirbelte in der Küche herum, durchwühlte Schränke und schüttelte leere Schachteln, wobei sie bündelweise Geldscheine hervorzauberte.

»*Buenos días!*«, sagte sie. Sie gab uns beiden einen schnellen Kuss und lief ins Wohnzimmer, wo sie die Bezüge der Sofakissen öffnete und in die Federung des Ausziehsofas griff. So kam ein weiterer Haufen Scheine zusammen. Alles in allem waren es fast tausendzweihundert Dollar.

Mami sah mein überraschtes Gesicht und sagte: »Freu dich nicht so früh, *mi'ja*. Das reicht kaum für die Bustickets raus aus diesem *mierdero*.«

»Wo fahren wir denn hin?«

»Das muss ich erst noch rausfinden.«

»Woher wissen wir, wann wir aufbrechen müssen?«

»No sé«, antwortete Mami. »Wir wissen nur, wenn es zu gefährlich ist hierzubleiben.«

Sie erzählte Ernie und mir, dass sie versucht hatte, befreundete Menschen in San Diego anzurufen – Leute, mit denen sie und Papi auf den Farmen zusammen gearbeitet hatten, Leute aus der Kirche, in der Ernie getauft worden war. Doch in San Diego hatte sie niemanden erreichen können. Die meisten, mit denen sie außerhalb von Kalifornien gesprochen hatte, beschäftigten die gleichen Fragen wie mich:

Was ist das für ein System-Upgrade, von dem der Präsident gesprochen hat?

Wo bringt die Deportationseinheit die Menschen hin?

Ist es sicherer zu bleiben oder zu gehen?

Und wenn wir gehen, wohin?

Eine Person allerdings gab Mami Hoffnung.

»Ihr Name ist Schwester Lottie«, erzählte sie Ernie und mir. »Sie war sehr gut zu uns, als wir in San Diego lebten, und jetzt wohnt sie in New York. Vielleicht können wir dahin, wenn ich mit ihr rede …«

»Und in einer Kirche wohnen?«, fragte Ernie blinzelnd.

Mami küsste ihn auf den Kopf. *»No sé, mi'jo.* Aber so machen wir es. Zusammen finden wir einen Weg.«

Nach einem weiteren Frühstück mit wieder aufgewärmten *arepas* ließ Mami Ernie und mich den kompletten Kühlschrank und alle Küchenschränke auswischen, obwohl sie längst tadellos sauber waren. Danach sollten wir je zwei Sets an Kleidung aussuchen und sie zu einem kleinen Bündel zusammenfalten. Wir durften auch ein Stück Seife und so viele weitere Sachen aus dem Badezimmer einpacken, wie in eine Pausenbrottüte passte. Ich steckte meine Zahnbürste, Make-up und mein Deo ein. Ich hatte keine Ahnung, wie viele Tampons ich mitnehmen sollte, und eigentlich wollte ich auch meine Pickelcreme einstecken, aber der Deckel fehlte.

»Hast du irgendwas Dummes damit gemacht, ihn weggeworfen oder so?«, fauchte ich Ernie an. Ich wusste, ich war unausstehlich, aber ich konnte nicht anders. Ich fühlte diese wütende Unruhe in mir, die immer stärker wurde. Ich war angespannt und nervös und musste irgendetwas tun.

Ernie lief zu Mami und sagte, ich würde ihn ärgern, aber sie hatte keine Zeit für unsere Zankereien. Sie saß unter dem zugehängten Wohnzimmerfenster und linste durch die Lücke am unteren Rand ins Tageslicht. Ernie und ich hockten uns auf beiden Seiten neben sie und spähten mit ihr hinaus. Von draußen waren entsetzliche Schreie zu hören.

An der Ecke vom Southboro Park stand ein grauer Transporter, und zwei Männer in Kampfmontur zogen eine junge Frau hinter sich her. Ich konnte die Frau nicht erkennen, die Haare hingen ihr ins Gesicht. Zwei kleine Mädchen mit identischen Pferdeschwänzen liefen kreischend hinter ihr her. Die Münder waren weit aufgerissen, und doch waren sie längst nicht groß genug für all ihren Schmerz.

Ernie und ich drückten uns an Mami, die Tränen liefen uns über die Wangen. Ich wusste nicht, wie wir es noch länger aushalten sollten, dass diese Schrecken sich vor unseren Augen abspielten. Das hier waren keine blutrünstigen, erfundenen Geschichten. Das hier waren unsere Freundinnen und Nachbarn, die wie Vieh zusammengetrieben und abtransportiert wurden. Es war nur eine Frage der Zeit, bis wir dran waren.

Mami sagte immer wieder, wir würden so bald wie möglich aufbrechen. Aber erst, wenn wir wüssten, wohin und wie wir sicher dorthin kämen, und alles geklärt wäre. Denn sonst, warnte sie uns, würden wir es noch nicht einmal bis zur Ecke des Parks schaffen.

X

An unserem dritten Tag zu Hause fühlte es sich an, als ob die Luft kochte und die Wände immer näher kämen. Vielleicht taten sie das auch. Ich wollte die Wände alle einschlagen. Ich wollte die Tücher von den Fenstern reißen. Aber ich wusste auch, dass sie das Einzige waren, was uns möglicherweise beschützte, geborgen hielt.

»Alles wird gut«, sagte Mami. »Ich sage euch, alles wird gut.« Doch sie klang wenig überzeugend, vielmehr als hätte sie selbst das Ganze satt. Da Mami keine Aufgaben mehr für uns einfielen, spielten Ernie und ich Karten. Zuerst lenkte es mich gut ab, doch dann fing Ernie an, die Regeln zu ändern, oder vielleicht konnte er sich auch einfach nicht mehr an sie erinnern. Auf jeden Fall verlor ich die Geduld.

»Vergiss es. Ich bin raus«, sagte ich.

»Du kannst nicht einfach aufhören«, jammerte er. »Nicht mitten im Spiel!«

»Tja, ich habe aber keine Lust mehr.«

»Du bist ein Loser.«

»Was?«

»Du gibst auf, du bist ein Loser!«

»Bin ich nicht!«

»¡Niños, niños, por favor!«, flüsterte Mami energisch.

Ich warf Ernie einen strengen Blick zu und stürmte ins Badezimmer, um meine Wut abzulassen und für mich allein zu sein. Ja, ich wusste, kleine Brüder waren nervig und »Loser« war ein albernes, kindisches Schimpfwort. Aber irgendwie hatte es einen Sturm aus Frust, Angst und Selbstzweifeln in mir ausgelöst.

Ich wollte tatsächlich aufgeben – ich wollte das hier alles so schnell wie möglich hinter mir lassen. Worauf warteten wir eigentlich? Konnte es noch schlimmer werden? Sollten wir etwa hierbleiben, bis jemand an unsere Tür klopfte oder unsere Fenster einschlug?

Aufzugeben war in diesem Leben allerdings keine Option. Selbst wenn wir Southboro verließen, gab es keine Garantie, dass wir irgendwo anders in Sicherheit wären. Mamis Chip funktionierte nur unzuverlässig und auch meiner konnte jederzeit anfangen zu piepen. Wie lange könnten wir davonlaufen, bis wir geschnappt würden?

»*Mi'ja*, komm wieder raus«, sagte Mami durch die Tür. »Wir müssen zusammen sein.«

Ich sah in den Spiegel und setzte eine ruhigere Miene auf. Ich strich mir die Haare hinter die Ohren, straffte die Schultern und spannte meine Lippen zu einer Linie. Kenna nannte es meine Super-Vali-Haltung. Sie meinte, mit dem Gesichtsausdruck könnte ich es mit allen aufnehmen.

Doch dann wurde mir bewusst, dass Kenna seit dem ersten Abend gar nicht mehr angerufen hatte. Hatte sie nicht gesagt, sie wollte sich am nächsten Tag wieder melden? Oder hätte ich sie anrufen sollen?

Ich versuchte es jetzt, obwohl es halb elf am Vormittag war und Kenna gerade auf dem Weg zur dritten Stunde und ihr Handy ausgeschaltet sein müsste.

Die von Ihnen gewählte Rufnummer ist nicht mehr vergeben.

»Was?«, keuchte ich.

»Redest du wieder mit deinen eingebildeten Freundinnen?«, versuchte Ernie mich von der anderen Seite der Tür aus zu ärgern.

»Halt den Mund«, schnauzte ich ihn an.

»Mami, Vali ist gemein zu mir!«, rief er, während ich zum wiederholten Mal Kennas Nummer wählte.

»Valentina«, sagte Mami streng und klopfte an die Tür. »Es reicht. Komm raus und entschuldige dich bei Ernesto.«

Ich riss die Tür auf und brach zusammen. »Ich … ich … ich kann Kenna nicht erreichen!«

Ich hielt Mami das Handy hin, damit sie die Nachricht hören konnte.

Die von Ihnen gewählte Rufnummer ist nicht mehr vergeben.

Ich hatte das Gefühl zu ersticken, als würde jemand allen Sauerstoff aus mir herauspressen. Die Tränen liefen mir über die Wangen, ich machte mir noch nicht mal die Mühe, sie wegzuwischen.

»Was bedeutet das?«, fragte Ernie, während Mami mich in den Arm nahm. Ich konnte ihm nicht antworten. Und Mami konnte es auch nicht. Aber er begriff auch so, dass die Gefahr immer näher rückte, und einen Moment später klammerte er sich weinend an mich. Ich wusste nicht sicher, ob Kenna und ihre Familie festgenommen worden waren, aber es war absolut möglich, viel zu wahrscheinlich. Und jedes Mal, wenn ich jetzt an Kenna dachte, sah ich Maddie Fitz in der Cafeteria-Schlange stehen, die erklärte, wie beängstigend es war, dass in der Stadt »Illegale« lebten.

»Mami, bitte«, weinte ich. »Wann gehen wir endlich?«

Mami putzte sich die Nase und sah sich auf dem Handy wieder die Karte der USA an. Sie wirkte, als hätte auch sie genug vom Warten.

»*Bueno.* Wir nehmen den Bus von Southboro nach New York, das macht dreihundert Dollar«, sagte sie und zählte die Scheine ab. »Wir treffen Schwester Lottie und bleiben eine Weile in ihrer Kirche. Wenn es sicher ist, können wir vielleicht nach Indiana zu Papis Cousine.« Sie fuhr mit dem Finger übers Display, Richtung Westen.

»Was ist mit Kanada?«, fragte ich.

»Die Deportationseinheit kontrolliert wohl auch an der Grenze zu Kanada.«

»Warum?«

»*No sé* … Wir gehen dahin, wo wir wissen, dass es sicher ist«, erklärte Mami.

Aufgeben war keine Option.

»Wir wissen nicht, wann sie als Nächstes kommen, also müssen wir in Bewegung bleiben. Und wir bleiben zusammen.«

»Ich verstehe das nicht«, klagte Ernie. »Warum gehen wir nicht einfach zurück nach Kolumbien?«

Mami öffnete den Mund, um etwas zu sagen, doch dann schüttelte sie den Kopf. Ihre Augen standen voller Tränen.

»Das geht nicht, *mi'jo*«, flüsterte sie. Sie hatte in Kolumbien zu viel verloren – ihre Eltern, ihre Schwester, unseren Papi. Statt einer Erklärung stand Mami auf, ging zum Altar, zündete die Marienkerze an und sprach *la bendición*. Dann bat sie *la Virgen*, uns zu beschützen und zu führen und Erbarmen mit uns Kindern zu haben.

Den Nachmittag verbrachten wir damit, dass Mami Ernie und mir erklärte, wie wir auf der Reise vorsichtig waren und unsere Energie sparten. Wir mussten ihr versprechen, an jedem Kontrollpunkt ruhig und gelassen zu bleiben. Wenn wir uns verlieren sollten, würden wir uns bei Schwester Lottie in New York treffen. Mami schrieb Schwester Lotties Adresse auf drei Streifen Papier und gab Ernie und mir je einen. Dann räumten wir unsere Rucksäcke aus und verstauten unsere Kleidung, Kosmetiksachen und was wir in der Küche noch zu essen fanden, darin.

»Das ist alles«, sagte Mami, obwohl sie selbst noch eine Bibel, den Silberlöffel meiner *abuela*, einen Rosenkranz, eine Taschenlampe und ein Küchenmesser einpackte – das schärfste, das wir besaßen.

»Was ist, wenn uns das Essen ausgeht? Müssen wir dann jagen?«, fragte Ernie. Ich war schon wieder genervt von ihm, aber tatsächlich mussten wir uns über solche Dinge Gedanken machen.

»*Mi'jo*, wir fahren mit dem Bus. *Qué tal*, Essen jagen«, sagte Mami lächelnd. Aber sie redete nicht, als würden wir mit dem Bus fahren. Sie erklärte uns, wie wir auf der Straße überlebten. *»Agua. Es lo mas importante.«*

Sie öffnete den Kühlschrank und nahm drei Flaschen Wasser heraus, die sie auch noch einpackte. Sie sagte, damals auf der Flucht seien Papi und sie Tieren zu ihren Wasserquellen gefolgt, weil Tiere einen besseren Geruchssinn hätten als Menschen. Und sie hatten sich durchs Wurzelwerk von Laubbäumen gegraben, weil Laubbäume nur in der Nähe von Wasser überleben konnten. Sie zeigte uns Fotos von Gewässern in den USA, von den Großen Seen bis zum Colorado River. Ich wollte alles aufzeichnen, was Mami sagte, oder es zumindest aufschreiben. Aber natürlich redete sie viel zu schnell und machte kaum eine Pause, um Luft zu holen. Dann packte sie bündelweise Dollarscheine in die Taschen unserer Rucksäcke.

»Und wann geht es los?«, fragte ich. Ich war erschöpft und aufgeregt zugleich.

»In der Nacht«, versprach Mami.

Aber der Präsident hatte mal wieder andere Pläne für uns.

Ein tiefes Grollen ging durchs Gebäude, und dann sprangen unsere Handys an. Das Hologramm der Nationalen Nachrichten erschien. Die Hymne klang zehn Dezibel zu laut, während vor uns schwebend das käsige Gesicht des Präsidenten Gestalt annahm.

Er grinste. »Guten Tag, Staatsbürger«, fing er an. »Ich erscheine wieder einmal mit sehr dringlichen Nachrichten. Wie Ihnen vielleicht bekannt ist, will sich der bisherige Bundesstaat Kalifornien an unseren Bemühungen, Amerikas Grenzen zu sichern, nicht beteiligen. Daher bleibt mir keine andere Wahl, als zwischen den Vereinigten Staaten und Kalifornien eine weitere Mauer zu bauen. Ich habe bereits zweitausendfünfhundert Spezialkräfte entsandt, die nicht nur den Bau absichern, sondern auch die Bevölkerung an der neuen Grenze schützen. Jeder, der versucht, diesen Schurkenstaat zu betreten, wird festgenommen, inhaftiert und Maßnahmen des Kriegsrechts unterzogen. Wir sind eine auf Vertrauen und Loyalität gebaute Nation. Als amerikanische Staatsbürger ist es unsere Pflicht, dafür zu sorgen, dass dieses

Land sicher und stark bleibt. Danke. Gott segne Sie und die Vereinigten Staaten von Amerika.«

Während das Hologramm des Präsidenten verblasste, rätselte Mami, was das für uns bedeutete. »Das heißt?«, fragte sie.

»Das heißt, Kalifornien soll jetzt auch noch abgeriegelt werden«, sagte ich. »Das heißt, wir müssen …«

Doch Schwester Lottie erklärte es besser als ich. Mamis Handy leuchtete jetzt mit einer Nachricht von ihr auf, die ganz in Großbuchstaben geschrieben war:

KALIFORNIEN SPALTET SICH AB UND BIETET ZUFLUCHT.
ALLE SIND WILLKOMMEN.
FOLGT DEM PLAN UND ICH FINDE EINEN WEG.

KAPITEL 7

Zu gehen ist ein bisschen, wie zu sterben.
Anzukommen heißt, nie anzukommen.
– Gebet der Migranten

Wir warteten bis kurz nach vier am Morgen, dann brachen wir auf. Wir wussten zwar nicht, ob es jetzt sicherer war, aber zum ersten Mal hörten wir kein Trampeln oder Brüllen oder Wiederholungen der Ansprache des Präsidenten auf den Gängen.

»Okay, *vámonos*«, flüsterte Mami.

»Warte«, stieß ich hervor. Ich blickte noch einmal zurück in unsere kleine Wohnung, ich war gelähmt vor Angst. Oder vielleicht war es auch eine schwere Trauer. Wir würden so vieles verlieren, wenn wir durch diese Tür gingen. Ich wusste nicht, wie ich mich von all dem, was wir zurückließen, verabschieden sollte. Manches würde nie in einen Rucksack passen – wie die Delle an der Seite des Kühlschranks, die Ernie mit seinem Fußball hineingeschossen hatte, als er ausgerechnet in der Wohnung seinen neuen Ball ausprobieren musste. Der in unsere Haut sickernde

Dunst von Mamis Knoblauch und Zwiebeln. Und Miss Nichols, die Obdachlose mit Augenlidern so dick wie Asphalt, die mit ihren Katzen unter unserer Feuertreppe schlief und immer irgendetwas über das Leben auf dem Mars schrie. Die ganzen Geräusche und Gerüche und all die Dinge, die es hier zu sehen gab, die diesen Ort zu unserem Zuhause machten.

Andererseits war ich mir sicher, wenn wir noch einen Tag oder auch nur eine Stunde länger blieben, würde es schon bald verräterisch an der Tür klopfen. Oder die Tür würde einfach aus den Angeln gehoben. Und dann würden wir auseinandergerissen, wie es der Frau im Park mit ihren Kindern passiert war. Bestimmt stand schon eine ganze Reihe Mitglieder der Deportationseinheit draußen auf dem Gang und wartete nur darauf, dass wir endlich herauskamen, um uns zu verschleppen. Als Mami den Türknauf drehte, schloss ich die Augen.

»Vali …«, bat sie und zog mich am Ellbogen hinaus. Der Gang war leer und genau so, wie ich ihn in Erinnerung hatte – dunkel und modrig. Ernie, Mami und ich schlichen auf Zehenspitzen, doch anscheinend reichte schon das Rascheln unserer Rucksäcke, um Aufmerksamkeit zu erregen. Wir hatten fast den Streifen Teppich im Erdgeschoss erreicht, der als Lobby diente, als Ms Murphy aus Wohnung 1C die Tür öffnete und uns finster ansah.

»Ab! Los!«, befahl sie uns, als wären wir ein Rudel streunender Hunde oder räudiger Katzen, die ihren Müll durchwühlten. Mami hatte Ms Murphy früher zehn Dollar die Stunde dafür gezahlt, wenn sie nach der Schule auf Ernie und mich aufpasste. Sie hatte uns immer Fernsehsendungen über Hausfrauen und Millionäre gucken lassen und uns so viele Karamellbonbons gegeben, dass unsere Zähne ganz klebrig wurden.

»Tschüss, Ms Murphy«, sagte Ernie. Er wollte nur höflich sein, aber Mami warf ihm einen warnenden Blick zu, und er verstummte. Ms Murphy ihrerseits gab in keiner Weise zu verstehen, Ernie gehört zu haben. Sie sah uns noch nicht einmal richtig an. Für sie waren wir bereits fort.

»Kein Wort. Zu niemandem«, sagte Mami, als wir aus dem Haus traten. »Falls jemand fragt: Wir gehen zum Bus, um Verwandte in New York zu besuchen«, sagte sie unseren auswendig gelernten Spruch auf.

x

Der Busbahnhof von Southboro lag nur achthundert Meter entfernt, aber wir brauchten fast eine Stunde, weil Mami darauf bestand, dass wir einen möglichst weiten Umweg liefen und uns in den dunkelsten Schatten zwischen den Straßenlaternen bewegten. Wir durften weder zu schnell noch zu langsam sein. Wir mussten uns so unauffällig wie möglich verhalten. Als eine Kolonne von grauen Lastern an uns vorbeifuhr, gingen wir weiter. Als das Dröhnen von Helikopterflügeln über uns anschwoll, gingen wir weiter.

Wir fahren nach New York, um Verwandte zu besuchen, sagte ich leise vor mich hin.

Um Verwandte in New York zu besuchen, hörte ich Ernies Echo.

Der Busbahnhof von Southboro war riesig, doch zu unserem Glück wuselte es nur so vor jungen Studentinnen und Studenten, die gerade das Frühjahrssemester an der Universität von Vermont beendet hatten. Sie waren laut und ganz verwirrt von den vielen neuen Sicherheitsbestimmungen.

»Ich bin schon wieder gescannt worden«, klagte einer von ihnen.

»Ich auch. Total nervig«, antwortete sein Freund.

Ernie drückte meine Hand und ich nickte ihm zu, wie um zu sagen: *Ja. Alles ist gut. Alles wird gut.* Doch dann erklärte Mami Ernie und mir, dass wir zuerst reingehen sollten und sie ein paar Minuten später nachkommen würde.

»Was? Nein! Warum?«, platzte ich heraus. »Wir müssen zusammenbleiben.«

»Schhh. Denk an meinen Chip. Er funktioniert nicht immer …« Mami schloss kurz die Augen.

Ich musste an den Schotter an ihren Knien denken, als sie letztes Jahr aus der Gasse hinterm Rathaus zurückkam.

»Aber … aber …« Die Erinnerung ließ mich nicht mehr los. Ich wusste nicht, wie ich uns drei zusammenhalten sollte.

»*Todo va estar bien*«, versicherte uns Mami. »Wenn mir etwas passiert, geht ihr zu Schwester Lottie. Sie weiß, was zu tun ist. *Que Dios los bendiga.*« Sie drückte mir ihren Rucksack in die Hand und schob uns zur Scan-Schlange.

»Aber Mami!«, rief Ernie. Ich stieß ihn in die Seite, damit er ruhig war. Sie hatte recht, auch wenn es mir nicht gefiel.

Wir stellten uns zusammen mit jeder Menge Studierenden am ersten Kontrollpunkt an. Der Mitarbeiter der Deportationseinheit, der den Scanner bediente, wirkte ziemlich müde und genervt. Er ließ die ganzen blonden, blauäugigen jungen Leute vor uns einfach die Hände ausstrecken und durchgehen, ohne sie noch einmal anzusehen. Doch als wir an der Reihe waren, stellte er sich uns in den Weg und ein unheimliches Grinsen machte sich auf seinem Gesicht breit.

»Wo wollt ihr hin?«, fragte er.

»Verwandte in New York besuchen!«, riefen Ernie und ich fast gleichzeitig.

»Sorry«, fügte ich hinzu. »Wir sind einfach aufgeregt.«

Ich streckte die Hand aus und versuchte, das Zittern meiner Beine zu ignorieren. Das Licht tanzte über meine Haut und ich wandte den Blick ab. Als der Scanner klickte, fiel ich vor Erleichterung fast um. Nachdem auch Ernie durchgegangen war, wirkte der Mann geradezu wütend. Wir stellten uns ein paar Meter weiter an die Seite und beobachteten nervös die Schlange. Ein paar Minuten später richtete der Mann den Scanner auf Mamis Handgelenk. Ich zog den Kopf ein. Durchbohrte ihr Handgelenk mit meinem Blick und schickte ein Gebet gen Himmel. Eigentlich war es mehr ein Befehl. Und ich wusste auch gar nicht, wen genau ich damit ansprach.

Bitte, lass den Chip funktionieren. Bitte!

Vielleicht war es Gottvertrauen. Vielleicht war es ein Wunder. Vielleicht waren es fünftausend gut investierte Dollar. Jedenfalls tauchte der Scanner Mamis Handgelenk in blassblaues Licht, das ihre Haut langsam auf und ab wanderte. Dann hörten wir den Scanner klicken. Das Klicken der Bestätigung. Das Klicken der Möglichkeiten. Das Klicken, das alle Schreie in mir zum Verstummen und uns zum Bus nach New York brachte.

»Weiter!«, befahl der Mann. Von seinem blöden Grinsen keine Spur mehr. Er wollte wohl endlich jemanden schnappen, um damit angeben zu können. Eine neue Medaille für seinen Patriotismus.

»Auf geht's!«, sagte Ernie und machte einen kleinen Hüpfer. Als würden wir auf eine magische Reise gehen und nicht auf der Flucht sein. Mein Herz hämmerte immer noch wie verrückt.

»Okay. Drei Tickets für den ersten Bus nach New York«, sagte Mami, als wir wieder zusammen waren, und lief schnurstracks durch den Bahnhof zu den Fahrkartenautomaten. Von den paar, die in Betrieb waren, nahmen die meisten nur Bitcoin oder Karte. Alle anderen Leute kauften ihre Tickets anscheinend mit dem Smartphone. Doch wir mussten mit Papiergeld bezahlen. Ich hoffte nur, dass wir nicht zu sehr auffielen, während Mami den einzigen funktionierenden Automaten mit Geldschlitz mit Scheinen fütterte.

»Seien Sie bloß vorsichtig. Der Automat hat gerade meinen letzten Zwanzig-Dollar-Schein geschluckt«, grummelte eine Frau mit teigigen Wangen und einem Helm aus karottenroten Haaren. »Fahren Sie nach New York? Wissen Sie, wo der Bus abfährt?«

Wir antworteten nicht, und so steckte sie ihr Portemonnaie zurück in eine kleine Gürteltasche und ging zur Information – auch ein Automat. Sie würde wohl keinen Erfolg damit haben, sich bei einem Automaten über einen anderen zu beschweren. Ich war bloß froh, dass sie uns in Ruhe ließ, als Mami unsere Tickets aus dem Schlitz angelte. Wir hatten nur noch sieben Minuten bis zur Abfahrt, also schluckten wir unsere Angst hinunter, suchten unseren Bus und stiegen ein.

Der Bus war schon ziemlich voll. Ernie und Mami bekamen Plätze nebeneinander, aber ich musste eine Reihe hinter ihnen auf der anderen Seite des Gangs sitzen. Neben mir saß ausgerechnet die Frau vom Fahrkartenautomaten. Ich fragte mich, wie sie es geschafft hatte, schneller zu sein als wir. Sie blickte auf und winkte.

»Hab meine zwanzig Dollar nicht wiederbekommen«, sagte sie und zuckte die Achseln.

Ich wollte ihr gerade sagen, dass es mir leidtue, als Mami sich zu mir umdrehte und so fest meinen Arm drückte, dass ich laut aufschrie. »Au!«

Aber Mami entschuldigte sich nicht. Sie sagte nur: »Sollen wir Plätze tauschen?«

»Nein.«

Mami sah zur Frau mit den karottenroten Haaren und dann wieder mich an und fuhr sich mit den Fingern über die Lippen, als würde sie einen Reißverschluss zuziehen. Die Botschaft war klar. Ich sollte mit niemandem reden. Noch nicht einmal mit netten alten Frauen mit Gürteltaschen.

Die Frau wirkte nicht besonders verärgert. Sie nahm ihr Handy und rief irgendwen an und erzählte der Person von ihren verlorenen zwanzig Dollar.

A dormir, gab Mami mir mit Lippenbewegungen zu verstehen. Und auch wenn ich der Ruhe nicht traute, war ich zu erschöpft, um zu widerstehen. Als der Bus aus dem Bahnhof fuhr, fielen mir die Augen zu.

X

»RAUS! RAUS!«

Als ich wieder aufwachte, liefen die Leute wild durcheinander aus dem Bus. Mami, Ernie und ich folgten ihnen. Draußen stellten wir uns in einer Reihe auf und marschierten durch einen heißen, stickigen Korridor.

»Was ist denn los?«, jammerte ich.

»Alles okay«, antwortete Mami. »Tut mir leid, dass ich dich nicht früher geweckt habe. Wir tanken nur. Aber es ist alles gut. Wir steigen in ein paar Minuten wieder ein, und dann sind es nur noch drei Stunden bis New York.«

Im Terminal schlug mir heiße Luft entgegen. Laut der großen Uhr an der holzvertäfelten Wand war es fast Mittag, über den Imbissständen hing ein orangefarbener Dunst.

»Wo sind wir?«, fragte Ernie.

»Ich glaube, irgendwo in der Nähe von Boston, in Massachusetts«, antwortete Mami. »So viele schöne Bäume«, sagte sie und sah zu einem von der Decke bis zum Boden reichenden Fenster in der Nähe des Eingangs. Oder vielleicht sah sie auch zu den Reihen bewaffneter Uniformierter der Deportationseinheit, die, ihre Handscanner aus den Holstern ziehend, jetzt in alle Richtungen ausschwärmten.

»Hände her!«, bellte einer.

Mami schob Ernie und mich vor sich und drückte mir wieder ihren Rucksack in die Hand. »Nur für den Fall«, murmelte sie. »Los, los, los.« Wir gingen weiter und Mami ließ ein paar Leute zwischen sich und uns. Ein Uniformierter umklammerte Ernies Handgelenk so fest, dass aus der Haut drum herum das Blut entwich.

Klick.

»Zurück in den Bus!«, wies der Mann Ernie an.

Dann griff er nach meiner Hand und drückte genauso fest zu. Ich versuchte, mir nichts anmerken zu lassen. Ich sah einfach geradeaus, wie Mami es mir gesagt hatte.

Klick.

»Weiter, weiter!«

Hinter uns hörte ich einen anderen Mann brüllen: »Hände her!« Und Mamis Antwort: »Ja, natürlich.«

Und dann ein Piepen.

»Tut mir leid«, sagte Mami.

Wieder piepte es.

»Mein Chip, vorher hat er funktioniert. Ich weiß nicht …«

Undwiederundwiederundwieder.

Mehrere Uniformierte liefen los. Aus ihren Funkgeräten ertönten knackend Befehle:

Illegale entdeckt! Illegale entdeckt! Sofort alle Ein- und Ausgänge sichern!

»Auf den Boden!«, hörte ich einen Mann schnauzen. »Hände auf den Rücken!«

»Bitte, hören Sie …«, flehte Mami.

Ich zog Ernie von der dichter werdenden Menschentraube fort und drückte ihn an mich. Zitternd versuchten wir auszumachen, was hinter den vielen Leuten vor sich ging.

»Es ist alles gut!«, rief Mami. Sie redete mit uns. Sie wollte, dass wir weitergingen. Aber ich konnte mich nicht bewegen.

»Ist das nicht eure Mutter?« Die Frau mit den orangeroten Haaren und der Gürteltasche stand direkt neben Ernie und mir. Sie stützte die Hände in die Hüften und sah uns mit zusammengekniffenen Augen an, als wären wir ein Rätsel, das sie lösen musste.

»Was?«, krächzte ich. »Wer?«

»Da«, sagte sie und zeigte auf Mami.

Und da musste ich hinsehen. Ich musste meine Mami ansehen, wie sie mit dem Gesicht auf dem dreckigen Boden lag. Einer der Uniformierten hielt sie mit dem Knie unten, während er ihr Handschellen anlegte. Ein anderer stand daneben, sein Stiefel nah an ihren Rippen. Bereit, zuzutreten oder sich auf sie zu stellen, sollte sie nicht parieren.

Aber Mami hob nur ganz leicht den Kopf und drehte ihn weit genug, dass ich ihr Gesicht sehen konnte.

Und dann formte sie mit den Lippen ein einziges Wort:

LOS!

KAPITEL 8

Wir stürmten durch die Glastüren. Panik erfüllte mich, meinen Mund, meine Nase, meine Lunge. Ich bekam keine Luft, aber ich hatte auch gar keine Zeit, nach Luft zu schnappen. Nur das plötzliche beengende Gefühl, dass alles auseinanderbrach. Wir liefen vor den Schreien unserer Mutter davon.

Ich musste darauf vertrauen, dass es das war, was sie wollte. Was sie uns gesagt hatte.

Ich stieß Ernie durch die Menschen in Richtung der Busse. Als wäre es das Normalste der Welt – zwei unbegleitete Minderjährige auf einem kleinen Abenteuer. Um Verwandte in New York zu besuchen!

Doch für uns war es ein Weltuntergang. Auf Ernies Hosenbein breitete sich ein dunkler Fleck aus. Er hatte sich eingepinkelt.

Kurz bevor wir bei unserem Bus ankamen, sah ich zwei Männer der Deportationseinheit. Der eine lief in sein Headset sprechend auf und ab. Der andere ging von Bus zu Bus und leuchtete mit einer Taschenlampe unter jeden einzelnen. Suchte nach blinden Passagieren.

… behauptet, sie wäre allein gereist, aber eine Zeugin hat be-

richtet, sie vor der Festnahme mit zwei Kindern gesehen zu haben ... plärrte es aus dem Funkgerät eines der beiden Männer. Mehr brauchte ich nicht zu hören. Ich drückte Ernies Hand und setzte ein gezwungenes Lächeln auf, auch wenn mir vor Angst ganz schlecht war. Überall vor und hinter uns waren andere Passagiere, die uns in Richtung der Uniformierten schoben. Ich zog Ernie zur Seite und flüsterte: »Mir nach.«

Ich führte ihn von der sich bildenden Schlange weg zu einer verlassen wirkenden Tankstelle.

»Wo ist Mami?«

»Schhh!« Ich schlug Ernie so fest die Hand auf den Mund, dass ihm die Tränen in die Augen schossen.

»Tut mir leid, entschuldige«, flüsterte ich. »Wir müssen nur ... Komm weiter!«

Hinter der Tankstelle war ein kaputter Maschendrahtzaun und dahinter eine Gruppe verkohlter Bäume. Ich schob Ernie durch ein großes Loch im Zaun und zwängte mich hinterher.

Und dann rannten wir.

Wir rannten und rannten und rannten. Wir warfen uns nach vorn und strauchelten über krumme Zweige und trockenes Gestrüpp. Der Boden war hart und unberechenbar. Ernie stolperte mehrmals und fiel hin. Ich zog ihn wieder hoch und ignorierte seine Tränen. Wir mussten weiter. So schnell rennen, wie wir konnten. Uns an knorrigen Baumstämmen vorbeizwängen und durch stinkenden Morast waten.

Schließlich lichteten sich die Bäume, und das Gestrüpp endete vor einer stillgelegten Wasserleitung. Wir krochen durch den glitschigen Tunnel voller Spinnweben. Ernie hinter mir würgte, aber ich drängte darauf, dass wir weiterkamen. Schließlich endete der Tunnel an einem verlassenen, von Unkraut überwucherten Parkplatz voller Schrott. Vier Betonpfeiler ragten vor uns auf. Es gab eine Reihe verrosteter Müllcontainer, Berge von verbranntem Gerümpel und zwischen den Pfeilern lagen jede Menge Glasscherben. Ein oranges Leuchtschild mit der Aufschrift **ALLES MUSS RAUS!** hielt eine gesprungene Fensterscheibe zusammen.

Ich rannte wieder los.

»Vali, warte!«, flehte Ernie.

Doch wir durften keine Pause machen. Ich hatte keine Ahnung, wie weit wir schon gelaufen waren, aber es war längst nicht weit genug. Ich zerrte meinen kleinen Bruder hinter mir her. Mein Blick war vor Tränen verschwommen. Ein Schrei wollte aus mir heraus, mein ganzer Körper schmerzte.

»Bitte, Vali!«

Diesmal zog ich so heftig an ihm, dass Ernie stolperte und mich mit sich zu Boden riss. Ich knallte mit dem Kinn auf einen Stein und meine Zähne schlugen aufeinander. Ich schmeckte Blut und fühlte, wie es mir das Kinn hinunterlief.

»Nein!«, schrie Ernie. Er starrte mich mit weit aufgerissenen, feuchten Augen an. Sie wirkten jetzt fast golden, so hell und flehend waren sie.

»Wir können keine Pause machen«, sagte ich, schluckte

und wischte mir über das blutige Kinn. Doch ich schaffte es auch nicht, wieder aufzustehen, und so lagen wir beide weiter da.

»Wo ist Mami?«, heulte er. Ich hatte keine Ahnung, was ich darauf antworten sollte, und ich hatte auch keine Energie, aber er ließ nicht locker. »Wo haben sie sie hingebracht? Wann können wir sie sehen? Wie bekommen wir sie zurück?«

»Ich … ich … ich weiß es nicht«, brachte ich hervor. Ich musste mir etwas Ermutigendes einfallen lassen, aber in mir dröhnte es nur und alles drehte sich. »Wir müssen einfach weiter. Wie sie es uns gesagt hat, nicht wahr?«

Ich sah Mami vor mir, wie sie den Mund zu einem O formte, als würde sie *LOS!* rufen.

Doch jetzt quälte mich die Frage: Was, wenn sie gar nicht *LOS* gemeint, sondern *NO!* geschrien oder *OH* gestöhnt hatte?

Wenn sie mich angefleht hatte, sie zu retten?

Ich musste die ganze Zeit an die Szene im Busterminal denken, und die Schuldgefühle und die Trauer in meiner Brust wurden immer größer.

»Ernie, du hast doch auch gesehen, was Mami gesagt hat. Du hast es gesehen, oder?«, fragte ich.

Er sagte nichts.

»Ernie, antworte mir!«, verlangte ich. Doch er konnte mir nicht helfen. Auch er war von Trauer überwältigt.

»Ich will zu Mami!«, rief er schluchzend. »Mami! Mami! Mami!«

»Sei still!«, fuhr ich ihn an.

Wir lagen zwar bloß auf einem verlassenen Parkplatz, aber ich hatte keine Ahnung, wer oder was uns gerade hörte. Der Himmel war voller Augen und die Erde kochte vor Hass. Über Ernies Schluchzen nahm ich ein Geräusch wahr, von dem ich nicht wusste, ob es das Donnern eines Helikopters der Deportationseinheit war oder das Knurren eines wilden Tieres. Ich hielt Ernie wieder die Hand über den Mund, aber er rammte mir den Ellbogen in die Seite. Unsere Köpfe schlugen gegeneinander, und kurz wurde mir schwarz vor Augen, der Schmerz pulsierte zwischen meinen Schläfen.

Dann verlor ich die Kontrolle. Es war, als ob ein heftiger Sturm aus mir herausbrach. Panische Angst überkam mich, und die Tränen ließen sich nicht mehr zurückhalten. Unser Unglück und die Schuldgefühle waren zu groß, sie zogen mich herab, ertränkten mich.

Ernie neben mir rief: »Ich will zu Mami … Mami!«

Statt wieder zu versuchen, ihn zum Schweigen zu bringen oder ihm zu antworten, nahm ich seine Hände, faltete sie zu Fäusten und rammte sie mir gegen die Brust. Ich wollte, dass er mir die Rippen aufschlug. Wozu waren sie überhaupt gut? Um ein Herz zu beschützen, das noch nicht einmal unsere Mutter hatte retten können?

Wir blieben stundenlang so liegen, zwischen zwei riesigen Müllcontainern auf einem verlassenen Parkplatz. Wir kreischten und weinten, bis unsere Wangen ganz rot und geschwollen waren, bis wir zu heiser waren, noch ein Geräusch von uns zu geben, und ich nichts mehr hörte als den Puls in meinen Ohren. Und dann lagen wir noch etwas länger da. Und keuchten und klagten über alles, was jetzt verloren war.

Traurig, aber wahr: Irgendwie glaubte ich, wenn ich lange oder laut genug weinte, würde meine Mami mich hören und zurückkommen. So war es immer gewesen. Aber jetzt konnte sie uns nicht hören oder wieder aufbauen. Und wenn ich ehrlich mit mir selbst war, musste ich zugeben, dass ich wütend auf sie war. Denn Mami hatte mich immer glauben lassen, sie wäre eine Superheldin. Und jetzt erkannte ich, wie schrecklich menschlich sie doch war.

X

Irgendwann merkte ich, dass Ernie und ich beide zitterten. Der Himmel färbte sich dunkel, und die Kühle des Sonnenuntergangs läutete das Ende des Tages ein.

»Hast du Hunger?«, fragte ich Ernie. Er zuckte die Schultern. Ich sichtete die Lebensmittel in Mamis Rucksack. Sie hatte einen Stapel *arepas*, die drei Wasserflaschen, eine Schachtel Cracker, ein paar Dosen Mini-Hotdogs und Klopapier eingepackt. Ich gab Ernie eine der Wasserflaschen, und er trank sie in einem Zug aus.

»Langsam«, murmelte ich, leerte meine eigene Flasche aber fast genauso schnell.

Dann durchsuchte ich Mamis Rucksack nach einer versteckten Botschaft. Natürlich fand ich nichts. Mamis Bibel und die Taschenlampe lagen auf dem Boden. Um den Griff des Küchenmessers, das in einer Messerhülle steckte, war Mamis Rosenkranz gewickelt. Die Holzperlen waren warm und glatt. Wie lange sie wohl noch Mamis Zwiebelgeruch und ihre unausgesprochenen Gebete festhalten würden?

»Und jetzt?«, fragte Ernie. Er sah fix und fertig aus.

Zwischen den Müllcontainern baute ich uns ein kleines Nest. Die riesigen rostigen Tonnen würden uns zwar keinen Schutz bieten, sollten wir wirklich angegriffen werden, andererseits hatte ich keine Ahnung, wo sich der Feind überhaupt befand. Die Nacht war schwarz und still, bis auf die Nagetiere, die im Müll herumhuschten.

Ich legte mir einen Rucksack auf den Schoß, und Ernie bettete seinen Kopf darauf.

»Alles wird gut«, sagte ich. Ich sagte es immer wieder. Auch wenn wir beide wussten, dass es gelogen war. Wir waren vollkommen verloren. Man hatte uns bereits unseren Papi genommen und jetzt auch noch unsere Mami. Mit einer Hand um das Messer, die andere auf Ernies Kopf, saß ich aufrecht da und blickte in den Himmel.

»Bitte«, flehte ich und hoffte, dass Gott oder was auch immer da oben war, meine Mami beschützen würde und ihr sagte, dass ich sie liebte und vermisste und ich uns zu Schwester Lottie bringen würde.

KAPITEL 9

Der Himmel wurde langsam heller, da hörte ich etwas rascheln. Ich versuchte, das Messer hervorzuziehen, ohne Ernie zu wecken. Er rührte sich nicht. Das Geräusch kam näher. Es klang, als wäre es jetzt fast direkt vor uns. Ich hörte ein Schaben wie von Fingernägeln oder Krallen auf Metall. Ich wusste nicht, wovor ich mehr Angst hatte – von einem wilden Tier verspeist zu werden oder mich einem blutdürstigen Mitglied der Deportationseinheit gegenüberzusehen. Nicht dass es einen Unterschied machte. Mein Herz hämmerte so wild, ich spürte es sogar hinter den Augen.

Ich hielt das Messer über den Kopf, bereit zuzustechen.

Und dann kroch unter einem der Müllcontainer ein dicker Waschbär hervor, im Maul eine Tüte Tortilla-Chips. Kurz vor mir blieb er stehen. Wie er mich mit seinen kleinen schwarzen Lochaugen so ansah, überlegte er anscheinend, ob er mich auch noch fressen sollte. Doch ich war so erleichtert, ein Lebewesen auf vier Beinen vor mir zu haben, dass ich fast außer mir war vor Freude.

»Schhh!«, machte ich und zeigte meine Zähne, um den Waschbären zu vertreiben.

Aber er war völlig unbeeindruckt, also stampfte ich mit dem Fuß auf und weckte damit Ernie.

»Was war das? Wer ist da?«, stammelte Ernie und richtete sich blinzelnd auf.

»Alles okay«, sagte ich. »Du kannst weiterschlafen.«

Ich war körperlich und emotional so erschöpft, ich wollte einfach ein Jahr lang schlafen und in einer neuen Realität aufwachen.

Aber das ging nicht. Während der Waschbär schließlich davontrottete, nahm ich erstmals etwas mehr von der unendlich trostlosen Umgebung wahr. Neben Haufen von verbranntem Holz und zersprungenem Glas lagen Metallregale und verdrehte, verstümmelte Schaufensterpuppen. Ich blickte um die Ecke unseres Müllcontainerverstecks und sah eine ganze Ladenzeile geplünderter Geschäfte.

»Wir bleiben nicht hier, oder?«, fragte Ernie, als er meinen gequälten Gesichtsausdruck sah.

»Nein«, sagte ich. »Aber wir müssen herausfinden …«

Ich blickte hinauf in den freien Himmel. Wir saßen in der Falle. Es gab zu viele offene Fragen. Wo genau waren wir? Und wo war Mami? Sollten wir versuchen, Schwester Lottie in New York zu finden, wie Mami gesagt hatte? Wie sollten wir das anstellen? Wie sollte das Leben ohne Mami weitergehen?

»Ich habe Hunger«, sagte Ernie und lenkte meine Konzentration zumindest einen Augenblick lang auf etwas anderes.

»Ich auch.«

Ich durchwühlte Mamis Rucksack, nahm zwei kalte *arepas* heraus und öffnete eine Dose Mini-Hotdogs. Dann sah ich zu, wie Ernie die kalten, öligen Würstchen im Brötchen verdrückte. Ich konnte es nicht glauben, dass wir hier zwischen all diesem Müll saßen. Mit kaum genug Essen und Wasser zum Überleben, im Schatten der Container vor der Deportationseinheit versteckt, die uns einzig deswegen, wo wir herkamen, verfolgte.

»Willst du auch?«, fragte Ernie mit vollem Mund und hielt mir die Dose Hotdogs hin.

»Nein danke.« Ich hatte Hunger und gleichzeitig war mir schlecht. Mein Magen, mein Hals, mein ganzer Körper zogen sich vor Wut zusammen. Noch immer hörte ich Mamis Schreie. Ich fühlte mich schuldig, weil sie sich für uns geopfert hatte.

»Wie finden wir Mami?«, fragte Ernie mit brüchiger Stimme. Seine Lippen glänzten von den Mini-Hotdogs und seine Augenlider waren rosa und geschwollen von den vielen Stunden, die wir gestern geweint hatten.

Ich sah ihn nur an und überlegte, wie ich darauf antworten sollte.

»Hallo?« Ernie hielt mein Schweigen nicht länger aus.

»Du hast recht«, sagte ich. »Wir müssen Mami finden.«

Es war unmöglich, aber ich wusste nicht, wie wir sonst weitermachen sollten. Ich konnte Ernie nicht sagen, dass ich keine Ahnung hatte, wo Mami war, wo wir als Nächstens hinsollten, wie wir mit nichts weiter als noch einer Dose Hotdogs, ein paar Crackern, viel zu wenig Wasser und einer Bibel überleben sollten. Das konnte ich weder ihm noch mir antun.

Wenigstens erzählte ich meinem kleinen Bruder nichts von den schrecklichen Bildern, die mich in der Nacht gequält hatten – davon, wie Mami in einen fensterlosen Van geschleppt und dann mit Hunderten anderen Leute in ein Gefängnis gebracht wurde. Von den Menschen, die übereinandergeworfen auf einem eiskalten Betonboden lagen. Von den jammernden und hustenden Leuten und dem Loch in der Mitte, das als Toilette diente. Von den Fliegen und dem Erbrochenen und dem Urin und dem Kot.

So stand es in den Berichten, das waren die Bilder, die ich gesehen hatte, als wir noch Zugang zum Darknet und zu unabhängigen Nachrichten gehabt hatten. Als ich noch dumm genug war zu glauben, so etwas passierte nur anderen, nicht uns.

»Mami wollte, dass wir zu Schwester Lottie gehen. Also machen wir das«, sagte ich. Ich wusste nicht, dass dies mein Plan war, bis ich es ausgesprochen hatte. Ernie runzelte besorgt die Stirn.

»Und was ist mit Mami?«

»Sie weiß, wo Schwester Lottie ist«, sagte ich. »Sie hat gesagt, wir treffen uns dort.« Ich wollte ihm keine falschen Hoffnungen machen, doch irgendein Ziel brauchten wir. Ernie nickte, nicht ganz überzeugt, aber bereit, es zu versuchen. »Wir müssen nur herausfinden, wo sie wohnt und wie wir dahin kommen«, fügte ich hinzu.

El pájaro … Er hat mich gerettet.

Vielleicht war es ein göttlicher Eingriff. Vielleicht Zufall. Was auch immer die abgemagerte Taube veranlasste, herabzuschießen und mir den letzten Bissen *arepa* zu klauen, es war ein Segen. Denn dadurch veranlasste die Taube mich, noch einmal in Mamis Rucksack nach etwas Essbarem zu suchen. Ich fand zwar nichts weiter als die Cracker und die Dose Hotdogs, aber ganz unten im Rucksack ertastete ich jetzt ein zusammengefaltetes Blatt Papier, nicht größer als meine Handfläche. Ich zog es hervor. Es war ein Origami-Vogel. Als ich das Blatt Papier ausbreitete, erkannte ich, dass es eine Karte der USA war.

»Was ist das?«, fragte Ernie und blickte mir über die Schulter. Die Karte war alt – wahrscheinlich aus der Zeit, bevor GPS erfunden wurde. Die Staaten waren alle in pudrigen Pastelltönen gemalt und mit kastenförmigen Blockbuchstaben beschriftet. Es gab noch einen rosafarbenen Streifen mit der Beschriftung **LONG ISLAND** und einen großen Teil von Florida, von dem ich vor Jahren in den Nachrichten mitbekommen hatte, dass er von Hurrikans zerstört worden war. Außerdem waren eine ganze Reihe von Gewässern in der Nähe von Southboro eingezeichnet, die schon vor sehr langer Zeit ausgetrocknet sein mussten, denn von ihnen hatte ich noch nie gehört. Und ein Fluss, der sich von Southboro nach New York hinabschlängelte.

»Ich verstehe die Karte nicht«, sagte Ernie.

»Na ja, die ist alt«, erklärte ich. »Hier sind wir losgefahren, und jetzt müssten wir hier sein …«

Ich zeigte auf den »Fluss« auf der Karte. Nur erkannte ich jetzt, dass es überhaupt kein Fluss war, sondern eine mit Kugelschreiber gemalte Linie.

»Ernie!«, rief ich. »Mami war das!«

»Mami war *was*?«

»Sie hat diesen Weg für uns gemalt! Das ist der Weg zu Schwester Lottie!«

Ernie war mehr verwirrt als aufgeregt. Er beugte sich zu mir rüber, um besser zu sehen – die Linie war eindeutig dicker und wackeliger als die anderen blauen Linien auf dem Papier. Sie verlief von Southboro durch Massachusetts und Connecticut, bis sie über eine Staatsgrenze zu einem Stern mit der Beschriftung **NEW YORK CITY** führte.

»Mami wollte, dass wir dahin gehen, also machen wir das, okay?« Ich tippte aufs Ende der blauen Linie.

»Okay, aber wie kommen wir dahin?«

»Wir werden laufen«, sagte ich, als wäre es das Normalste der Welt.

»Laufen?«, fragte Ernie entgeistert.

Ich hatte keine Ahnung, wo wir waren. Ich traute mich nicht, das Handy anzuschalten und nachzusehen – wer wusste schon, ob wir nicht getrackt wurden, wie Kennas Mom es vermutet hatte? Zugleich wusste ich noch nicht einmal, ob wir überhaupt noch in Boston waren. Wie sollten wir Mamis

Kugelschreiber-Linie folgen, wenn wir keine Ahnung hatten, wo unser Anfangspunkt war?

Ich hielt die Luft an und schaltete das Handy ein. Das GPS verriet mir, dass wir uns ungefähr zehn Kilometer südwestlich von Boston befanden. Und dass ich keine neuen Nachrichten hatte. Ich versuchte ein weiteres Mal, Tía Luna anzurufen, nur um zu sehen, ob es eine Möglichkeit gab, sie zu erreichen. Statt der automatischen Ansage hörte ich jetzt hohe Pieptöne, die mich an die Scanner der Deportationseinheit erinnerten. Ich ließ das Handy fallen, als hätte es mich gestochen. Dann schaltete ich es schnell aus und vergrub es wieder in meinem Rucksack.

»Wir sollten das Handy sowieso nicht anmachen«, sagte ich zu Ernie und versuchte, das Piepgeräusch aus meinem Kopf zu verdrängen. Plötzlich erinnerte ich mich an die kleinen Zettel, die uns Mami noch in unserer Wohnung gegeben hatte. Ich holte meinen aus dem Rucksack und las Mamis schräge Handschrift:

81 St
37 Ave
Queens, NY

»Einundachtzigste Straße, Ecke siebenunddreißigste Avenue in Queens, New York«, sagte ich. »Da müssen wir hin.«

»Bist du sicher?«, murmelte er.

»Ich bin ziemlich sicher.«

»Und da treffen wir Mami?«

»Ich … hoffe«, antwortete ich. Und wünschte mir mehr als alles andere, dass es so wäre.

KAPITEL 10

An dem Tag schafften wir nur ungefähr fünfzehn Kilometer, aber ich sagte Ernie, es war: »Super! Großartig! Wahrscheinlich weiter, als James Rodríguez jemals in einem gesamten Turnier gelaufen ist!«

James Rodríguez war Ernies kolumbianischer Lieblingsfußballer von früher. Ich dachte, Ernie würde zumindest ein bisschen beeindruckt sein, dass ich mir seinen Namen gemerkt hatte. Doch mein kleiner Bruder war zu unglücklich und erschöpft, um darauf mit mehr als einem Seufzen zu reagieren. Als die Sonne unterging und unsere zweite Nacht hereinbrach, suchte ich uns ein paar Bäume mit tief hängenden Zweigen, zwischen denen wir hoffentlich etwas schlafen konnten. Bisher hatte ich darauf geachtet, dass wir uns von den Hauptstraßen fernhielten, die weitere Kontrollpunkte enthalten konnten. Ich dachte, es wäre sicherer, wenn wir uns zwischen Bäumen oder wucherndem Unkraut und Gestrüpp fortbewegten. Doch jetzt, mit aufkommender Dunkelheit, fühlte ich mich noch verlorener und entwurzelter denn je.

Ich gab Ernie die letzte Dose Mini-Hotdogs und aß eine

Handvoll Cracker. Dann teilten wir uns noch die Hälfte der letzten Flasche Wasser, aber das Wasser machte mich nur noch hungriger und durstiger. Ernie dagegen schlief praktisch sofort ein, und zumindest darüber war ich froh.

Ich wollte auch schlafen, doch in meinem Kopf war zu viel los. Oder eher in meinem Herzen. Ich fragte mich, wo Mami jetzt war und wie es ihr ging. Irgendwie musste ich mit ihr »reden«. Ich erzählte ihr, was für schreckliche Angst ich hatte. Dass ich sie nicht am Busterminal hatte zurücklassen wollen, aber dachte, sie hätte gewollt, dass wir von dort verschwinden. Dass ich nicht wusste, wie wir zu zweit über dreihundert Kilometer mit einer Packung Cracker auskommen sollten, ich jedoch mein Bestes geben würde. Und ich fragte sie, ob sie uns, bitte, irgendwie treffen könnte.

Natürlich bekam ich keine Antwort. Dabei hatte ich noch so viele Fragen. *Ist es sicher für uns, in eine Stadt zu gehen und Wasser zu kaufen? Wird Schwester Lottie überhaupt da sein, wenn wir es bis nach Queens schaffen?* Und die schrecklichste, unaussprechlichste Frage von allen: *Mami, was machen sie mit dir?*

X

Als am nächsten Morgen die Sonne aufging, verschlug es mir den Atem. Es war kein Traum gewesen, wir waren immer noch hier, auch wenn ich nicht wusste, wo dieses *hier* genau war. Ernie wachte auf und bettelte nach dem letzten Rest Wasser. Natürlich gab ich es ihm. Wir müssten einkaufen gehen. Egal, wie gefährlich es war, wir brauchten zu essen und zu trinken.

»Komm, wir müssen weiter«, sagte ich.

Schweigend gingen wir los. Wir waren jetzt schon total erschöpft, voller Angst und Ungewissheit, und unsere Füße waren wund gelaufen. Doch wir liefen weiter, bis die Sonne schreiend hoch am Himmel stand. Da warf Ernie sich hin und rief: »Ich kann nicht mehr, Vali! Ich kann nicht mehr!«

Ich wollte ihn ein Stück auf dem Rücken tragen, aber er war viel zu schwer. Ich trug nicht nur die sechsundzwanzig Kilo meines Bruders, sondern auch das Küchenmesser, die Bibel, die Taschenlampe, die Karte, den Rosenkranz und den Fußball. Ich trug die drei leeren Wasserflaschen – für alle Fälle –, das Toilettenpapier, fünfundzwanzig Tampons und zwei BHs, die mir einmal so wichtig erschienen waren, dass ich unmöglich ohne sie hätte leben können.

Ich trug alle Ratschläge und Hinweise von Mami in meinen Gehirnwindungen.

Ich trug die Bilder der Palmen in Kalifornien in meinem Herzen.

Es war zu viel für mich oder irgendjemanden, das alles zu tragen. Ich schaffte es vielleicht zehn Meter, bis ich über einen Stein stolperte und hinfiel. Und alles mit mir zu Boden ging.

Als wir aufschlugen, heulte Ernie noch lauter als ich. Er zog sich die Sneaker aus und zeigte mir seine wund gelaufenen Fersen. Sie waren glänzend rot, die Haut abgescheuert. Ernie versuchte, die verbliebenen Hautfetzen mit dem Rand seines dreckigen T-Shirts abzuwischen, aber so, wie er zitterte, tat es wohl zu sehr weh.

»Wie wäre es mit neuen Socken?«, schlug ich vor.

»Ich habe keine anderen mit«, klagte er.

»Okay. Wir schneiden deine Schuhe hinten auf, dann kannst du einfach reinschlüpfen, ja?«

Ernie saß auf der Erde, während ich mich an seinen Sneakern zu schaffen machte. Das Küchenmesser schnitt ganz leicht hindurch, denn das ausgetretene Leder war dünn und von Blut und Schweiß aufgeweicht. Ich war ein bisschen stolz, auf diese Lösung gekommen zu sein, aber als ich Ernie die Schuhe zurückgab, schaffte er es kaum, zu lächeln. Ich hatte das Gefühl, in ihm war etwas kaputtgegangen, das nie wieder ganz werden würde. Ich konnte ihn noch nicht einmal über seinen Schmerz hinwegtrösten.

»Wie wäre es, wenn wir so tun, als würden wir bei der Fußball-Weltmeisterschaft mitspielen?«, schlug ich vor. »Nur müssen wir, statt Fußball zu spielen, laufen. Und wir müssen weiterlaufen, weil es erst die erste Halbzeit vom ersten Spiel ist und wir noch … zwölf Spiele vor uns haben und wir jeden Moment rausfliegen können …« Meine Metapher wurde immer düsterer. Ernie kaute schniefend auf der Unterlippe und kämpfte gegen noch mehr Tränen an.

Ich versuchte es noch mal neu.

»Okay. Wie wäre es, wenn wir uns vorsichtig einem Highway oder einer Stadt nähern, und wenn da nicht so viel los ist, besorgen wir uns was zu essen?«

Ernie nickte, auch wenn bereits neue Tränen in seinen Augen glänzten.

Wir gingen weiter. Sogar die Luft fühlte sich schwer an. Vielleicht bewegten wir uns aber auch einfach in Zeitlupe durch den Hindernisparcours aus modrigem Laub und Steinbrocken. Ernie humpelte jammernd hinter mir her, während ich voranstapfte und sein Lieblingslied summte, um ihn zu motivieren. Meine Beine waren schwer wie Blei, ständig stachen mich winzige Mücken und meine Zunge war vor lauter Trockenheit schon ganz schrumpelig.

Aber irgendwo auf der Welt war gerade »ein gesegneter Tag der Harmonie«.

Das jedenfalls rief gerade ein Prediger von der Kanzel, als Ernie und ich in eine kleine Stadt in Neuengland kamen. Die Kirchentür stand weit offen und wir hörten die Gemeinde nach jeder seligen Verkündung *Amen!* rufen. Wäre Mami jetzt hier, würde sie wahrscheinlich hineingehen und dafür beten, dass wir beschützt würden. Aber ich war viel zu nervös, um auch nur in die Nähe des weißen Schindelgebäudes zu gehen. Ich wusste nicht, wer alles da drinnen war. Ich konnte nur erahnen, dass die Leute nicht aussahen wie wir.

Ernie war mehr davon in den Bann gezogen, was auf der anderen Seite der Straße, gegenüber von der Kirche, los war. Auf einer vertrockneten Rasenfläche mit zwei Toren spielten ungefähr ein Dutzend Kinder Fußball. Ernie zog die Schultern hoch, als wäre er kurz davor, vor Neid zu platzen. Die Kinder waren kleiner als er und weiß. Am Rand des Felds saßen Eltern und Großeltern auf Campingstühlen und feuerten beide Seiten an, indem sie »Behalt den Ball im Blick!« riefen oder »Lauf! Schieß!«.

Ich wäre am liebsten aufs Feld gestürmt und hätte geschrien: *Habt ihr keine Ahnung, wie verrückt das hier ist? Ihr rennt einem Ball hinterher, während wir um unser Leben rennen!*

Neben dem Parkplatz entdeckten wir ein kleines Sportklubhaus mit Toiletten. Natürlich funktionierte keins der Waschbecken im Vorraum. Der Präsident hatte schon vor Jahren untersagt, dass öffentliche Toiletten Trinkwasser bereitstellten. Das war Teil seines Vorgehens gegen »Illegale, die alle unsere natürlichen Ressourcen aufbrauchen«.

Also zählte ich fünf Dollar für Ernie und fünf Dollar für mich ab, damit wir uns beide eine 350-Milliliter-Flasche Wasser aus dem Automaten auf dem Gang ziehen konnten. Ich hätte auch hundert Dollar dafür bezahlt. Das Wasser war unglaublich. Als ich die Flasche an meine Lippen setzte, hatte ich das Gefühl, meine Kehle würde dem herabrinnenden Wasser geradezu entgegenspringen. Ich legte weitere zehn Dollar hin, um uns beiden noch mehr Wasser zu kaufen, und dann wollte Ernie eine Tüte Tortilla-Chips und Kaugummi.

»Wir haben nicht genug Geld für Junkfood«, sagte ich.

»Wie viel haben wir denn noch?«

Ich hatte keine Ahnung, wie viel von Mamis Geld übrig war, nachdem wir die Bustickets gekauft hatten, aber ich hatte auch nicht vor, die ganzen versteckten Scheine rauszuholen, um sie jetzt hier zu zählen.

»Ja, okay, das ist ungesund«, sagte Ernie. »Aber ich verspreche dir, wenn wir da sind, esse ich besser.«

Ich wusste nicht, ob er mit *da* bei Schwester Lottie meinte, doch ich war so froh, dass er daran glaubte, wir könnten irgendwo ankommen, dass ich ihm ohne weitere Diskussion fünf Dollar gab. Dann kaufte ich uns noch zwei weitere Flaschen Wasser für später.

Draußen waren Fußballspiel und Gottesdienst gerade zu Ende und die Leute gingen in kleinen Gruppen zu ihren Autos. Ich sagte Ernie, er solle ganz entspannt neben mir herlaufen, während wir uns wieder auf den Weg aus der Stadt machten, dieser anderen Welt, wo Kirchenglocken und leuchtend gelbe Fußballshorts das Lauteste und Krasseste waren, was es hier zu erleben gab.

Niemand in dieser Stadt wusste, wie laut wir heulen konnten, wenn wir an unsere von uns gerissene Mami dachten.

Niemand in dieser Stadt wusste, wie krass die Sonne brennen konnte, wenn wir durch vertrocknete Wälder liefen, oder wie dunkel es war, wenn wir nachts erschöpft zwischen Bäumen schliefen.

Niemand in dieser Stadt kannte uns – was gut war. Wir gingen die Straße entlang auf ein Schild zu, auf dem *Route 1* stand.

»Wie weit ist es noch bis New York?«, fragte Ernie und lutschte an einem Tortilla-Chip. Ich zeigte ihm noch einmal die Linie auf Mamis Karte. Sie war ein paar Zentimeter lang. Ich traute mich nicht, Ernie das Ergebnis meiner Berechnungen zu verraten, bei denen ich auf etwa dreihundert Kilometer Fußmarsch gekommen war. Stattdessen machte ich ein kleines Rechenspiel daraus.

»Okay, angenommen, wir laufen jede Stunde drei Kilometer. Wie viele Kilometer laufen wir dann in acht Stunden?«

»Hä?«

Ernie hatte dieses Schuljahr gerade mit Multiplizieren angefangen und eigentlich mochte er Textaufgaben. Nur hatten diese bisher nie einen so persönlichen Bezug gehabt.

»Okay, ich habe eine bessere Frage. Wir sind mit tausendzweihundert Dollar losgegangen. Dann haben wir drei Tickets für je hundert Dollar gekauft, das macht ...?«

»Dreihundert.«

»Super. Außerdem sechs Flaschen Wasser, Tortilla-Chips und Kaugummi, was zusammen ungefähr fünfunddreißig Dollar waren.«

»Wozu machen wir das?«, jammerte Ernie.

Um zu sehen, wie viel Geld wir noch hatten. Aber auch, um Ernie zu beschäftigen, denn ich wusste, sonst würde er mir jeden Moment sagen, dass er zu müde war, um weiterzulaufen, und eigentlich war ich das auch.

»Wie wäre es damit ... Wie viele Kaugummis sind in der Packung?«, fragte ich.

»Zwölf.«

»Super. Und geteilt durch zwei macht ...?«

»Ich habe keine Lust mehr«, sagte er. »Das macht keinen Spaß.«

Also rechnete ich es auf dem Weg aus der Stadt allein aus. Wir hatten noch etwa 865 Dollar, um zu Schwester Lottie nach Queens zu gelangen. Bei unserem Tempo würden wir zu Fuß noch ungefähr zwei Wochen brauchen. Zwei Wochen mit zwei Flaschen Wasser und zwölf Kaugummis, das wären …

»Vali!«, rief Ernie. »Guck mal! Ein Bus! Können wir den nehmen? Bitte, bitte?«

»Aber wir wissen doch gar nicht, wo der hinfährt. Wir haben kein …«

»Da steht *Route 1 Richtung Süden* dran. Wir wollen doch nach Süden. *Bitte.*« Sein Atem war heiß und sauer. Sein Gesicht von Dreck und Tränen verschmiert.

»Aber nur ein kurzes Stück«, gab ich mich geschlagen. »Es ist eigentlich zu gefährlich.«

»Ja, okay, danke!«, rief Ernie ausgelassen. Er lief zur Bushaltestelle vor uns und zog mich hinter sich her. »Zweimal Richtung Süden!«, rief er, als wir einstiegen. »Wir besuchen Verwandte!«, fügte er hinzu und sah mich um Anerkennung bittend an.

Der Automat funktionierte nicht richtig. Er piepte laut.

»Nein. Entschuldigung«, sagte ich zum Bildschirm des Automaten. »Zweimal bis zur Endhaltestelle.«

»Macht der Automat Ärger?«, fragte ein älterer Mann mit silbernem Bart, der auf einmal hinter uns stand.

»Was?«, rief ich. »Ach, nein, gar nicht!« Ich wusste nicht, ob meine Stimme tatsächlich zitterte und zwanzig Oktaven zu hoch war oder ich es mir nur einbildete. Da fiel mir die Frau mit der Gürteltasche in Southboro ein, die über den nicht funktionierenden Automaten geklagt hatte, und ich wollte nur noch so schnell wie möglich hier raus. Aber ich steckte fest. Der bärtige Mann stand hinter mir und wartete lächelnd darauf, einsteigen zu können.

»Wir müssen nur nach Süden. Wir besuchen Verwandte, und sie haben gesagt, wir müssen diesen Bus nehmen, aber ich habe vergessen, wo wir aussteigen müssen.«

»Die letzte Haltestelle, bevor der Bus weiter nach Osten fährt, ist Connecticut«, sagte der Mann.

»Danke!«, rief ich.

Ich steckte siebzig Dollar in den Automaten, nahm unsere Tickets und schob Ernie vor mir her den Gang hinunter.

An unseren Sitzen befanden sich automatische Scanner. Wir hielten die Handgelenke hin und mit gespielter Sicherheit streckte ich die Brust raus. Der Scanner klickte. Das Klicken der Bestätigung. Ein paar Minuten später fuhr der Bus los. Ernie lehnte sich an mich und seufzte schwer.

»Danke«, murmelte er.

Vielleicht war heute doch ein guter Tag.

Es dauerte allerdings nur zwanzig Minuten, bis meine Panik wieder einsetzte. Ich hatte das Gefühl, alle im Bus beobachteten uns. Es waren nur eine Handvoll Leute, aber sie musterten uns von Kopf bis Fuß, und ihre schweigenden Blicke ließen mich erschaudern. Mir wurde bewusst, wie schrecklich wir aussahen. Ernies Hose war voller Flecken und roch nach Pipi. Und auch ich stank immer noch nach dem Müllcontainer, hinter dem wir uns in der ersten Nacht versteckt hatten. Jedes Mal, wenn jemand den Gang hinunterkam, ging ich in Gedanken die Selbstverteidigungstechniken durch, die Mami mir vor Jahren beigebracht hatte:

Schreien.

In die Eier treten.

Die Augen auskratzen.

Ich durchsuchte unsere Rucksäcke nach dem Küchenmesser, damit ich es bereithalten konnte, falls ich es brauchte. Während der Bus auf den Highway fuhr und an noch mehr weißen Städten Neuenglands vorbeibrauste, wurde mir gleichzeitig heiß und kalt. Ernie und ich waren hier so nackt und schutzlos, ich wartete nur darauf, dass uns jeden Moment jemand auf den Boden drückte oder zur Tür hinausriss.

»Was ist los? Du siehst wütend aus«, flüsterte Ernie.

»Alles gut«, murmelte ich, obwohl mir der Angstschweiß ausbrach.

»*¿Hablas español?*«, fragte eine hinter uns sitzende Frau. Ich drehte so schnell den Kopf nach ihr um, dass mein Hals knackte. Die Frau sah ziemlich harmlos aus. Sie war klein und gedrungen und hatte tiefe Furchen auf der Stirn. Und sie hielt ein schlafendes Baby auf dem Schoß.

Ernie fiel offenbar wieder ein, dass er nicht mit Fremden reden durfte. Er starrte geradeaus und drückte meine Hand. Ich wollte das Gleiche tun, rief mir aber in Erinnerung, was

Mami immer gesagt hatte, dass wir alle Menschen lieben und alle sich umeinander kümmern sollten, und der Blick dieser Frau war voller Hunger und Angst.

»*Sí*«, antwortete ich.

Ihre braunen Augen leuchteten auf. »*¡Ay!*«, sagte sie laut. »*¿Sabes hasta donde llega el bus?*«

»Ähm … nein.«

Die Frau trat bereits aus ihrer Reihe und setzte sich mit in unsere. Sie fing an, schnell auf Spanisch mit uns zu reden, als wären wir alte Bekannte, die sich gerade wiedertrafen. Ich hatte das Gefühl, sie war die Einzige im Bus, die so laut redete. Wir mussten von ihr wegkommen, bevor wir zu viel Aufsehen erregten. Ja, wir sollten alle Menschen lieben und alle sollten sich umeinander kümmern, aber nicht wenn das bedeutete, dass Ernie und ich womöglich von einem als Passagier getarnten Mitarbeiter der Deportationseinheit entdeckt werden würden. Vielleicht war ich paranoid. Doch vielleicht war ich auch längst nicht vorsichtig genug. Ich wusste nicht, ob uns irgendwer beobachtete oder uns alle beobachteten oder uns vielleicht niemand beobachtete. Das war aber auch egal. Mein Herz schlug so laut, ich konnte noch nicht einmal hören, was unsere neue Sitznachbarin sagte.

»Wir müssen aussteigen«, murmelte ich Ernie zu.

»Was? Warum?«

»Müssen wir einfach.«

»Nein«, jammerte er. Ich nahm seinen Rucksack, Mamis und meinen und stand auf.

»Entschuldigung«, sagte ich zur Frau mit dem Baby. »Die nächste Haltestelle ist unsere.«

Die nächste Haltestelle kam erst nach guten fünfundvierzig Minuten, aber ich stand die ganze Zeit, während Ernie neben dem Ausgang saß. Wir waren bereit, jeden Moment auszusteigen. Als die nächste Haltestelle in einer Stadt namens Arborton in Connecticut angesagt wurde, setzte ich ein großes, künstliches Lächeln auf.

»Arborton! Das ist unsere Haltestelle!«, rief ich. Der Bus hatte kaum gehalten, als ich Ernie packte und mit mir hinauszog.

»Was ist los mit dir? Warum hast du das gemacht?«, schimpfte er.

»Sei ruhig!« Ich marschierte mit ihm an einer E-Ladestation vorbei. Vor uns lag eine kleine Einkaufsstraße mit einem Spirituosengeschäft, einem Wettbüro und einem Motel, das, wie auf einem Schild stand, **NUR FÜR ERWACHSENE** war. Dahinter entdeckten wir einen Parkplatz mit einem runtergedrückten Zaun, hinter dem ein paar traurig aussehende Bäume hochragten.

»Wir müssen einfach … laufen. Es ist sicherer«, erklärte ich Ernie.

»Aber sind wir überhaupt schon in New York?«

»Fast«, log ich.

»Wie weit ist es noch?«, wollte er wissen.

»Nicht mehr weit. Ich meine … ich weiß es nicht.«

»Was weißt du überhaupt?«, schrie er.

»Ich weiß … eine Menge!«, brüllte ich zurück. Ich wollte auf keinen Fall eine Szene machen, aber jetzt war auch ich wütend. Denn ich wusste tatsächlich viel. Ich konnte Mathe und Spanisch und Englisch. Ich konnte Gitarre spielen, jedenfalls die Akkorde C, G und E, mit einer Hand tippen und die Präambel der Verfassung der Vereinigten Staaten auswendig aufsagen. Aber es gab auch eine Menge, was ich nicht wusste.

Ich wusste nicht, wie lang oder gefährlich oder unmöglich dieser Marsch werden würde. Ich wusste nicht, ob Mami verhaftet oder abgeschoben worden war oder etwas viel Schlimmeres mit ihr passiert war, was ich mir noch nicht einmal vorstellen konnte. Ich wusste nicht, warum ihr Chip aufgehört hatte zu funktionieren und meiner immer noch ging oder wann meiner den Geist aufgeben würde. Ich wusste nicht, wie viele Tage Ernie und ich nur von Cracker-Krümeln leben konnten, wann Durst gefährlich wurde oder ob hinter dem nächsten Baum gleich Leute von der Deportationseinheit hervorspringen würden.

Ich wollte meinem kleinen Bruder sagen, dass auch ich ohne Mami verloren war und mich vor Sehnsucht nach ihr ganz elend fühlte. Dass auch ich mutterlos, vaterlos, heimatlos und schutzlos war und gejagt wurde. Und zusätzlich war ich auch noch für seine Sicherheit zuständig, was mir wie eine unmögliche Aufgabe vorkam.

Aber ich sagte es nicht. Das konnte ich nicht. Es hätte keinem von uns geholfen. Ich sah Ernie an, ließ mich gegen einen der Bäume fallen und nahm ihn einfach in die Arme, damit er an meiner Schulter weinen und alles rauslassen konnte.

Als wir uns beide wieder beruhigt hatten, sagte ich: »Eins weiß ich sicher: Mami wäre stolz auf dich.«

An dem Abend leisteten wir uns in einem Straßenimbiss für vierzig Dollar je eine Gemüsesuppe mit Crackern, einen Teller Kartoffelpuffer mit Speck und zwei Gläser Wasser. Immer, wenn die Kellnerin gerade nicht guckte, steckte ich für später noch mehr Cracker und kleine Marmeladenpackungen ein. Und jedes Mal, wenn sie guckte, setzte ich mein selbstbewusstestes Lächeln auf. Außer uns waren nur ein paar andere Gäste da. Ein älteres Paar aß am Tresen Torte mit Schlagsahne. Und ein Mädchen, das vielleicht ein oder zwei Jahre älter war als ich, weinte in ihren Milchshake, während eine Frau, wahrscheinlich die Mutter, ihr eine Standpauke hielt.

Niemand von ihnen wusste, was für ein Glück sie hatten. Niemand von ihnen zuckte auch nur mit der Wimper, als der Fernseher über der Kaffeemaschine ansprang und nach den Nationalen Nachrichten die Nationalhymne gespielt wurde. Sie legten sich alle die Hand aufs Herz und bewegten die Lippen zur Musik. Dachten nicht eine Sekunde lang darüber nach, was sie uns antaten.

Ein paar Stunden später suchten wir uns hinter einem Apartmentkomplex in der Nähe einen Schlafplatz. Es roch nach Bier und Erbrochenem, und nur ein paar Meter weiter stritten sich zwei Männer über Baseball und fingen deswegen eine Prügelei an. Zum Glück waren sie zu betrunken, um uns zu bemerken, oder es war ihnen einfach egal, dass einen Eingang weiter zwei niedergeschlagene Kinder saßen, die sich nach ihren Eltern sehnten und sich fragten, ob sie den nächsten Morgen noch erleben würden.

So lang und schmerzhaft die Tage auch waren, die Nächte zogen sich fünf Mal so sehr in die Länge. Wieder saß ich mit Mamis Küchenmesser in der Hand über Ernie wachend da und kämpfte darum, wach zu bleiben. Ich hörte alles um uns herum…

Ich hörte Ernies Magen gluckern.

Meinen Puls gegen meine Haut schlagen.

Das Knarren und Seufzen der Bäume.

Ich hörte den Himmel heulen. Oder vielleicht waren es auch wilde Hunde.

Ich hörte das Huschen von Ratten und Mäusen, Eichhörnchen und Kakerlaken, die zwischen unseren Beinen umherjagten.

Ich hörte wahrscheinlich tausend verschiedene Nachtgeschöpfe auf der Erde herumwandern und ihre Nahrung sammeln. Das Summen von Insekten, das Brummen von Autos, das *Taka-taka* von Hubschrauberflügeln.

Und ich betete darum, dass ein Vogelruf oder eine Werksglocke den Morgen einläuten würde.

X

Zehn Tage lang ging es so weiter. Zehn Tage laufen, humpeln, weinen, nach Wasser und Essen suchen. Wir liefen, bis unsere Fersen bluteten und unsere Beine vor Schmerzen verkrampften. Immer, wenn Ernie sagte, er könne nicht mehr, dachte ich mir noch mehr Geschichten aus, wie toll es in New York war. Ich erzählte ihm, dass die Stadt auf einer Insel gebaut war und es dort Brezeln, so groß wie sein Gesicht, gab. Außerdem riesige Brücken und Statuen und gigantische Wolkenkratzer, die tatsächlich an den Wolken kratzten.

»Und dort treffen wir Mami?«, fragte Ernie.

Es machte mich fertig, ihn anzulügen, aber ich wusste nicht, wie ich ihn sonst dazu bringen sollte, weiterzulaufen.

»Das ist der Plan«, murmelte ich.

Jeden Abend, wenn die Sonne unterging, suchte ich uns eine leere Gasse oder eine Parkbank, dunkel genug, um sie für eine Nacht zu unserem Zuhause zu machen. An einem Abend verkrochen wir uns in einem stillgelegten Abwassertunnel. Einen anderen Abend versteckten wir uns hinter einer Mülldeponie voller Tauben. Der schlimmste Abend war der, als wir zwei Uniformierte der Deportationseinheit aus einer Bar taumeln sahen, die gnadenlos einen Mann auf dem Gehweg niederprügelten. Ernie und ich hockten nur ein paar Meter entfernt hinter einem Auto. Wir hatten viel zu viel Angst, uns zu bewegen, und hörten alle Schläge, Tritte und Schreie. Die nächste Nacht war die beste. Inzwischen waren wir schon irgendwo im Hudson Valley, und am Abend entdeckten wir eine öffentliche Bibliothek, deren Hintereingang nicht abgeschlossen war. Wir stahlen uns hinein und rollten uns auf dem Teppichboden umher. Zogen Bücher aus den Regalen in der Kinderleseecke und blätterten durch die Geschichten über Magierinnen und Zauberer, Gut gegen Böse.

Ernie war total aufgeregt. Er entdeckte ein Buch über einen Superhelden-Hund, der in New York lebte und die Menschen vor einem Schleimmonster rettete.

»Das werden wir sein«, sagte er stolz. »Wir gehen nach New York und finden Schwester Lottie und retten Mami vor den Bösen.«

»Ja. Das machen wir«, sagte ich.

Ich traute mich nicht, ihm zu erklären, dass es in der wirklichen Welt leider nicht so einfach funktionierte.

KAPITEL 11

Mamis blaue Linie auf der Karte sah nach einem so kurzen und direkten Weg aus, dabei brachte er uns fast um.

Wir hatten zehn Tage des Laufens und Weinens hinter uns. Mit viel Glück fanden wir eine überteuerte, unbeaufsichtigte Rastplatz-Toilette mit fließendem Wasser, bevor wir abends an irgendeinem trostlosen Ort, der aussah, als könnte er uns für ein paar Stunden Schlaf Schutz bieten, zusammenbrachen.

Aber die blaue Linie hatte uns inzwischen auch aus dem Gestrüpp neben dem Highway auf von Bäumen gesäumte Straßen geführt.

»Ist das New York? Ist das New York?«

Ernies ständige Fragen machten mich verrückt. Mir war klar, dass ich selbst schuld daran war, schließlich hatte ich diesen Ort als Antwort auf all unsere Bedürfnisse und Sehnsüchte erschaffen. Trotzdem hörte ich irgendwann auf, ihm überhaupt zu antworten. Bis er auf eine Menge hoher Gebäude vor uns zeigte, die aussahen, als wären sie mit nur ein paar Zentimetern Abstand gebaut worden. Der Horizont war voller riesiger Kolosse, die miteinander um Platz kämpften.

»Weißt du was? Du könntest recht haben.« Ich wollte mein Handy anschalten, um das GPS zu checken, doch schon allein das anspringende Display machte mir so viel Angst, dass ich es sofort wieder ausmachte. »Ach, egal!«, sagte ich mit gespielter Freude. »Wir finden es einfach selbst heraus.«

Ohne ein weiteres Wort rannten wir los. Die Straßen und Gehwege wurden allmählich voller. Überall lag Müll, und die Trinkwasserbrunnen kosteten Geld. Geschäfte mit bunt leuchtenden Schaufenstern priesen sämtliche Sachen für zehn Dollar oder weniger an. Leute preschten an uns vorbei und riefen, dass wir uns links halten sollten, damit sie rechts überholen konnten. Oder vielleicht war es rechts halten, damit sie links überholen konnten. Alles war viel zu schnell und zu laut.

Die Gebäude verschmolzen miteinander, es war ein einziges Durcheinander aus Lichtern und LED-Leinwänden, unzähligen Projektionen und Werbespots für Zahnweißer. Kein Wunder, dass Mami dachte, wir wären in dieser Stadt sicher. So viel, wie es hier zu sehen gab, würde sich niemand wegen zwei herumlaufender Kinder Gedanken machen. Das hoffte ich jedenfalls.

»Komm!«

Wir gingen in einen Zehn-Dollar-Laden und ich nahm drei Flaschen Wasser, ein paar Müsliriegel und Bananen. Als wir mit ein paar zerknitterten Scheinen bezahlten, hatte ich das Gefühl, der Mann hinterm Tresen durchbohrte uns mit seinem Blick.

»Das System-Upgrade für die Chips wird jetzt jeden Tag kommen«, sagte er zu mir.

»Ja!« Ich erzwang ein Lächeln. »Gott sei Dank. Das ist wirklich … nötig.«

»Absolut«, sagte der Mann und nickte.

Ich packte unseren Einkauf in den Rucksack. »Danke auf jeden Fall!«

Wir verließen das Geschäft, und die Plastiktür knallte gegen den Rahmen. Es klang genau wie bei der neuen Tür am Laden von Onkel Jimi nach seiner Festnahme. Ich fragte mich, was das System-Upgrade wohl für meinen Chip bedeutete, doch es konnte nichts Gutes heißen.

»Okay, jetzt sind wir in New York. Wo ist Schwester Lottie?«, fragte Ernie und holte mich wieder aus meinen Gedanken zurück auf die Straße.

»Na ja, New York ist groß«, erklärte ich leise. »Wir müssen nach Queens.«

Ich wollte Mamis Karte rausholen, aber es kam mir zu gefährlich vor zu zeigen, dass wir nicht von hier waren. Ein paar Straßen weiter fanden wir einen Netzplan und einen digitalen Abfahrtsplan des öffentlichen Nahverkehrs. Auf der Anzeige stand, es war der 29. Mai, 14:43 Uhr und bereits 33 Grad warm. Vor dem Bildschirm drängten sich die Leute und warteten auf Updates, wann welche Bahn ankam. Dann rannten alle gleichzeitig die Treppe hoch, als über uns eine Schwebebahn einfuhr.

»Können wir da mitfahren, bitte?«, bettelte Ernie. Ich wollte ihm sagen, dass wir das auf keinen Fall könnten, doch der Gedanke, mich hinzusetzen, ließ mich schwach werden.

»Okay, aber wenn uns jemand zu lange ansieht …«

Bevor ich den Satz zu Ende bringen konnte, packte Ernie mich an der Hand und zog mich die Treppe hoch. Darüber stand auf einem Schild **WAKEFIELD / 241 STREET** und daneben die Nummer Zwei. Wir liefen die Stufen zum Bahnsteig hoch, auf dem sich auf beiden Seiten Ticket-Automaten und Handgelenkscanner befanden.

Ich zog Ernie zu mir zurück. »Warte«, sagte ich.

»Was ist?«

»Wir müssen diese Bahn bis zum Times Square nehmen und dann in die Sieben umsteigen.«

»In die Sieben umsteigen«, wiederholte er.

»Aber wenn auf dem Weg dahin irgendwas passiert …«

»Hör auf, Vali«, unterbrach er mich. »Komm schon. Wir haben es schon so weit geschafft. Wir müssen Schwester Lottie und Mami finden.«

Ernie kaufte von unserem allmählich weniger werdenden Geld zwei Tickets und hielt sein Handgelenk an den Scanner, dann starrte er mich an, bis ich dasselbe tat.

Klick.

Klick.

Es war nur eine Frage der Zeit, dachte ich. Das System-Upgrade konnte jeden Tag kommen. Wie und in welcher Form auch immer …

Die nächste Bahn war so voll, dass Ernie und ich uns

Nase an Nase gegenüberstanden. Er roch nach saurer Milch, oder vielleicht war das auch ich. Ich versuchte, mich auf meine Atmung zu konzentrieren und Ernie konsequent in die Augen zu sehen. Alle paar Meter waren Kameras an den Wänden, nicht größer als eine Walnuss, aber sie klickten permanent. Ich fragte mich, was genau sie aufnahmen, ob jemand uns in Echtzeit beobachtete. Vielleicht sogar nach einem bestimmten Gesicht suchte.

Mit uns in der Bahn waren Mädchen in karierten Röcken und marineblauen Strickjacken, die von den Reißverschlüssen an ihren Rucksäcken bis zu ihrem schrillen Geplapper völlig identisch wirkten. Männer in maßgeschneiderten Anzügen und Frauen mit blutrotem Nagellack. Alle hatten eine Art Gerät im Ohr stecken. Manche trugen Brillen, mit denen sie offenbar irgendwelche Bilder sahen, denn sie lachten und schlugen vor sich in die Luft, und es war anscheinend Sache der anderen, ihre Bewegungen vorherzusehen und ihnen auszuweichen.

Trotzdem fügten Ernie und ich uns in dieser Bahn um einiges besser ein als irgendwo in Southboro. Hier gab es so viele verschiedene Menschen, so viele Sprachen wurden gesprochen. Ich konnte Brocken von Spanisch, Französisch und Arabisch aufschnappen. Ob außer uns noch andere Kinder hier in der Bahn nach ihren Eltern suchten? Ich blickte auf die ausgestreckten Hände, die sich an Haltestangen oder Sitzlehnen festhielten. Wie viele dieser exponierten Handgelenke wohl gefälschte Chips enthielten?

Dann beobachtete ich die Menschen, die schweigend auf ihren Plätzen saßen. Die fand ich sogar noch seltsamer. Es war später Nachmittag, und diese Leute wirkten wie versteinert. Auf dem Smart-Screen an der Decke lief ein Feed der Nationalen Nachrichten. Ich hatte fast zwei Wochen lang keinen Smart-Screen mehr gesehen und war ganz geblendet von dem grellen Licht. Die Schlagzeilen waren immer noch derselbe Mist, wie ich es in Erinnerung hatte – der Präsident war allmächtig, der Handelskrieg mit China ein großer Erfolg, und am allerwichtigsten: Amerika war darauf vorbereitet, das »ungeheure, überwältigende humanitäre Problem der unkontrollierten Invasion von Illegalen« zu bekämpfen.

Was die anderen Leute in der Bahn, die den Newsfeed ansahen, wohl dabei dachten? Wussten sie, was das alles bedeutete? Glaubten sie, wenn sie nur den Mund hielten und die Augen vor allem verschlossen, es würde von allein wieder verschwinden?

Ich musste eingedöst sein. Ich hatte es nicht gewollt, aber als wir erst einmal Sitzplätze hatten, wiegte mich das sanfte Ruckeln und Summen der Bahn in eine Art Trance. Auf einmal war Ernies Mund an meinem Ohr, sein Flüstern war so nah, dass ich kleine Spritzer seines Speichels an meine Wange fliegen spürte.

»Vali, wach auf! Wach auf!«

»Hm?« Ich hatte lange und tief genug geschlafen, um mir aufs Kinn zu sabbern. Ernie wahrscheinlich auch. Ich riss die Augen auf, und in dem Moment fuhren wir auch schon in eine hell geflieste Station mit Bildern eines prächtigen Karussells an den Wänden ein.

»Ist das endlich Queens?«, maulte Ernie. »Das muss Queens sein, oder?«

»Das ist Clark Street«, raunte ein neben uns sitzender Mann.

»Das ist Clark Street«, sagte ich zu Ernie und versuchte, wieder etwas Kontrolle über die Situation zu erlangen. »Wir müssen erst noch am Times Square umsteigen.«

»Na, dann viel Glück. Da sind wir schon lange dran vorbei.« Der Mann stand auf, als die Bahn abbremste und die automatische Ansage das Türenöffnen ankündigte.

»Komm«, rief Ernie. Er zog mich zu den Türen und wir stiegen aus der Bahn. Noch leicht benommen ließen wir uns vom Strom der Pendler die Treppen hinauf ins helle Nachmittagslicht hinausschwemmen. Oben angekommen, verkauften Leute Blumen, Smartphones, Coffee-to-go und die Erlösung. Ernie zählte fünf Eiswagen auf dem Abschnitt zwischen zwei Straßen, und ich gab ihm fünf Dollar, einfach nur, weil ich so überwältigt und verwirrt von allem war.

Wir gingen einen steilen Hügel hinab zu einer morastigen Wasserfläche, während Ernie sein rot-weiß-blaues Eis am Stiel aß und ich mich nach irgendeiner Art von Schild umsah, das uns die richtige Richtung weisen würde.

»Sind wir noch in New York?«, fragte Ernie.

»Ja«, sagte ich unsicher. »Ich meine, müssen wir ja, oder?«

Ernie war jetzt ganz abgelenkt von den vielen Sehenswürdigkeiten. Besonders, als wir unten am Hügel ankamen und er die gigantische Brücke und darunter das Karussell in dem riesigen Glaskasten entdeckte. Es war wunderschön. Die bunt bemalten Pferde und goldenen Wagen bewegten sich im Kreis drehend zu blecherner Zirkusmusik auf und ab. Die Kinder auf den Sitzen quietschten vor Vergnügen.

»Du hast recht, Vali! New York ist wunderbar!« Ernie war nicht mehr zu bremsen. Er zog mich durch die Menschenmenge auf das fantastische Karussell zu.

Er fragte nicht, ob er durfte. Er lief einfach mit mir zum Drehkreuz, bis wir hinter einem Mädchen in einem lilafarbenen Tutu und mit einer Krone, auf der **PRINZESSIN!** stand, warten mussten.

»Du kannst gehen. Ich gucke zu«, sagte ich zu Ernie.

Ich zahlte zehn Dollar für sein Ticket und sah meinem kleinen Bruder hinterher, der, sobald das Karussell anhielt, lossprang, ohne sich noch einmal umzublicken. Die Musik ging wieder von vorne los und die Pferde bewegten sich auf und ab. Ernie war begeistert und winkte mir von seinem himmelblauen Hengst aus zu – mit stolzer Brust und über den Kopf gerissenen dünnen Armen. Er wirkte wie ein süßes, unschuldiges *Kind*, während der Fahrtwind ihm durch die schmutzigen Haare wehte.

Ich wünschte, die Pferde könnten einfach ihre Ketten abwerfen und mit mir und Ernie auf dem Rücken in den Sonnenuntergang galoppieren. Aber vielleicht wäre mein kleiner Bruder ohne mich auch besser dran. Sein Chip war echt. Wenn ich nicht wäre, könnte er mit diesem Karussell so oft und so lange fahren, wie er wollte, bis ihn jemand mit nach Hause nahm und ihm ein Heim, Liebe und dauerhaften Schutz gab. Wenn so etwas in der Welt überhaupt möglich war.

Ich sah auf einen Subway-Plan neben dem Karussell und mir wurde schwer ums Herz. Laut dem Plan waren wir in einem ganz anderen Viertel oder Bezirk, wie es in New York wohl hieß, als wo wir hinwollten. Wir mussten wieder ein ganzes Stück zurückfahren und mindestens noch zwei andere Bahnen nehmen, um nach Queens zu gelangen, und da der Himmel langsam dunkler wurde, bezweifelte ich, dass wir heute noch bei Schwester Lottie ankommen würden.

Während der Tag sich dem Ende zuneigte, zahlte ich eine Karussellfahrt nach der anderen für Ernie. Ja, vielleicht war es eine Verschwendung von Mamis schwer verdientem Geld, aber sie wäre sicherlich damit einverstanden gewesen.

Solange Ernie mit dem Karussell fuhr, konnte ihm niemand etwas anhaben.

Solange Ernie mit dem Karussell fuhr, war die Nacht voller funkelnder Lichter und nicht voller Hunger und Angst.

Solange Ernie mit dem Karussell fuhr, war alles möglich, konnte es alles geben, sogar blaue Hengste und goldene Wagen mit Meerjungfrauen.

Also ließ ich meinen kleinen Bruder eine Runde nach der anderen drehen, immer und immer wieder, hängen geblieben in diesem verrückten Karussell. Sein Gesicht ein dreckverkrustetes Dauergrinsen. Er war so außer sich vor Freude, dass ich meine Tränen wegblinzeln musste, während er an mir vorbeischwebte.

KAPITEL 12

Wir brauchten fast den ganzen nächsten Vormittag, um zu Schwester Lottie zu kommen. Als wir schließlich an der Haltestelle *82 Street* in Queens ausstiegen, hatte ich das Gefühl, in der Zeit zurückgefallen zu sein. Es gab Laternenmasten mit langen Hälsen, alte Wasserspeier an den Gebäuden, und in den Schaufenstern leuchtete es orange, grün und rot. Es roch nach köstlichem warmen Teig und brutzelnden Kochbananen. An der Ecke der einundachtzigsten Straße und siebenunddreißigsten Avenue entdeckten wir die kleine steinerne Kirche mit roter Holztür und einem Topf welker Lilien auf der Stufe davor. In den Torbogen waren die Worte **ST. AUGUSTINE** gemeißelt.

»Da sind wir … schätze ich«, sagte ich zu Ernie. Ich hoffte nur, Augustinus war einer der Heiligen, die den Unterdrückten halfen. Die Eingangstür war verschlossen, aber ein von Pusteblumen gesäumter Weg führte um die Kirche herum. Am Ende des Wegs befand sich eine Treppe, die zu einer dicken Metalltür an der Rückseite der Kirche hinabging. Auf dem Betonboden stand neben einem Regenrohr eine kleine Porzellanstatue von *la Virgen*, die genauso aussah wie Mamis.

Ich weiß, alle Bilder von Statuen von *la Virgen* ähneln sich, und vielleicht sah ich auch nur, was ich sehen wollte, aber ich hätte schwören können, dass der Kopf dieser Statue genauso geneigt war wie der von Mamis. Und sie hatte auch genau das gleiche leichte Lächeln, wie ein Komma, das ihr die Wange hochkroch. Ich hoffte, sie würde mir Kraft und Mut geben, und klopfte an die Metalltür.

Wie kann ich euch helfen?, erklang eine Frauenstimme aus einem knisternden Lautsprecher über uns. Ich hatte ihn gar nicht bemerkt. Genauso wenig wie die kleine Kameralinse daran.

»Ähm … uns wurde gesagt …« Ich nahm Ernies Hand. »Wir suchen jemanden namens Schwester Lottie?«

Stille. Eine Ewigkeit nichts als Stille. Ich wusste nicht, ob ich schreiend wegrennen oder warten sollte. Ich flehte *la Virgen* an, mir ein Zeichen zu geben.

Die Tür ging ein Stück auf.

Eine gebrechlich wirkende alte Frau blickte durch den Spalt. Ihre milchige Haut war von Lachfalten durchzogen und ihre langen Haare hatten weiße Strähnen. Sie winkte uns mit einer knöchernen Hand herein. »Ja«, sagte sie. »Das bin ich. Schwester Lottie«, sagte sie mit starkem deutschen Akzent.

Sie führte uns eine Treppe hinab in einen feuchten steinernen Tunnel. Währenddessen überschüttete sie uns mit Fragen, wartete aber nie unsere Antwort ab.

»Habt ihr Hunger? Bestimmt. Durst? Sicher! Ihr seid wahrscheinlich weit gereist. Oder nicht so weit?«

Ich merkte Ernie an, dass er ihr unbedingt alles über unsere Reise erzählen wollte, aber ich drückte seinen Arm, um ihn zu warnen, *Noch nicht.* Ich musste mir erst sicher sein, dass die Frau tatsächlich die Schwester Lottie war, von der Mami gesprochen hatte. Ich wusste nicht, wie oder wann ich mir dessen sicher sein würde. Ich wusste nur, dass wir vorsichtig sein mussten.

Der Tunnel führte an einem riesigen Raum mit einem Boiler vorbei und in eine große Küche. In der Mitte standen zwei zusammengeschobene lange Aluminiumtische, um die herum auf etwa einem Dutzend Klappstühlen jede Menge Leute saßen – auf manchen sogar zu zweit. Auf der anderen Seite, neben einem Kühlschrank, stand ein großer, kahlköpfiger Mann. Er hielt ein kleines Notebook und trug ein Gedicht über die Farben der Sonne in Jamaika vor.

Als das Gedicht zu Ende war, klatschten und jubelten alle.

»Das ist Kelso«, erklärte uns Schwester Lottie. »Er unterhält uns gerne ein wenig vor dem Essen.«

Kelso verneigte sich tief vor seinem Publikum und winkte jemandem, um als Nächstes zu lesen.

»Lakshmi, du bist dran!«, rief er. »Du hast es versprochen.«

»Nein, nein, nein«, sagte eine junge Frau mit wunderschönen langen schwarzen Haaren, die ihr offen über den Rücken fielen. Eine ältere Frau neben ihr schob sie zur behelfsmäßigen Bühne. »Nein, wirklich nicht!«, lachte Lakshmi.

»Ich erlöse dich«, sagte Schwester Lottie. »Wir machen eine Pause, um zu essen. Und unsere Neuankömmlinge willkommen zu heißen …« Sie drehte sich nach uns um. »Oh! Ich habe euch noch nicht einmal nach euren Namen gefragt!«

Bevor ich ihn aufhalten konnte, trat Ernie vor und sagte: »Ich heiße Ernesto. Aber ihr könnt mich Ernie nennen.«

»Ernie … gefällt mir.«

»Wie schön.«

Das zustimmende Murmeln der Leute in der Küche brachte ihn zum Strahlen.

»Und du?«, fragte mich Schwester Lottie.

Ich überlegte, ihnen den Namen von meinem ID-Chip zu nennen, aber es fühlte sich nicht nur unehrlich, sondern zu diesem Zeitpunkt auch sinnlos an. Wenn das System-Upgrade stattfand, würde die echte Amelia Davis ihre Identität garantiert von mir zurückverlangen.

»Sie heißt Vali«, sprang Ernie ein, als er merkte, dass ich in Gedanken festhing. »Sie ist meine große Schwester. Und sie ist toll.« Ich wusste nicht, was mich mehr überraschte – seine süßen Worte und seine darauffolgende stürmische Umarmung oder das Lächeln dieser Fremden.

»Und du kennst unsere Mami, Liliana«, sagte Ernie zu Schwester Lottie. »Du hilfst uns, sie zu finden!«

»Liliana …?«, fragte Schwester Lottie, und ihr Lächeln verblasste. Ich wollte meinem kleinen Bruder den Mund zuhalten oder ihm wenigstens die Hand drücken, damit er nichts weiter sagte.

Schwester Lottie schien meine Anspannung zu spüren oder war selbst unsicher, wie sie reagieren sollte. Sie trat zwischen uns. »Also, Ernesto-aber-ihr-könnt-mich-Ernie-nennen und Vali-tolle-große-Schwester, wir freuen uns sehr, dass ihr hier seid«, sagte sie. »Nicht wahr?«, fragte sie in den Raum hinein.

Die Leute riefen verschiedene Versionen von *Ja!* und *Juhu!*.

Dann forderte Schwester Lottie die anderen auf, sich vorzustellen. »Und erzählt, wie ihr hierhergekommen seid«, fügte sie hinzu und zwinkerte mich an.

Da war Esme, eine ältere Frau aus Haiti, die schwor, dass sie nicht wusste, wann ihr Arbeitsvisum ablief. Dann war da Mariana, deren Haut dieselbe Farbe hatte wie meine, bis auf einen großen Streifen marmorierten Narbengewebes, das ihre Stirn bedeckte. Sie sagte, sie sei schon seit zehn Jahren in den Vereinigten Staaten und seit zehn Monaten bei Schwester Lottie. Mehr wollte sie nicht erzählen, aber sie ergänzte noch, dass sie sich freue, uns kennenzulernen. Kelso war Jamaikaner und stolz darauf, aber seine Frau war gestorben und jetzt hoffte er auf die US-amerikanische Staatsbürgerschaft und eine neue Liebe. Lakshmi war als Au-Pair in die USA gekommen und irgendwann war ihr gesagt worden, sie solle sich »in die Warteschlange einreihen«, um ihre Papiere zu erneuern. Nur hatte es keine Schlange gegeben.

Eine Frau war wegen Überschreitens der Geschwindigkeitsbegrenzung angehalten worden, dabei war sie gar nicht zu schnell gefahren. »Ich war undokumentiert«, erklärte sie. Eine andere Frau war mit vorgehaltener Pistole ausgeraubt worden, und als sie Anzeige bei der Polizei erstatten wollte, sagte man ihr, sie solle nach Hause gehen, sonst würde man sie der Deportationseinheit übergeben.

Eduardo sagte bloß: »Honduras. Schön, euch kennenzulernen. Gott segne euch!«

Während die anderen sich der Reihe nach vorstellten, wurde mir allmählich etwas leichter ums Herz. Sie klangen alle so aufrichtig, so verwundbar. Natürlich musste ich aufpassen, aber es wäre ziemlich lächerlich gewesen, zu vermuten, dass Schwester Lottie und die anderen alle logen und nur darauf warteten, uns auffliegen zu lassen. Außerdem war ich zu erschöpft und ausgehungert, um mir einen Fluchtplan zu überlegen. Besonders, als Schwester Lottie uns sagte, dass es jetzt Essen gab.

Auf dem Tresen rechts von uns stand ein Stapel angeschlagener Teller und auf dem Herd neben der Spüle dampfte es aus drei großen Töpfen. Außerdem lagen auf den Tischen zwei Weißbrote, es gab Margarine, Wasserflaschen und Plastikbecher.

»Los, los, kommt schon!«, rief Schwester Lottie. Sie war alt, aber resolut und tat uns beiden eine große Portion Reis, schwarze Bohnen und etwas Cremiges, das aussah wie aus Kartoffeln, auf. Ernie schnappte nach Luft.

»Danke«, sagte ich.

»Danke«, wiederholte Ernie.

»Vielen Dank«, sagte ich wieder.

»Genug! Jetzt nehmt euch etwas zu trinken und setzt euch. Wenn alle sitzen, sprechen wir das Tischgebet.«

Wir aßen und aßen und aßen. Ich konnte nicht aufhören, mir Essen in den Mund zu schaufeln. Ernie und ich hätten beide zwanzig Portionen verschlingen können, aber nach der dritten Runde sagte ich, es sei genug, damit wir nicht so gierig wirkten. Esme wiederholte ständig, Ernie müsse mehr essen, weil er noch im Wachstum sei. Und Kelso erzählte, dass er früher immer Fünf-Gänge-Menüs gekocht habe, und fragte, ob wir kochen könnten. Ich glaube, sie waren begeistert, Kinder dazuhaben. Schwester Lottie wich uns die ganze Zeit nicht von der Seite und sagte, es sei genug von allem da.

Nachdem wir uns vollgestopft hatten, brachte Schwester Lottie Ernie und mich in ihr Büro neben der Küche. Darin befanden sich ein Tisch, ein Stuhl und eine Besenkammer. Auf dem Boden standen Säcke voller Kleiderspenden und stapelweise Konservendosen.

»Sucht euch was zum Anziehen aus. Ich kann eure Sachen heute Abend mit nach Hause nehmen und waschen«, bot sie an. »Am Ende des Gangs sind die Toiletten, da könnt ihr euch frisch machen. Das Wasser reicht natürlich nicht sehr lange …«

Es gab mehrere Toilettenkabinen, und ich musste lachen und weinen zugleich, weil ich, seit wir zu Hause aufgebrochen waren, keine saubere Toilette mehr gesehen hatte. Das Wasser im Waschbecken war lauwarm, aber rostig, doch das störte mich nicht. Ich fühlte mich wie in einem Fünf-Sterne-Hotel, als ich mir das Gesicht wusch.

Ich pellte mich aus dem T-Shirt und den Shorts, die ich seit Vermont getragen hatte, und zog die rosa Jogginghose von jemand anderem und ein lavendelfarbenes Top an. Die Hose hatte wahrscheinlich einer Frau gehört, die doppelt so groß war wie ich, denn sie schleifte beim Gehen über den Boden, und das Top hatte unten am Saum kleine Rüschen. Ich musste kichern, so klein und mädchenhaft kam ich mir in den Sachen vor.

Als Ernie und ich in die Küche zurückkehrten, applaudierten Esme und Kelso.

»Oh, wie hübsch ihr seid! Wie gut ihr ausseht!«, sagte Esme liebevoll. Ernie freute sich über die Aufmerksamkeit und zeigte ihr seine Haare, die er sich wie von Mami gelernt angeklatscht hatte. Er trug ein blaues Hemd mit weißem Anker darauf und sah richtig herausgeputzt aus. Das Hemd wirkte so sauber. *Er* wirkte so sauber.

»Kommt Mami hierher?«, fragte er. »Oder holen wir sie ab?«

»Wir … wir gucken mal«, stammelte ich. »Heute müssen wir uns erst einmal ausruhen.«

»Weißt du was? Ich bin fast siebzig Jahre alt und auch ich vermisse meine Mutter immer noch«, gab Esme zu. »Ist das nicht erstaunlich?«

»Ja«, sagte Kelso. »Die Mamis. Sie sind die Welt. Sie geben uns die Welt.«

Den größten Teil des Nachmittags spielten wir mit Schwester Lottie und Esme Karten. Die beiden spielten miserabel. Oder sie ließen Ernie absichtlich jede Runde gewinnen.

Zum Abendessen schlemmten wir uns durch vom Mittag übrig gebliebene Bohnen und Reis, und es gab ein Tablett gespendete Zimtschnecken vom Bäcker nebenan. Ernie verschlang bestimmt zehn Stück, ohne ein einziges Mal Luft zu holen. Als wir schließlich unsere Teller spülten, war ich so erschöpft, dass ich im Stehen hätte einschlafen können.

Dann klappten Schwester Lottie, Kelso und Eduardo die Aluminiumtische zusammen und legten auf dem Boden Matratzen aus. Es war nicht genug Platz für alle, und ein paar Leute gingen hoch, um sich auf Kirchenbänke zu legen.

»Oben ist das Penthouse«, sagte Schwester Lottie zu uns. »Kommt mit.«

Sie brachte uns eine steinerne Treppe hoch ins Hauptschiff der Kirche. Die Kirche war viel größer und prunkvoller, als ich sie mir vorgestellt hatte. Das hohe Gewölbe und die nackten Buntglasfenster ließen alles hallen und kühl wirken.

»Da wären wir. Sucht euch einen Platz aus, der euch am gemütlichsten erscheint«, sagte Schwester Lottie. Einige Frauen zogen aus einer Ecke Kissen und Decken hervor. Ein paar Bänke weiter hinten schnarchte bereits jemand.

»Wie wäre es hier?«, fragte ich und zeigte auf die vorderste Bank. Ich hatte das Gefühl, dort war es etwas heller, und es gab jede Menge Statuen von Heiligen mit flackernden elektrischen Kerzen, die uns Gesellschaft leisteten.

Schwester Lottie brachte uns zwei Wintermäntel als Kissen und Schlafsäcke mit kaputten Reißverschlüssen.

»Und jetzt schlaft gut, wir sehen uns morgen früh, okay?«

»Okay …«, antwortete Ernie trübsinnig. »Und du bist hier, wenn wir aufwachen?«

Ich wusste genau, wie er sich fühlte. Auch ich war traurig, als wir uns jetzt von unserer Gastgeberin verabschiedeten, auch wenn ich nicht damit gerechnet hätte.

»Natürlich«, antwortete Schwester Lottie. »Möchtet ihr noch beten, bevor ihr die Augen zumacht?«

»Ja, bitte«, sagte Ernie.

»Klar«, stimmte ich zu.

Irgendwem musste ich schließlich beichten, dass ich Ernie angelogen hatte, als ich ihm erzählte, Mami würde hierherkommen. Vor allem aber wollte ich Gott und *la Virgen* und allen Heiligen des Rosenkranzes mitteilen, dass es keine gläubigere, treuere Anhängerin gab als meine Mutter Liliana. Und dass sie bitte, bitte, auf sie aufpassen sollten, wo auch immer sie war.

»Was würdet ihr gern beten?«, fragte Schwester Lottie.

»Wie wäre es mit: Bitte beschütze Mami, und danke für das Wunder aus Bohnen und Reis«, sagte Ernie.

Schwester Lottie kicherte.

»Und: Danke, dass du uns hierher zu Schwester Lottie gebracht hast, und für ihre unglaubliche Großzügigkeit. Ah, und für die Zimtschnecken!«, fügte ich hinzu.

»Das ist wunderschön«, sagte Schwester Lottie. »Danke

für diese wunderbaren Kinder. Mögen sie gut schlafen und sich hier geborgen und sicher fühlen.«

Und zusammen endeten Ernie und ich mit: *»En el nombre del Padre, del Hijo, y del Espíritu Santo. Amen.«*

KAPITEL 13

Es war fantastisch, mit einem Dach überm Kopf zu schlafen, auch wenn es nur auf einer harten Holzbank war. Wahrscheinlich hätte ich den ganzen Tag lang geschlafen, wenn Schwester Lottie mich nicht geweckt hätte.

»Aufwachen! Guten Morgen!«, sang sie.

Ich erschrak derart, dass ich losschrie. Doch sie rieb sich nur das Ohr und lächelte mich mit ihrem faltigen Gesicht unbeeindruckt an.

»Vielleicht erinnerst du dich nicht mehr. Ich bin Schwester Charlotte-Anne, aber du kannst mich Lottie nennen«, sagte sie und streckte mir eine knochige Hand entgegen. »Du bist gestern Abend hierher nach St. Augustine gekommen, zusammen mit deinem …«

»Mein Bruder!« Ich suchte die Bänke nach ihm ab, doch er war nicht mehr da. »Wo ist mein Bruder? Wo ist mein Bruder?«

Schwester Lottie hielt eine Hand hoch, um mich zu beruhigen, bevor ich vor Sorge völlig durchdrehte. »Dein Bruder Ernesto-aber-ihr-könnt-mich-Ernie-nennen ist in der Küche und frühstückt«, sagte sie. »Ich glaube, er hat vorhin schon mal versucht, dich zu wecken, aber der Körper braucht manchmal eine Pause, nicht wahr?«

»Es tut mir so leid. Ich bin sofort da.«

»Nein, nicht sofort. Lass dir Zeit«, sagte Schwester Lottie. »Aber zuerst würde ich dich gern noch etwas fragen.«

»Ja?« Ich fühlte Panik in mir aufsteigen. Auch wenn sie unglaublich nett wirkte, hatte ich immer noch Angst, dass sie drohen könnte, mich zu scannen.

»Keine Sorge«, sagte Schwester Lottie. »Ich … ich habe nur gehört, dass dein kleiner Bruder denkt, ich würde euch zu eurer Mutter bringen, und ich weiß nicht …«

»Oh, ja. Äh … tut mir leid. Das ist meine Schuld. Ich musste ihn nur irgendwie hierherkriegen. Wir mussten ziemlich viel laufen … jeden Tag, und ich wusste nicht, was ich ihm sonst erzählen sollte. Unsere Mami hatte uns gesagt, wir sollten hierherkommen, bevor sie festgenommen wurde …«

»Verstehe«, sagte Schwester Lottie. »Und eure Mami ist Liliana Ramirez?«

»Ja«, sagte ich.

»Und sie wurde … festgenommen?«

Ich nickte.

»Und ihr seid hier, weil ich eurer Mutter gesagt habe, dass ich ihr helfen würde.«

Wieder nickte ich. Dann erzählte ich ihr unsere ganze Geschichte, angefangen mit der Abschiebung unseres Papis. Ich konnte sie nicht mehr zurückhalten. Ich berichtete Schwester Lottie von den Razzien in unserer Stadt und auf der Farm. Ich beschrieb den schrecklichen Moment, als wir Mami zum letzten Mal gesehen hatten, wie sie auf den Boden gedrückt wurde. Ich gab mir große Mühe, mit klarer, ruhiger Stimme zu sprechen, aber schon bald fing ich an zu zittern und musste mir die Tränen wegwischen. Schwester Lottie ging in die Hocke und nahm meine Hände in ihre, um alles, was ich sagte, richtig aufnehmen zu können. Dann zog sie mich in ihre Arme und drückte mich fest an sich. Sie roch nach Pfefferminze und Kaffee.

»Ich werde euch helfen. Versprochen«, sagte sie mit dünner Stimme. Ich war mir ziemlich sicher, dass auch sie weinte. Als sie mich losließ, war ich erleichtert, etwas von meiner Trauer und Angst mit ihr geteilt zu haben. Aber auch sehr bedrückt, weil ich wusste, dass sie keine Antworten für uns hatte.

In der Küche war die Stimmung lebendiger. Die Leute saßen wieder um die beiden Klapptische und unterhielten sich in allen möglichen Sprachen, während sie Würstchen und Mini-Waffeln mampften. Ernie winkte mich an einen der beiden Tische heran, wo er mir nicht nur einen Platz frei gehalten, sondern auch einen turmhoch mit Essen beladenen Teller gesichert hatte.

»Ich habe gehört, du bist gut in Mathe, aber nicht so gut wie dieser kleine Mann«, sagte Esme, als ich mich setzte.

»Ach, echt?«, fragte ich Ernie, der offensichtlich alle um den Finger wickelte, wenn sie ihm nur zuhörten.

»In welcher Klasse bist du eigentlich?«, fragte Esme Ernie.

Und bevor er antworten konnte, fuhr sie fort: »Lass mich raten – du gehst auf die Uni!«

Ernie lachte. Er fand es großartig, wenn die Leute ihn für älter hielten, als er war. Er fing an, Esme und Lakshmi von seiner zweiten Klasse und seinem Schulprojekt über Fotosynthese zu erzählen. Dass die meisten anderen in seiner Klasse sich noch mit einfachen Dingen befassten, wohingegen er schon zweistellige Zahlen multiplizierte. Und dass er trotzdem Angst vor dem Ende des Schuljahrs hatte, denn danach kamen die großen standardisierten Tests.

Esme und Lakshmi hörten ihm mit ungeteilter Aufmerksamkeit zu und nickten hin und wieder. Aber mich machte es fertig, Ernie so reden zu hören. Zum einen, weil ich ganz vergessen hatte, wie gerne er in Southboro mit Mami oder mir über seinen Tag gesprochen hatte. Aber was noch viel mehr wehtat, war, dass er Wendungen wie »am Ende dieses Schuljahres« verwendete – als würden wir nur kurz weg sein, auf einem Ausflug, um unsere Mami zu finden. Als ob eines Tages alles wieder normal sein würde und wir uns über nichts Schlimmeres als standardisierte Tests Sorgen machen müssten.

»Esst auf! Wir haben noch zwanzig Minuten!«, rief Schwester Lottie, bevor sie sich wieder in ihr Büro zurückzog. »Denkt dran, wenn ihr eure Sachen den Tag über hierlassen wollt, dann beschriftet sie.«

Während ich das warme Frühstück hinunterschlang, erklärte mir Ernie, dass Schwester Lottie von neun bis halb fünf am Nachmittag die Türen abschließen musste, weil sie dann in der Kirche Schulklassen unterrichtete.

»Was? Warum?« Der Gedanke, wieder hinaus auf die Straße zu müssen, beunruhigte mich.

»*Monday, Monday*«, sang Esme in einer Melodie, die nur ihr vertraut war. Dann deutete sie auf die Uhr über dem Kühlschrank, auf der nicht nur die Zeit, sondern auch das Datum und der Wochentag angezeigt wurde. In der Welt da draußen war es Montag, der 31. Mai. Was bedeutete, dass wir schon ungefähr sechzehn Tag unterwegs waren.

»Was?«, sagte ich laut, erstaunt, wie lange und wie kurz mir alles vorkam.

»Was *was*?«, fragte Ernie, während er meinen Teller abräumte.

»Nichts. Egal.«

Als alle ihre Teller gespült und ihre Sachen für den Tag gepackt hatten, brachte Schwester Lottie uns zur großen Kirchentür. Sie erklärte, dass wir um ein paar Minuten versetzt hinausgehen sollten, damit es so aussah, als seien wir gewöhnliche Gemeindemitglieder, die gerade ihr Morgengebet beendet hatten. Kelso und Eduardo würden die Kirche als Erste verlassen. Kelso winkte und lächelte strahlend, während er zur Tür hinausging. Eduardo folgte ihm mit gesenktem Blick. Ein paar Minuten später kam Lakshmi und dann Esme. Uns hielt Schwester Lottie bis zum Schluss zurück.

»Hört zu«, sagte sie, als die Kirche bis auf uns leer war. »Ihr müsst nicht raus, wenn es zu viel für euch ist. Aber dann muss ich euch in meinem Büro verstecken – oder eigentlich in der Besenkammer. Bis zum Nachmittag.«

»Ähm …« Ich wusste nicht, wie die Straßen in diesem Viertel waren oder was es bedeutete, stundenlang ziellos herumzulaufen. Andererseits wusste ich auch nicht, ob mein kleiner Bruder in einer Kammer so lange still sitzen konnte. Doch Ernie hatte sich schon entschieden.

»Danke, aber wir müssen raus und Mami suchen. Stimmt's?«

Ich nickte und spürte Schwester Lotties Blick auf mir.

»Tja, es ist ein schöner Tag. Ich habe euch ein paar Snacks eingepackt«, sagte sie und reichte mir eine braune Papiertüte. »Ihr kennt die Regeln – nicht mit Fremden reden und bitte auch mit niemandem aus der Kirche. Ihr werdet sicher Spaß haben. Es ist bisher sehr ruhig hier in der Gegend.«

Sobald die Tür hinter uns zuging, fing Ernie an, mich mit Fragen zu löchern:

»Wo gehen wir hin? Was machen wir jetzt? Hat Schwester Lottie gesagt, wo wir Mami finden?«

»Ernie, wir müssen einfach …«

Ich musste ihm die Wahrheit sagen, dass Schwester Lottie und ich beide nicht wussten, wo wir Mami finden konnten.

»Wir müssen *was*? Wir müssen *was*?« Ernie wippte auf den Zehen, ganz ernst und erwartungsvoll.

»Wir müssen einfach … warten, bis es sicher ist«, sagte ich schwach. Ich war immer noch zu feige, es ihm zu beichten.

»Aber wann wissen wir, dass es sicher ist?«

»Warte mal.«

Ich holte Mamis Karte hervor, als würde sie eine wichtige neue Information für uns enthalten. Es sah immer noch nach bloß einer Reihe zufälliger Linien und Punkte aus: die gestrichelten Linien, von denen ich vermutete, dass sie Bahnstrecken darstellten, und die blauen Kleckse, die wahrscheinlich längst verschwundene Flüsse waren. Alles verschwand.

Wieder einmal fragte ich mich, warum wir hier waren. Nicht nur draußen vor dieser Kirche oder auf dieser Straße, sondern auf dieser Welt. An diesem neuen Tag, auf dem Weg zu neuem Unbekannten. Die Sonne blinzelte durch die Wolken, als wüsste sie ein Geheimnis. Als ich so in den Himmel blickte, überkam mich das überwältigende Bedürfnis zu weinen.

»Also?«, fragte Ernie.

Ich legte die Karte wieder zusammen und setzte ein Lächeln auf. »Pass auf, es ist etwas kompliziert. Ich verspreche dir, ich überlege mir was. Und bis dahin, werden wir … uns einfach umsehen.«

Ich merkte Ernie an, dass er langsam genug von meiner Verzögerungstaktik hatte, aber der Gedanke, dass Mami in der Nähe sein könnte, ließ ihn sein bestes Benehmen an den Tag legen. Er folgte mir ohne Protest ein paar Straßen, während ich versuchte herauszufinden, was wir den ganzen Tag lang machen könnten, ohne zu sehr aufzufallen.

An der nächsten Ecke trafen wir auf eine der Frauen, die gestern Abend bei Schwester Lottie gewesen waren. Doch sie tat so, als würde sie uns nicht erkennen. Ein paar Straßen weiter sahen wir einen Spielplatz voller Kinder, die schaukelten und mit Spielzeugpistolen hintereinander herliefen. Auf dem Parkplatz eines Lebensmittelladens mit dem Namen *Snack 'N Save* entdeckten wir Eduardo. Er steckte die Hand in einen Mülleimer und zog eine leere Flasche hervor, die er zu anderen leeren Flaschen und Dosen in einen Einkaufswagen legte.

»Was macht er da?«, fragte Ernie.

»Wenn er genug findet, kann er sie zu einem Recyclingautomaten bringen und bekommt dafür ein bisschen Geld«, erklärte ich. Wir beobachteten Eduardo noch eine Weile. Dann bogen wir in eine von Cafés und Restaurants gesäumte, nach Curry duftende Straße. Wir schlugen die Zeit tot, indem wir die Notausgänge an jedem Gebäude zählten, dann zählten wir die Risse auf dem Gehweg, dann, wie viele Minuten es noch waren, bis die Kirchenuhr auf halb fünf stand.

Wir wurden beide immer ungeduldiger und frustrierter – und bekamen schnell wieder Hunger. Nachdem sich Ernie in der Kirche bei inzwischen drei richtigen Mahlzeiten den Bauch vollgeschlagen hatte, konnte er gar nicht mehr genug bekommen. Ich gab ihm das meiste von den Äpfeln und den Broten, die Schwester Lottie uns für den Tag mitgegeben hatte, und trotzdem flehte er mich an, noch etwas zu kaufen. Ich hatte allerdings zu viel Angst, dass es im *Snack 'N Save* Scanner gab, also versuchte ich, ihn abzulenken, indem wir zurück zum Spielplatz in der Nähe von St. Augustine gingen.

Er war jetzt fast leer, nur ein paar Kleinkinder liefen ständig in ein Plastikspielhaus und wieder heraus und neben einer Bank schoben zwei lateinamerikanische Frauen Kinderwagen umher.

»Geh spielen«, sagte ich zu Ernie. Innerhalb von drei Sekunden war er die metallene Rutsche hinaufgeklettert und hatte die Beine um eine Kletterstange geschlungen, von der er wie eine Fledermaus herabbaumelte. Dann fand er einen leicht schlaffen Basketball und dribbelte ihn auf dem Gummi-Asphalt auf und ab. Eins der Kleinkinder lief dem Ball kichernd hinterher.

»*¡Cuidado!*«, rief eine der Frauen hinter mir. Dann korrigierte sie sich: »Sei vorsichtig!«

Die Frauen unterhielten sich leise weiter. Nur schwappten ihre Stimmen jetzt immer wieder zu mir herüber. Mein ganzer Körper fing an zu pulsieren und zu kribbeln, als ich hörte, wie sie auf Spanisch darüber diskutierten, wie sie nach Kalifornien kamen.

»*Ay, ay, ay. La cosa está muy difícil.*«

»*Pero en California no nos pueden joder.* Sie wollen uns da.«

Kalifornien. Könnte das der eine Ort auf dieser verrückten Welt sein, wo ich willkommen wäre?

Ich hatte Angst, Verdacht zu erregen, wenn ich näher heranging, aber jetzt musste ich jedes Wort, jedes Detail hören.

»*Lo único que sé … es que me tengo que ir.* Wir müssen hier weg.«

»Aber wie?«

»Mit Kojoten.«

Eine unangenehme Stille entstand.

Das Wort hallte in mir nach: *Kojoten.*

Kojoten waren früher die letzte Option für die Menschen gewesen, die in Mittel- und Südamerika ihre vom Krieg zerstörten Städte, ihre überschwemmten Häuser, ihre verbrannten Höfe zurücklassen mussten. Hunderttausende von uns hatten den Kojoten ihr Leben anvertraut. Die Kojoten waren die Brücke zwischen Süd- und Nordamerika gewesen. Wenn sie tatsächlich taten, was sie versprochen hatten.

Diejenigen, die sich den Kojoten anvertraut hatten, waren ein erhebliches Risiko eingegangen. Die meisten waren angekommen. Viele aber auch nicht. Die Horrorgeschichten schossen mir jetzt durch den Kopf – von Kojoten, die die Ersparnisse der Leute gestohlen, Frauen vergewaltigt und Kinder entführt und auf brutalste Weise das Leben und die Träume so vieler Menschen ausgelöscht hatten. Über ihre Gier, die durch unsere Angst genährt wurde.

»No tengo otra opción.«

Wir hatten auch keine andere Wahl.

»Renata …«

Auf gewisse Weise war es jetzt genauso wie damals. Wir flohen aus einem Land, das uns vernichten und ausrotten wollte, an einen möglichen Zufluchtsort. Nur dass wir diesmal in der Hoffnung auf Schutz statt nach Norden in den Westen flohen.

»*Tú tampoco tienes otra opción.* Wenn nicht heute, dann morgen.«

»Alma, hilf mir! Alma! Alma!«, jammerte der Junge im Sandkasten. Alma lief zu ihm und nahm ihn in die Arme. Er hatte offenbar Sand in den Mund bekommen. Ob der kleine Junge sich überhaupt an Alma erinnern würde, wenn sie nicht mehr da wäre?

»Schsch«, machte Alma und streichelte ihn. Er schlug und trat um sich, doch sie überhäufte ihn nur weiter mit Küssen.

»Nein! Ich will nach Haaaaause!«

»Okay, wir gehen«, sagte Alma und verabschiedete sich von ihrer Freundin Renata. »Wir reden später weiter«, sagte sie.

»Ich hoffe«, antwortete Renata.

Denn wer wusste schon, ob es ein *später* gab.

»Müssen wir auch gehen?«, rief Ernie.

»Nein. Noch nicht.«

Ich verspürte eine neue Gewissheit. Das muss Mamis Plan gewesen sein. Und auch wenn nicht, war es jetzt unserer. Ich würde diesen Spielplatz nicht verlassen, bevor ich herausgefunden hatte, wie wir nach Kalifornien kamen. Ehe ich es mir anders überlegen konnte, ging ich auf Renata zu.

»Disculpa, ¿qué hora es?«

»Son las cuartro.«

»Schöner Tag, *¿cierto?«*

»Sí ...« Sie wurde argwöhnisch. Ihr rundes Gesicht verhärtete sich, während sie auf der Bank sitzend den marine-

blauen Kinderwagen vor- und zurückschob und so tat, als würde sie sich gerade für alles Mögliche andere außer mir interessieren.

Ich wusste nicht, wie ich sie dazu bringen sollte, mir zu vertrauen, und so platzte ich einfach heraus: »Ich brauche einen Kojoten.«

Sie sprang auf.

»Ich weiß nicht, wovon du redest«, sagte sie mit angespannter Stimme.

»Por favor«, flehte ich. »Sie haben unsere Mami mitgenommen.«

Die Frau durchbohrte mich mit ihrem Blick. Ich zeigte auf Ernie, der immer noch mit dem Basketball spielte, und sie betrachtete auch ihn eingehend. Versuchte, sich einen Reim auf uns zu machen und herauszufinden, ob meine Geschichte stimmte.

»Wer?«, fragte sie.

»Die Deportationseinheit. *Te lo juro.*« Ich legte mir eine zitternde Hand aufs Herz, um zu zeigen, dass ich die Wahrheit sagte.

»Es ist gefährlich«, warnte sie mich. »Fünftausend Dollar pro Person.«

»Pro Person?« Mir wurde ganz schwindelig. Ernie und ich hatten vielleicht noch sechshundert Dollar von Mamis Ersparnissen übrig. »Können wir in Raten zahlen?«

»Nein.« Die Frau wirkte nervös, als wollte sie das Gespräch so schnell wie möglich beenden. Es war, als hätte sie bereits zu viel verraten und würde es jetzt bereuen. Sie nahm die Wickeltasche und beruhigte das Baby im Kinderwagen, obwohl es fest schlief. Dann rief sie nach dem Kind im Plastikspielhaus und nahm es mit dem freien Arm hoch. Die Räder des Kinderwagens holperten über den steinigen Weg, während ich versuchte, ihr zu danken.

»Sei vorsichtig«, sagte sie noch zu mir.

X

Als Ernie und ich später nach St. Augustine zurückkehrten, lächelte Schwester Lottie uns strahlend an und fragte nach unserem Tag, als wären wir gerade aus der Schule heimgekommen. Sie stellte uns sogar ein Glas Milch und Kekse hin, was wir beides verschlangen. Ich wollte sie nach den Kojoten fragen, aber vor Ernie traute ich mich nicht. Als wir abends um den Tisch mit Tellern voller Cannelloni und dicken Scheiben Brot saßen, war er sehr still und nachdenklich.

»Ich verstehe es einfach nicht«, sagte er, als wir uns fürs Bett fertig machten. »Wie lange bleiben wir denn noch hier? Und warum macht Schwester Lottie gar nichts?«

»Na ja, sie gibt uns zu essen und einen Platz zum Schlafen«, rief ich ihm in Erinnerung.

»Ja. Aber wann finden wir Mami?«

»Bald«, sagte ich. So langsam gingen mir die Lügen aus.

X

Am nächsten Morgen fragte Ernie mich, ob jetzt »bald« sei.

»Fast«, sagte ich. »Aber ich habe eine tolle Idee für heute. Willst du sie hören?«

Ich erzählte ihm, dass wir Pfand sammeln gehen würden wie Eduardo, damit wir etwas Geld verdienten.

»Können wir mit dem Geld Mami zurückholen?«, fragte Ernie.

»Wahrscheinlich«, sagte ich. »Wir versuchen mal fünfzig Dollar, okay?«

»Warum fünfzig?«, fragte Ernie.

»Weil es helfen wird. Versprochen.«

Nicht dass fünfzig Dollar einen Kojoten bezahlen würden oder überhaupt ein realistisches Ziel wären. Aber zumindest war es irgendeine Zahl. An dem Tag sammelten wir für insgesamt sieben Dollar und fünfunddreißig Cent Dosen. Am nächsten Tag schafften wir neun Dollar und zehn Cent. Ernie allerdings war unbeeindruckt. Er murrte die ganze Zeit nur, dass ihm alles viel zu lange dauerte und warum ich ihn diese ganze Arbeit machen ließ, wo er doch nichts anderes wollte als Mami wiederhaben.

Als wir Donnerstagnachmittag zur Kirche zurückkamen, sah Schwester Lottie wohl, wie erschöpft und niedergeschlagen wir waren. Sie fragte Ernie, ob er ihr helfen wollte, Kekse zu backen, und bot mir an, dass ich mir im Waschbecken ihres Büros die Haare waschen konnte. Den Duft der Kekse im Ofen zu riechen und das warme Wasser auf der Kopfhaut zu spüren war unglaublich. Doch als ich mir in der kalten Luft die nassen Haare zu einem Pferdeschwanz band, fing ich an zu frösteln und konnte gar nicht mehr aufhören, zu zittern. Kurz darauf war ich ein schluchzendes Häufchen Elend. Es war einfach alles zu viel und zu schmerzhaft, unsere Situation kam mir ausweglos vor.

Ich konnte Ernies ständige Fragen nicht länger mit Lügen beantworten. Ich musste ihm die Wahrheit sagen. Mami war nicht hier. Mami war festgenommen worden, vielleicht sogar abgeschoben. Wir konnten nicht ewig Dosen sammeln und genauso wenig konnten wir ewig in der Kirche leben. Vielleicht würden wir einen Kojoten finden oder wir müssten eines nachts wieder allein aufbrechen. Denn selbst bei den überfüllten Straßen und mit haufenweise durchsuchbarem Müll war es viel zu nervenaufreibend, am helllichten Tag draußen zu sein. Ich entdeckte immer mehr Kameras an Straßenlaternen, und mehr und mehr Läden wurden geschlossen.

»Bist du bereit?«, fragte ich Ernie an unserem vierten Tag des Dosensammelns. »Heute schaffen wir bestimmt zwanzig Dollar.«

»Juhu«, sagte Ernie matt.

Als wir uns vom *Snack 'N Save* einen leeren Einkaufswagen zum Sammeln holen wollten, standen neben dem Eingang zwei graue Limousinen mit der Aufschrift **DEPORTATIONSEINHEIT** an der Seite. Sobald ich die ersten Schreie aus dem Laden dringen hörte, packte ich Ernie an der Hand und drehte wieder um. Doch vom anderen Ende der Straße kamen zwei weitere Uniformierte auf uns zu. Ich bekam

Panik. Ich stieß Ernie um die Straßenecke und wir rannten los. Das allzu bekannte Entsetzen erfasste mich, krallte sich in meine Lunge, sodass ich kaum noch atmen konnte. Wir liefen zur Kirche zurück und hämmerten gegen die Metalltür neben der Statue von *la Virgen.*

»Es tut mir so leid, Schwester Lottie«, flüsterte ich in den Türrahmen. »Aber sie sind hier! Sie werden uns mitnehmen!«

Schwester Lottie sagte kein Wort. Sie öffnete bloß die Tür und nahm uns direkt mit in ihr Büro. Bevor sie uns in die Besenkammer sperrte, mussten wir schwören, uns absolut still zu verhalten. Schon bald hörten wir das Trampeln kleiner Füße, als die Schulkinder in die Kirche strömten und anfingen, ihre Lieder vom Alphabet zu singen. Dann, wie jemand den Gottesdienst leitete und Erlösung versprach. Und dann …

Hörten wir Klopfen an der Metalltür am Hintereingang der Kirche.

»Aufmachen! Sofort aufmachen! Wir sind von der Regierung bevollmächtigt, das Gelände zu durchsuchen!«

»Sie können draußen suchen, soviel Sie wollen«, rief Schwester Lottie zurück. »Aber dies ist ein heiliger Ort der Andacht, ich muss die Tür nicht öffnen!«

Noch mehr Klopfen. Es klang, als würden sie auch gegen die Tür treten. Oder vielleicht mit dem Griff ihrer Pistolen dagegenschlagen.

»In Artikel fünf im einunddreißigsten Zusatzartikel zur Verfassung heißt es eindeutig …«, fuhr Schwester Lottie fort.

»Ausländermeldegesetz von 2032!«, brüllte einer der Männer zurück.

»Die Deportationseinheit kann Verdächtige ohne Haftbefehl verhaften. Die Deportationseinheit kann ebenso ohne Haftbefehl private Grundstücke betreten!«, fügte ein anderer hinzu. Sie konnten jeden Erlass des Präsidenten auswendig.

Ernie vergrub sein Gesicht an meiner Schulter und bohrte mir seine Fingernägel so tief ins Fleisch, dass ich sicher schon blutete. Aber Schwester Lottie gab nicht nach. Sie fing an, Bibelverse zu zitieren, dass alle Geschöpfe Gottes heilig sind, während die Männer wieder und wieder gegen die Tür schlugen. Dann, nach drei entsetzlichen Minuten, die sich eher wie dreihundert anfühlten, gingen sie. Die Männer brüllten, sie würden wiederkommen und »dieses Drecksloch aufräumen«.

Alles in mir pulsierte und dröhnte, als Schwester Lottie die Besenkammertür öffnete und wir herausstolperten.

»Es tut mir so leid. Das ist alles meine Schuld. Ich bin losgerannt, als ich sie gesehen habe. Mein Chip funktioniert. Ich habe nicht nachgedacht. Und jetzt wissen sie …«

»Schhh … schhh«, beruhigte sie mich. Ernie und ich klammerten uns schluchzend an sie. »Es wird schon gut gehen«, sagte Schwester Lottie stirnrunzelnd.

»Das sind die Leute, die Mami mitgenommen haben!«, heulte Ernie. »Wir müssen hinterher und Mami zurückholen.«

»Nein«, sagte ich leise. »Wir müssen hier weg.«

»Was?«, rief er.

Ich wusste nicht, wie ich es ihm sagen sollte, aber ich hatte seit unserer Ankunft in St. Augustine schon so oft über die Worte nachgedacht, und jetzt hatte ich keine andere Wahl mehr, als sie einfach herauszulassen.

»Wir können nicht länger hierbleiben. Sonst nehmen sie uns auch noch mit – oder mich zumindest.«

Ernies Blick war voller Angst und ganz glasig.

»Und was ist mit Mami?«

»Sie ist nicht hier, Ernie. Und sie wird auch nicht mehr kommen. Ich … ich … ich weiß nicht, wo sie ist. Und Schwester Lottie auch nicht.«

Er starrte uns an und versuchte zu begreifen, was los war.

»Aber … aber …«

»Ich wollte dich nicht anlügen. Ich wollte dir nicht wehtun. Aber wir mussten es irgendwie hierherschaffen, und dir zu sagen, dass Mami auch hierherkommen würde, war die einzige Möglichkeit …«

Ich wollte ihn umarmen, aber er starrte mich nur verwirrt an, gefangen in seinem Schmerz. Dann schrie er auf einmal los und riss an meinem Shirt. Mit wutverzerrtem Gesicht brüllte er mich an, was für eine schreckliche Lügnerin und Verräterin ich doch sei.

Ich hielt ihn nicht auf. Schließlich zog Schwester Lottie ihn von mir. Nahm ihn in die Arme und erlaubte ihm, an ihrer Brust in Tränen auszubrechen. Ich war so dankbar, dass sie hier war, um meine Beichte zu bezeugen, auch wenn sie mir keine Absolution erteilen konnte.

»Ich wollte das nicht«, sagte ich wieder. »Ich wusste einfach nicht, was ich tun sollte.«

Schwester Lottie wiegte meinen weinenden kleinen Bruder. Ich wollte ihn berühren, ihn umarmen, aber mir war klar, dass er jetzt nichts mit mir zu tun haben wollte. Zum Glück konnte Schwester Lottie ihm Frieden geben, wozu ich gerade nicht in der Lage war.

Ich fing an, von meinem Plan zu erzählen, konnte Ernie dabei aber nicht ansehen.

»Eine Frau hat mir von den Kojoten erzählt, die uns nach Kalifornien bringen können. Unsere Tía Luna lebt da«, erklärte ich.

Schwester Lottie bekam jetzt auch glänzende Augen.

»Ja, die Kojoten«, flüsterte sie. »Das war auch der Plan eurer Mutter.«

»Wirklich?« Ich sprang fast an die Decke. »Hast du das gehört, Ernie? Mami wollte das auch!« Ich fühlte neue Hoffnung in mir aufkeimen. Selbst wenn die Hoffnung unter lauter Schuld und Angst begraben war, aber sie war da. Unsere Mami führte uns in Sicherheit.

»Kannst du uns dabei helfen?«, fragte ich Schwester Lottie. »Bitte?«

»Ja.« Sie wägte ihre Worte vorsichtig ab. »Ihr müsst aber wissen, dass jetzt viele Leute versuchen, nach Kalifornien zu gelangen. Die Kojoten können machen … was sie wollen. Und ich habe gehört, näher an der Grenze zu Kalifornien ist die Deportationseinheit noch viel …«

Sie brachte den Satz nicht zu Ende.

»Ich weiß nur nicht, was wir sonst tun sollen«, sagte ich verzweifelt. »Die Frau hat gesagt, es kostet fünftausend Dollar pro Person!«

»Gut. Ich werde das Geld zusammenbekommen. Wenn es das ist, was ihr wollt, finde ich jemanden, der euch dorthin bringt. Aber nur, wenn ihr wirklich sicher seid …«

Schwester Lotties Worte hingen schwer in der Luft.

Kalifornien war voller Möglichkeiten. Kalifornien bedeutete Freiheit. Kalifornien hieß Tía Luna und ohne Angst draußen herumzulaufen. Aber Kalifornien bedeutete auch, Mami zurückzulassen. Es bedeutete, sie aufzugeben. Es bedeutete, sie nie wiederzusehen.

Ernie blickte mich durch seine Tränen hindurch an und wartete auf meine Antwort. Ich konnte nichts sagen. Die Worte rasten gefangen in meinem Kopf umher. Langsam, beschämt, nickte ich.

Ich nickte, weil ich glaubte, Mami würde es so wollen.

Ich nickte, weil Ernie eine große Schwester und eine Zukunft brauchte.

Ich nickte, weil länger hierzubleiben nicht möglich war.

Ernie stieß einen leisen Schrei aus. Sein Schmerz traf mich härter und tiefer als jemals zuvor irgendetwas in meinem Leben. Und trotzdem nickte ich wieder.

Wir gaben alle nur unser Bestes. Wir versuchten, zu überleben.

KAPITEL 14

Ich bedankte mich nicht. Und ich verabschiedete mich auch nicht.

Ich sagte gar nichts, als Schwester Lottie Ernie und mich ein paar Stunden später um drei Uhr morgens weckte und zehn Straßen weiter zu einem geparkten Lastwagen mit ausgeschalteten Scheinwerfern brachte. In dem Moment fühlte ich mich zu betäubt – Schwester Lottie hatte zehntausend Dollar bezahlt, um uns einen Platz im Laster zu sichern. Ich würde nie in der Lage sein, ihr das Geld zurückzuzahlen oder mich genug bei ihr zu bedanken.

Und so umarmte ich sie nur und drehte mich weg. Und das werde ich immer bereuen.

Der Kojote sah aus wie ein ganz normaler Typ. Ich wusste nicht, was ich erwartet hatte, aber er hätte problemlos als mein älterer Bruder oder Onkel durchgehen können. Er war ein bisschen größer als ich und hatte gewellte schwarze Haare. Doch ich passte auf, ihm nicht in die Augen zu sehen oder irgendetwas zu sagen. Er nahm das Geld von Schwester Lottie, dann schloss er den Lastwagen hinten auf und schob die gewellte Metalltür krachend hoch.

»Worauf wartest du?«, fragte er an meinem Ohr. Dann sah er zu, wie Ernie und ich hineinkrochen, und knallte die Tür hinter uns zu.

Ich fiel in den dunklen, feuchten Laderaum und stieß gegen etwas Warmes, Weiches.

»Uff«, hörte ich jemanden stöhnen.

»Tut mir leid«, flüsterte ich. Ich drehte mich um, stieß aber sofort gegen den nächsten Passagier.

»Au!«

»Tut mir leid«, sagte ich wieder.

Ich hatte keine Ahnung, wie viele Leute schon hier drinnen waren. Der Gestank war unerträglich. Es war eine Mischung aus Benzin und Schweiß und einem scharfen, durchdringenden Geruch. Ich versuchte, statt durch die Nase durch den Mund zu atmen, doch davon wurde mir erst recht schlecht. Ich hatte das Gefühl, der Gestank kroch mir die Nasenlöcher hoch und blieb an den Innenseiten meiner Augenlider hängen.

»Vali, was ist das?«, flüsterte Ernie. Es gab nur einen dünnen Streifen Licht, der unter der Tür hereinfiel, ich erkannte immer noch nichts.

»*Carne*«, sagte eine Stimme neben mir.

»Was?«, stotterte Ernie. Mir drehte sich der Magen um, ich musste würgen. Langsam gewöhnten sich meine Augen an diesen Albtraum, ob ich es wollte oder nicht. Auf nur ein paar Quadratmetern saßen mehr als ein Dutzend Menschen zusammengequetscht. Und dazu kamen noch die von der Decke hängenden Kuhkadaver. Ich wusste nicht, was unheimlicher war – die geschlachteten Tiere, die hin- und herschwangen, oder die hungrigen Gesichter dazwischen. Wir waren alle bloß Fleisch. Manche von uns wurden von unserem Verlust und unserer Scham fast erdrückt. Der Rest war zerstückelt und gefroren. Wir alle waren Raubtiere.

An einer rutschigen, heißen Wand fand ich einen Platz für Ernie und mich. Vor uns schaukelten zwei gehäutete Kälber an ihren Haken.

»Alles okay?«, murmelte ich und drückte Ernies Hand.

»Ich will zu Mami.«

Das wollte ich auch. Vor allem, als ich spürte, wie der Fahrer den Gang einlegte und losfuhr.

Ich hatte Angst, mit irgendwem um uns herum Blickkontakt aufzunehmen, auch wenn ich wusste, dass niemand der anderen hier drin wäre, wenn sie nicht genauso verängstigt und hilflos wären wie wir. Lange war es still, nur ab und zu hörte ich ein Seufzen oder Flüstern. Wir waren schon recht lange unterwegs, als schließlich jemand zu reden anfing. Die Leute stellten sich nach und nach leise vor, und dann stellten sie Ernie und mir Fragen:

»Wo seid ihr eingestiegen? Habt ihr die Deportationseinheit irgendwo in der Nähe gesehen?« Die Fragen kamen von Lydia und Kyrie, zwei Mädchen ungefähr in meinem Alter, die zusammen auf einem Milchkasten saßen.

»Wie schlimm ist es da draußen? Meint ihr, wir haben das Richtige getan?«, fragte ein Mann namens Roman, der eine gebrechliche Frau festhielt. Wahrscheinlich seine Mutter.

Die einzige Antwort, die ich ihm geben konnte, war: »Schlimm. Ja.«

Zwei andere Passagiere nickten uns zu, aber wollten ihre Namen nicht sagen. Einer wiegte sich mit einem Schal über dem Kopf in seiner Ecke vor und zurück und sang etwas, das wie ein Gebet klang. Der andere war ein großer, muskulöser Mann, der ständig aufstand und sich wieder setzte, dabei mit den Fingern knackte und sich räusperte, als wollte er eine wichtige Ansage machen. Doch tatsächlich sagte er nichts.

»Hi! Ich bin Tomas! Ich bin vier Jahre alt. Wie heißt ihr?«, sagte ein kleiner Junge. Ich murmelte meinen Namen und stieß Ernie an, damit er dasselbe tat. »Mögt ihr Sport? Ich mag Sport«, plapperte Tomas weiter. »Mein Lieblingsessen sind Spaghetti und Eis, und ich war schon in fünf verschiedenen Staaten. Wo kommt ihr her?«

Ernie und ich sagten kein Wort.

»Wo kommt ihr her?«, wiederholte Tomas. »Ich komme aus den Vereinigten Staaten von Amerika, was ziemlich gut ist, stimmt's, Mami?«, fuhr er fort. Seine Mutter saß neben ihm auf dem Boden und stillte unter ihrem Sweatshirt ein Baby. *»Stimmt's, Mami?«*

Tomas' Stimme wurde immer lauter, während er weiterquasselte. Oder vielleicht wurde er gar nicht lauter, sondern es klang nur so, weil der Lastwagen stehen geblieben war.

»Schhhh«, machte der große Mann mit den knackenden Fingern.

Ich hatte keine Ahnung, warum wir stehen geblieben waren und wo wir uns befanden oder wie wir diesen Jungen dazu bringen sollten, leise zu sein.

»Was ist denn auf einmal?«, fragte Kyrie.

»Sollten wir hier halten?«, fragte Lydia.

»Mund halten!«, befahl der große Mann.

Flüstern in verschiedensten Sprachen erklang. Etwas Spanisch, etwas Kreolisch. Viele Sprachen, die ich nicht kannte, aber die Angst war deutlich spürbar. Wir hörten die Fahrertür auf- und zugehen und sich entfernende Schritte. Gefolgt von einer beunruhigenden Stille. Niemand wagte zu atmen.

»Alles okay«, sagte jemand hinter den Tierkadavern mit kratziger Stimme. »Ich höre sonst niemanden draußen. Wahrscheinlich pinkelt er nur.«

»Oh, oh, Mami!«, rief Tomas und sprang auf und ab. »*Tengo que hacer* Pipi«, flehte er.

Die anderen Leute im Lastwagen versuchten ihn zu ignorieren, während seine Mom ihn an sich heranzog. Aber Tomas ließ nicht locker.

»¡*Tengo que hacer* Pipi!«, wiederholte er jetzt lauter. Der Mann mit den knackenden Fingerknöcheln kochte, er blies wie ein Drache Luft aus den Nasenlöchern.

»Bring ihn zum Schweigen!«, knurrte er. »Wenn wir stehen bleiben, wird *nicht geredet*. Verstanden?«

»Aber ich muss …«

»Halt den Mund!«

Tomas' Mom flüsterte schnell etwas auf Spanisch. Sie bot Tomas eine Windel an, doch er bestand darauf, dass er *un niño grande* sei. Und so erklärte sie ihm, dass selbst *niños grandes* im Notfall Windeln trügen, sonst müsse er es eben zurückhalten, aber vor allem müsse er leise sein, bevor er uns in Schwierigkeiten brachte.

»Was für Schwierigkeiten?«, jammerte Tomas. »Ich habe in die Hose gemacht! Sie ist ganz nass!«

»Bitte«, flüsterte der betende Mann.

»¡Silencio!«, murrte jemand anders.

»Bring ihn zum Schweigen, sonst erledige ich das«, sagte der große Mann. Seine Stimme grollte wie ein Vulkan kurz vorm Ausbruch. »Du wirst das hier nicht ruinieren, Junge!«

Obwohl er flüsterte, fühlten sich seine Worte an wie Messer, die durch die widerliche, feuchte Luft flogen. Ein Dutzend Augenpaare glänzten vor Angst, während alle zusahen, wie Tomas sich wand und seine Mom ihn anflehte, sich bitte hinzusetzen und leise zu sein.

»Por favor«, flüsterte sie. »Tomas. *No puedas hablar.*« Ihre Stimme klang dünn und verzweifelt.

»Tomas! Psst«, versuchte ich es. »Was hältst du davon, wenn wir Super Ninjas spielen?« Super Ninjas hatte Mami immer mit Ernie gespielt, wenn er abends zu aufgedreht war, um zu schlafen.

»Super Ninjas?« Tomas' Augen leuchteten auf. Er kam auf mich zugekrabbelt.

»Super Ninjas spielen heißt, du musst absolut still sein«, erklärte ich Tomas. Er sah mich mit zusammengekniffenen Augen an und überlegte offenbar, was er davon halten sollte.

»Oder noch besser: Wir könnten Super-Ninja-*Fußball* spielen.« Ich öffnete Ernies Rucksack und holte seinen limettengrünen Ball heraus. Als er neu war, hatten die grünen Flächen im Dunkeln geleuchtet. Ich betete, dass er noch genug leuchtete, um diesen Jungen zu verzaubern.

»Was meinst du?«, flüsterte ich.

Tomas nickte und lächelte verstohlen. Er nahm den Ball und betrachtete ihn gedankenverloren, zumindest einen Moment lang war er still. Dann setzte er sich ein Stück von mir entfernt auf den Boden und rollte mir den Ball zu. Als ich ihn wieder in die Hände nahm, klebte bereits irgendeine eklige Schmiere daran – wahrscheinlich eine Mischung aus Schweiß, Urin und Kuhblut. Aber davon durfte ich mich nicht aufhalten lassen. Als ich den Ball zu Tomas zurückrollte, atmete seine Mutter auf und wischte sich mit dem Ärmel ihres zu großen Sweatshirts über die Augen. Der Vulkan warf mir einen finsteren Blick zu und sagte nichts weiter. Ein Gefühl der Erleichterung durchströmte mich, und wir setzten unser Super-Ninja-Fußballspiel fort. Ernie machte jetzt auch mit.

Als unser Fahrer zurückkam und der Lastwagen sich wieder in Bewegung setzte, kickte Tomas mir den Ball zu und sagte: »Moment mal. Spielen Super Ninjas wirklich Fußball?«

Seine Mom und ich lachten beide leise.

»Nein. Sie spielen *fútbol*«, sagte Ernie. *»¿Te gusta?«*

»Sí. Soy muy bueno«, sagte Tomas stolz.

Von da an schossen sich die beiden den Ball auf dem einen

Quadratmeter Boden unermüdlich hin und her. Ich machte eine Pause, um mich zu sammeln und durchzuatmen. Ich war so dankbar für diese beiden Jungen und ihre Unschuld. Ich hoffte nur, eines Tages könnte Ernie wieder auf einem richtigen Platz Fußball spielen, und dass Mami irgendwie da sein könnte, um ihn anzufeuern.

Wir fuhren stundenlang mit dem Lastwagen. Tagelang. So fühlte es sich jedenfalls an. Es gab keine Möglichkeit, die Zeit zu messen, außer auf den schmalen Streifen Licht unter der Hintertür zu starren. Als Lydia einmal versuchte, ihr Handy anzuschalten, riefen sofort alle durcheinander:

Nein! Zu gefährlich.

Sie verfolgen uns durch GPS.

¡Guardarlo!

Sie entschuldigte sich schnell, machte das Handy wieder aus und steckte es weg.

Nach einer Weile waren hier und da Gesprächsfetzen zu hören.

»Weißt du, was ich vermisse? *Loroco.*«

»Ja. *Pepesca* noch mehr.«

Es gab mehrere Unterhaltungen über Essen. Obwohl wir am übelriechendsten Ort der Welt waren, konnte ich die von den anderen beschriebenen Gerichte beinah schmecken.

»Wenn ich hier rauskomme, trinke ich zehn Gläser Wasser und esse fünf Schüsseln Müsli, eine Schüssel *plátanos*, eine Schüssel *ajiaco* und danach Erdbeereis zum Nachtisch«, stimmte Ernie mit ein.

Tomas klatschte ausgelassen in die Hände.

»Und ich esse *hundert* Schüsseln Eis. Und dann Mangos. Und dann noch mehr Eis und dann … Mami, ich hab solchen Hunger!«

Die Leute packten ihren spärlichen Proviant aus und reichten Stücke von Brot und Obst herum. Schwester Lottie hatte Ernie und mir auch eine Tüte mit Snacks mitgegeben. Ich bot der Gruppe ein paar unserer Äpfel und Cracker an. Die Müsliriegel und Wasserflaschen hob ich allerdings für Ernie und mich auf.

Irgendwann hörte ich lautes Schnarchen hinter mir. Der Vulkan war anscheinend eingeschlafen. Weswegen alle anderen auf einmal ein bisschen entspannter waren. Dann musste auch ich eingeschlafen sein. Ich träumte von Fußball und Kühen und Mami, die hinter einem Fenster gefangen und unerreichbar war. Ich erklärte ihr, dass wir uns an einer Palme treffen und Cracker essen würden, wenn …

Die Reifen des Lastwagens quietschten, und schlingernd kamen wir zum Stehen.

Diesmal ging die Fahrertür sofort auf und wieder zu. Wir hörten tiefe Männerstimmen. Zuerst gedämpft, an der Seite der Fahrertür. Dann wurden sie immer lauter, während sie sich der Rückseite des Lastwagens näherten.

»Schhhh!«, machte der Vulkan, obwohl niemand von uns etwas gesagt hatte. Ernie drehte mir den Kopf zu und flehte mich mit Blicken an, ihm zu sagen, dass es wieder nichts Schlimmes war – nur ein Stoppschild oder eine geplante Pause. Ich hätte so gern genickt und ihn angelächelt. Aber ich konnte nichts weiter tun, als fest seine Hand zu drücken.

Ich hörte unseren Fahrer, der ohne Ende über Fleisch redete.

»Ja, Rippen, Hackfleisch, Geschnetzeltes. Und alles zu gestern. Ganz schöne Scheiße.«

Die Stimme des anderen Manns war leiser. Sie klang verzerrt und undeutlich. Er verlangte, etwas zu sehen.

»Nein, ich verstehe schon«, antwortete unser Fahrer. »Es gibt eine Menge zu *verfolgen.*«

Etwas daran, wie er das Wort aussprach, ließ mir einen Schauer über den Rücken laufen und mir wurde ganz schwindelig. Ohne ein Geräusch rutschten alle von der gewellten Metalltür an der Rückseite weg. Wir kauerten zwischen den auftauenden Tierkadavern, versteckten uns hinter den dicken Flanken.

Sie können Ernie nichts anhaben. Sein Chip ist echt, sagte ich mir immer wieder. Ich hielt mich an dem Gedanken fest wie an einer Rettungsboje. Ich schlang die Arme um Ernie und drehte mich zur Fahrerkabine, damit ich ihn mit meinem Körper schützen könnte, sollte da draußen irgendetwas passieren.

Kreischend wurde die hintere Metalltür nach oben geschoben. Metall kratzte über Metall. Kühle Luft umströmte meine Fußknöchel. Grelles Tageslicht fiel herein, denn die Welt drehte sich noch. Irgendwie gab es immer noch einen Sonnenaufgang und einen Sonnenuntergang und …

Peng!

Das Geräusch eines Schusses durchbohrte die Welt. Es riss den Lastwagen, die Tür, den Himmel auf.

Peng! Peng!

Tomas heulte. Das Baby brüllte. Ich war kurz davor zu schreien, aber es gab nicht genug Luft zwischen dem Prasseln der Schüsse und dem Rest der Welt. Ich zog Ernie so fest an mich, dass ich seinen Puls an meinen Rippen spürte.

»Ich liebe dich«, heulte ich an Ernies verschwitztem Nacken. »Ich liebe dich! Ich liebe dich! Ich liebe dich!«

Ernie würde überleben. Er würde Mami finden. Ihr sagen, dass ich es versucht hatte. Dass ich eine gute Schwester war.

»Ich liebe dich auch!«, schluchzte Ernie.

Der Moment zog sich eine Ewigkeit in die Länge, während der ich versuchte herauszufinden, auf wen oder was geschossen worden war.

Ernie war noch hier. Ich war noch hier. Der Lastwagen war von einem verbrannt riechenden Dunst erfüllt. Es roch nach Blut und Fleisch und Angst. Das hereinfallende Sonnenlicht brannte mir in den Augen. Ich blinzelte und hustete. Um mich herum bewegten sich die Leute jetzt langsam auf die offene Tür zu. Auf den Rand der Ladefläche.

Und da,

auf dem Boden davor,

lag ein Mitarbeiter der Deportationseinheit.

Er trug ein graues Hemd und eine graue Hose, beide mit den stolzen gelben Buchstaben, die seine Autorität erklärten.

Er hatte dicke Backen, sauber rasiert, und kurz geschorene sandfarbene Haare.

Aus seinem Hals lief in Strömen das Blut. Direkt neben seinem Kragen.

KAPITEL 15

Ich hatte noch nie vorher miterlebt, wie jemand getötet wurde. Hatte nie den stechenden Rauch hinuntergewürgt oder das Beben einer abgefeuerten Kugel gespürt, die alles um mich herum und alles in mir in ein Vakuum zog. Das Davor und Danach dieses einen Moments war so klar und unumkehrbar. Und jetzt lag an einem sonnigen Morgen ein toter Mann vor uns. Wir waren Zeugen eines Mordes. Eines Mordes am Rand eines einspurigen Highways, inmitten von Baumstümpfen und vertrockneten gelben Feldern. Wo niemand – oder vielleicht auch jeder – uns sehen konnte.

Ich wusste nicht, was mir mehr Angst einjagte – die Leiche zu unseren Füßen, aus der das Blut auf den Asphalt lief, oder unser Fahrer, der immer noch mit der Pistole in der Hand haltend über dem Mann stand. Seine Beute betrachtete.

Unser Fahrer hieß Jorge. Zumindest sagte er das. Er erklärte uns außerdem, dass dies hier nicht Teil seines Jobs war. Er war dafür bezahlt worden, uns von New York in irgendeine »beschissene« Kleinstadt in Oklahoma zu transportieren. Dann sollte uns ein Typ namens BJ weiter nach Westen bringen.

»Aber ich habe euch gerettet, nicht wahr?«, sagte Jorge.

»Danke«, sagte jemand aus der fassungslosen Menge.

»Ja, danke«, flüsterten ein paar mehr von uns.

»Mami, Mami, wird er uns auch erschießen?«, weinte Tomas. Seine Mutter drückte ihn an sich, während sie das schreiende Baby wiegte.

»Verdammte Scheiße«, sagte Jorge. »Das ruiniert völlig meinen Plan.« Er stieß den Toten mit dem Fuß an. »Ich kann nicht … Sie werden nach ihm suchen … also …« Er machte eine Pause und sah uns an, bevor er erklärte: »Das heißt dann wohl *adiós, amigos*!«

»Moment! Wo willst du hin?«, fragte der Vulkan. »Wir haben dich bezahlt.«

Als ich den Mann jetzt bei Tageslicht sah, wirkte er gar nicht mehr so sehr wie ein Vulkan. Er war groß, ja, und bullig. Er hatte dunkle Haut, einen kantigen Kiefer und einen rasierten Schädel. Aber seine breiten Schultern waren gebeugt und seine Lippen zitterten, als er sprach. Er war verängstigt und erschöpft, wie wir anderen auch.

»Tut mir leid, ich kann nichts machen. Ich muss weg«, sagte Jorge. Er trat über die Leiche und blickte in den Laderaum des Lasters. »Nehmt eure Sachen!«

¿Por qué?

Was?

»Nein, nein, nein, nein, nein«, sagte der Vulkan. »Ich habe dir meine ganzen Ersparnisse gegeben. Ich muss nach Kalifornien. Wir *alle* müssen nach Kalifornien.«

Entweder Jorge hörte ihn nicht oder es war ihm egal oder beides. Er blickte auf sein Smartphone und tippte darauf herum.

»Es ist nur zu eurem Besten«, sagte er. »Sie werden ihn über seine GPS-Koordinaten bald finden, und dann wollt ihr mich sicher nicht am Hals haben, oder?«

»Aber können Sie uns nicht wenigstens … irgendwo anders hinfahren?«, brachte ich heraus.

Jorge grinste spöttisch. »Du bist süß. Hör zu, der nächste Halt wäre …« Er sah wieder auf sein Handy. »Keine Ahnung. Irgendein Ort in Oklahoma gewesen. Scutter? Scheint ungefähr hundert Kilometer südwestlich von hier zu sein.«

»Hundert?«, rief Lydia.

»Ja«, antwortete Jorge. »Wenn ihr da seid, fragt nach BJ.«

»Wenn wir *wo* sind? Wir brauchen eine Adresse«, sagte jemand.

»Wohl wahr, wohl wahr.« Er sah wieder auf seinem Smartphone nach. »Tja. Sieht so aus, als würdet ihr BJ in der Thistlebrook Street finden. Nummer siebzehn. Viel Glück.«

Wir alle standen einfach nur da, während er weiter auf seinem Handy rumtippte. Als wir uns nicht rührten, rief er: »Los! Holt eure Sachen aus dem Laster, sonst nehme ich sie mit!«

Wir hatten keine Wahl. Oder falls wir eine hatten, konnte ich sie nicht erkennen. Niemand von uns konnte das.

»Und wenn wir die Leiche einfach liegen lassen und weiterfahren?«, schlug der Vulkan vor.

»Nee, nee, nee«, sagte Jorge.

»Warum nicht?«, fragte Roman.

»Weil ich hiermit *fertig* bin!«, brüllte Jorge und hielt seine Pistole in die Luft. Wir wussten alle, wozu diese Pistole fähig war, und beeilten uns, unsere Sachen zu holen. Tomas klammerte sich schreiend an Ernies Fußball.

»Alles okay, Kleiner«, sagte ein anderer Typ aus unserer Gruppe. Ich hatte ihn noch gar nicht bemerkt gehabt. Er war vielleicht siebzehn oder achtzehn. Groß, dünn, mit unordentlichen tiefschwarzen Haaren und ein paar Bartstoppeln am Kinn. Und er hatte die traurigsten braunen Augen der Welt. »Wir schaffen das schon. Zusammen.«

Tomas vergrub wenig überzeugt das Gesicht im Sweatshirt seiner Mom.

»Ja. Gehen wir«, stimmte ich zu. Nicht, weil ich irgendeinen Plan gehabt hätte, sondern weil Jorge uns mit gezückter Pistole umkreiste und die Augen des Jungen mich unruhig machten und wir von diesem verlorenen Ort wegkommen mussten – *sofort*.

»Aber wohin? Und wie …?«, stammelte der Vulkan.

Jorge fing an, unsere Sachen von der Ladefläche zu ziehen und auf die Straße zu werfen.

»Na los!«, bellte Jorge. »Ich hab eure verdammten Ärsche gerettet. Jetzt haut ab!«

Ich versicherte mich, dass wir Ernies, meinen und Mamis Rucksack hatten. Dann kletterte ich zurück in den Laster und holte die Sachen von Tomas und seiner Familie. Jorge wartete kaum ab, bis die letzte Tasche aus dem Laster war, bevor er in den Laderaum sprang und die Tür von innen runterzog und verriegelte. Dann musste er die Wand zwischen Laderaum und Fahrerkabine geöffnet haben, denn als Nächstes hörten wir den Motor starten. Wir alle sprangen neben den Laster.

»Hey, Mann. Was soll das?«, rief der Vulkan.

Der Motor jaulte auf. Dann ließ Jorge, vielleicht als Friedensangebot, das Fenster runter und rief: »Der schnellste Weg nach Scutter ist die Route 44, aber seid vorsichtig mit den Überschwemmungen!«

Er fuhr zurück auf die Straße und wir rannten hinter ihm her. Die Reifen schleuderten Kies und Staub in unsere Gesichter. Fluchend wedelte der Vulkan mit den stämmigen Armen durch die Luft, als versuchte er zu fliegen. Aber es funktionierte nicht. Wir saßen fest, am Straßenrand gestrandet mit hundert Kilometern vor uns und keiner Ahnung, wie wir sie bewältigen sollten.

Die Leute verteilten sich in verschiedene Richtungen. Ein paar gingen zurück und drängten sich um den toten Mann. Ein paar andere gingen zu seiner grauen Limousine. Tomas kam mit roten Augen zu Ernie und fragte, ob wir immer noch nach »Kalli-forna« wollten.

Ernie zuckte die Achseln und sah mich an.

»Wollen wir?«

»Ja«, antwortete ich. »Ich muss nur …«

Ich schüttelte den Kopf, um klar denken zu können. Aber es half nichts. Ich blickte die trostloseste Straße hinunter, die ich je gesehen hatte. Auf beiden Seiten waren unendliche Weiten kahler, von Gräben durchzogener Erde. Umgekippte Bäume streckten ihre Wurzeln in die Luft, die trockenen Stämme aufgeplatzt. Überall Schwärme von Stechfliegen. Ich setzte mich mit Ernie auf einen Ast.

»Verdammte Scheiße!«, brüllte der Vulkan. Er lief neben dem toten Mann auf und ab und schwor, Jorge aufzuspüren und ihn mit eigenen Händen umzubringen. Das würde uns jetzt aber nicht weiterhelfen. »Mist. Mein Handy ist tot«, sagte er.

»Wenn alle einverstanden sind, kann ich mal nachsehen wo wir sind«, sagte ich und zog mein Handy hervor. Wenigstens konnte ich der Gruppe etwas anbieten.

Ein paar Leute nickten. »Aber mach schnell«, warnte mich Roman.

Laut meinem GPS befanden wir uns irgendwo im Süden von Missouri. Ich gab *Thistlebrook Street 17, Scutter, Oklahoma* ein und erhielt eine gewundene Strecke, unter der *102 Kilometer* stand.

»Wir nehmen sein Auto«, sagte Lydia.

»Bist du *verrückt*?«, brüllte der Vulkan. »Nach dem Auto werden sie als Erstes suchen!«

Ich musste ihm zustimmen. Das Auto des Toten zu nehmen schien mir eine ganz schlechte Idee zu sein. Aber Lydia und Kyrie stiegen beide schon vorne ein und versuchten, die sprachgesteuerte Zündung zu betätigen. Ein paar der anderen Leute stiegen mit ihren Sachen hinten ein.

»Sagten Sie nicht, Sie wären ein Hacker oder so?«, fragte eins der Mädchen Roman. Er nickte, zuckte die Achseln und ging zum Auto.

»Vielleicht kann ich den Quellcode finden, der für den Motor zuständig ist. Aber dann braucht ihr immer noch seinen Fingerabdruck, um das Steuer zu entsperren«, sagte er. Dann erklärte er noch einiges mehr. Er redete ziemlich schnell und ratterte sein Computer-Kauderwelsch nur so herunter. Das Einzige, was ich tatsächlich verstand, war, dass er sagte: »Ich halte das wirklich für keine gute Idee.«

Die zwei Mädchen ignorierten seine Warnung. Sie fingen an zu diskutieren, wer den Toten wegen seines Fingerabdrucks zum Auto ziehen sollte. Jemand auf der Rückbank sagte, sie sollten ihm einfach den Finger abschneiden.

»Äh, NEIN«, sagte ich. So laut und entschieden, dass es mich selbst überraschte. Alle Blicke waren jetzt auf mich gerichtet. Ich stand vom Baumstamm auf. »Ich meine, ich will auch nach Kalifornien, aber das scheint mir nicht der richtige Weg zu sein.«

»Finde ich auch«, sagte der Typ mit den traurigen Augen.

»Er ist von der Deportationseinheit«, fuhr ich fort. »Sie werden schon bald nach ihm und seinem Auto suchen. Wir müssen es hierlassen und auf die Route 44 kommen.«

»Ja! Danke«, sagte der Vulkan, was mich ein bisschen beruhigte, auch wenn ich mich immer noch von ihm eingeschüchtert fühlte. Besonders, als er als Nächstes fragte: »Also, wie kommen wir dahin? Was ist der Plan?«

Ich hatte keinen Plan. Ich hatte nur eine Karte, ein Handy, das vielleicht schon meine Koordinaten an die Deportationseinheit gesendet hatte, und ein Vorhaben, das mir von Sekunde zu Sekunde unerreichbarer schien – meinen Bruder zu beschützen und nach Kalifornien zu gelangen. Ich faltete Mamis Karte auseinander, um etwas Autorität und Durchblick zu vermitteln. Dann sah ich ein letztes Mal auf die gewundene Strecke zur Thistlebrook Street auf meinem Handy und schaltete es aus.

»Scutter ist ungefähr hier.« Ich zeigte für alle, die es interessierte, auf meine Karte. »Wir müssen also in Richtung Südwesten laufen.«

Als ich das Wort *laufen* sagte, warf Ernie mir einen gequälten, flehenden Blick zu. Aber ich ignorierte ihn. Es gab keine andere Möglichkeit. Roman und seine Mutter saßen auf einem Stein und tranken Wasser. Der Mann mit dem Gebetsschal war in Richtung der Bäume gegangen. Die Leute im Auto diskutierten immer noch, wie sie dem Mann den Finger abtrennen sollten, während seine Leiche ein paar Meter von uns entfernt auf der Straße in der Sonne briet. Ich konnte nicht länger darauf warten, dass jemand anders eine Entscheidung fällte.

»Los geht's!«, befahl ich.

»Klingt gut«, sagte der Vulkan.

»Ich habe einen Kompass, falls das hilft«, sagte der Typ mit den traurigen Augen. »Ich bin Malakas.«

»Mami, Mami! *¿Podemos ir con ellos, por favor?*«, flehte Tomas.

Seine Mom lehnte an einem Baum und stillte das Baby. Sie war kleiner als ich und hatte die dunklen Haare zu einem Knoten gebunden, der ihre braune Gesichtshaut straff zog. Sie trug ein Sweatshirt mit dem Aufdruck **PENN STATE NITTANY LIONS**, das so groß war, dass sie mit ihrer ganzen kleinen Familie hineinpassen würde. Ich fragte mich, wie alt sie war. Warum sie mit zwei Kindern allein unterwegs war und ob sie daran glaubte, irgendwann mit ihnen in Sicherheit zu sein.

»No sé«, murmelte sie.

»Perdón«, sagte ich und hockte mich neben sie. *»Mi nombre es Valentina. Soy de Colombia. ¿Y tú?«*

»De Guatemala«, sagte sie. *»Mi nombre es Rosa.«*

Ich erklärte ihr auf Spanisch, dass wir zu Fuß dorthin laufen würden, wo wir eigentlich abgesetzt werden sollten. Und dass wir von dort aus nach Kalifornien weitergebracht würden. Ich sagte, wir müssten jetzt los und dürften nur auf Nebenstraßen laufen, weil die Deportationseinheit jeden Moment anfangen würde, nach dem toten Mann zu suchen. Rosa nickte ausdruckslos. Ohne ein Wort nahm sie ihre Taschen und griff nach Tomas' Hand, während das Baby weitertrank. Malakas bot an, eine ihrer Taschen zu nehmen, aber sie lehnte ab. Ich fühlte eine tiefe Traurigkeit von ihr ausgehen.

Der Vulkan setzte seinen Rucksack auf und rief der Gruppe, die versuchte, das Auto zu starten, noch zu: »Viel Glück!«

»Ja, alles Gute«, sagte ich über meine Schulter hinweg. Ich hielt Ernie noch fester, damit er nicht zurücksah.

Und so gingen Rosa mit ihren Kinder, der Vulkan, Malakas, Ernie und ich los. Die Sonne stieg im Osten immer höher und ich fühlte, wie sie schon jetzt in meinem Nacken brannte. Auch der Wind war viel stärker hier, wirbelte Zweige und Blätter auf und peitschte uns ins Gesicht.

»Ist Missouri nicht für seine Tornados bekannt?«, fragte der Vulkan.

»Ja?«, entgegnete Malakas.

»Missouri ist mein sechster Staat!«, verkündete Tomas, und sogar der Vulkan musste grinsen.

Ernie und Tomas liefen ein paar Meter vor uns her und suchten für uns alle Wanderstöcke und »Zaubersteine«. Dann spielten sie *Onkel Joe macht so.* Und dann waren sie beide zu erschöpft, sich noch einen Zentimeter zu bewegen, aber ich trieb sie trotzdem weiter an.

Wir gingen unglaublich langsam. Es half auch nicht gerade, dass ich darauf bestand, der Sicherheit wegen in der Nähe der Bäume zu bleiben. Wir hatten außerdem nur sehr wenige Vorräte, und ich fühlte die Wolken näher rollen, die einen feuchten, schweren Nebel mit sich brachten.

Aber wir bewegten uns. Vorwärts, hoffte ich. Es war alles tückisch. Unbekannt.

Zum ersten Mal gab ich den Weg vor, im Bewusstsein, dass ich keinen blassen Schimmer hatte, was vor uns lag.

Und in dieser verrückten Welt gab mir das irgendwie Kraft.

KAPITEL 16

Die Sonne war nicht mehr zu sehen, und der Wind schleuderte uns jetzt Regen entgegen, der sich anfühlte wie tausend Nadelstiche. Wir waren noch nicht weit von der Stelle entfernt, wo Jorge uns zurückgelassen hatte, aber der Himmel war bereits in allen Richtungen von dicken, Unheil verkündenden Wolken bedeckt.

»Habt ihr das auch gehört?«, murrte der Vulkan verbittert. »Der Präsident sagt, wir wären sogar am Klimawandel schuld.«

Je weiter wir kamen, desto unwirklicher wurde die Gegend. Der gesamte Süden von Missouri war völlig zugemüllt. Es sah aus, als wären gerade eine ganze Reihe von Tornados über das Land hinweggefegt. Als wäre ein riesiger Trichter von Stadt zu Stadt gewirbelt und hätte Kleidung, Spielzeug, Möbel und Vieh eingesaugt und so schnell und weit wie möglich wieder ausgespuckt. Wo wir auch hinkamen, gab es Hindernisse aus morastigen Schluchten, verknoteten Stromkabeln und einmal auch etwas, das aussah und roch wie eine umgekippte Jauchegrube, durch die wir hindurchwaten mussten. Wir liefen an Wohnmobilen vorbei, die aus ihren

Verankerungen gerissen waren und mit weit offen stehenden Türen auf der Seite lagen. Wir sahen platt gedrückte Autos, und ein Auto war von einem Straßenschild durchbohrt wie von einem Speer. Eine Spur aus zerbrochenem Glas führte von einer Tür zur anderen. Wie ein glitzernder Laufsteg zum größten Spektakel auf der Welt.

Mir fiel ein, wie Mami einmal gesagt hatte, die Natur sei ein wildes Wunder, das wir respektieren und um das wir uns kümmern müssten, im Vertrauen auf die Ruhe nach dem Sturm. Ich hätte gern diese Art von Vertrauen gehabt, während wir durch die apokalyptische Landschaft liefen, doch es fiel mir nicht leicht. Uns allen nicht. Es war Anfang Juni, aber vom Regen war mir kalt. Dann hörte der Regen auf einmal auf, und mir wurde so heiß, dass ich das Gefühl hatte zu ersticken.

Irgendwann nachmittags entdeckten Ernie und Tomas in einem zerstörten Zelt ein rotes Erwachsenen-Dreirad. Die beiden zerrten an den Zeltplanen, bis sie das Dreirad befreit hatten. Dann setzte Ernie Tomas auf den Lenker und fuhr ihn ein Stück.

»*¡No, mi'jo!*«, sagte Rosa.

»*¿Por qué no?*«, rief Tomas betroffen.

Ich wusste nicht, warum die Jungen nicht mit dem Dreirad fahren sollten. Ich fand es genial. Wenn es doch nur genug Räder für uns alle gäbe.

»Das ist schon okay«, sagte der Vulkan. »Ich werde eine Weile neben ihnen herlaufen und aufpassen, dass nichts passiert.« Allmählich wurde er mir sympathischer. Er hatte sich zwar nicht dafür entschuldigt, Tomas im Lastwagen so angeschnauzt zu haben, aber ich konnte durchaus verstehen, dass seine Wut bloß getarnte Angst war. Seit wir zu Fuß unterwegs waren, half er, wo er nur konnte. Malakas war auch richtig süß im Umgang mit den Jungen. Er erzählte ihnen, sie seien Krieger und die Zaubersteine würden uns in Sicherheit halten. Mir traten Tränen in die Augen, als er das sagte, so sehr wünschte ich, es wäre wahr.

Schließlich wechselten wir uns mit dem Dreirad ab. Wir fuhren, liefen oder gingen den ganzen Rest des Tages und machten nur Pausen, wenn das Baby Hunger hatte oder jemand im Sumpf oder in einem Graben stecken blieb. Als der Tag zu Ende ging, suchten wir uns einen Schlafplatz. Einen richtigen Unterschlupf fanden wir allerdings nicht, bloß die zerstörte Karosserie eines umgekippten Wohnmobils zwischen den Betonblöcken, auf denen es einst aufgebockt war. Das Wohnmobil lehnte an einem Baumstamm, das Dach war eingedrückt. Die zwei rechten Räder ragten in die Luft wie die Beine eines überfahrenen Tieres, und durch die Öffnung fiel kalter Nieselregen herein. Wir konnten uns nur kriechend vorwärtsbewegen.

»Geht es dir gut?«, fragte ich Ernie. Er nickte, auch wenn ich wusste, dass er weit davon entfernt war. Er war todmüde und halb verhungert. Ich durchwühlte unsere Rucksäcke und bot auch den anderen etwas von dem Rest unseres Essens von Schwester Lottie an. Der Vulkan hatte etwas trockenes

Brot zum Teilen, Malakas ein paar Äpfel und Tomas hielt uns einen kaputten Kirsch-Lutscher hin, den er in der Tasche gehabt hatte, seit sie von zu Hause aufgebrochen waren.

Rosa wirkte so schwach und erschöpft von der Reise und dem Stillen, dass ich Tomas sagte, er solle den Lutscher seiner Mami geben. Sie sagte wiederholt Nein, aber als sie sich den pinken, kugelförmigen Lutscher schließlich doch in den Mund steckte, entspannte sie sichtlich.

Als die Nacht hereinbrach, hatte der Regen endlich aufgehört. Über uns war nur noch ein Dach aus knarrenden Ästen, durch die eine Handvoll Sterne funkelten. Wir alle seufzten erleichtert auf – wir wrangen unsere nassen Shirts und Haare aus und suchten uns an unseren Rucksäcken eine trockene Stelle, auf die wir unsere Köpfe betten konnten. Ich zog Ernie an mich und machte aus seinem Fußball ein Kissen. Ich streichelte seinen Rücken und hoffte, ihn so weit zu beruhigen, dass er schlafen konnte. Schon bald hörte ich verschiedene Schnarchgeräusche.

Und ich sah ein eisblaues Licht, das von etwas kurz unterhalb meines rechten Arms ausging.

Oder vielmehr von meinem rechten Handgelenk.

Ich schnappte nach Luft.

»Du auch, was?«, fragte jemand mit leiser Stimme aus dem Dunkeln. Malakas.

»Was? Nein!«, rief ich und drückte mir die Hand gegen den Körper, als könnte ich das Licht damit auslöschen oder verstecken.

»Es ist okay«, sagte er mit einer seltsamen Ruhe. »Ich meine, es ist natürlich nicht okay, aber … falls dir das hilft, meiner hat auch gerade angefangen zu leuchten.«

Er streckte die rechte Hand aus und zeigte mir die Innenseite seines Handgelenks. Das eisblaue Licht leuchtete auch unter seiner Haut. Es war so klein wie ein Reiskorn. Genau die Größe eines Mikrochips.

Ich sah wieder auf mein eigenes Handgelenk, nur um sicher zu sein. Das war es – dasselbe Körnchen unheimlichen Lichts zwischen meinen Adern. Das mich kennzeichnete.

»Glaubst du, das ist … das *System-Upgrade*?«, fragte ich mit zitternder Stimme.

»Ja, wahrscheinlich«, sagte Malakas. »Wer weiß, wie lange wir noch haben, bis sie uns entdecken. Ich wette, sie sehen uns jetzt alle auf einem riesigen Bildschirm aufleuchten wie eine gigantische Sternenkonstellation.«

Ich wollte so viel mehr sagen. Doch ich wusste gar nicht, wo oder wie ich anfangen sollte. Eigentlich wollte ich schreien. In mir tat alles weh, weil ich so viel Wut und Angst zurückhielt.

Ich blickte auf Ernies Handgelenk, aber es leuchtete nicht. Auch Tomas' nicht, soviel ich sehen konnte. Ich hatte nicht vor, um den Vulkan herumzuschleichen, selbst wenn er schlief. Doch ich sah das Leuchten von Rosas Handgelenk. Sie hielt ihr Baby fest im Arm, und das blaue Licht wurde von der Wange des Babys reflektiert.

»Soll ich sie wecken und es ihr sagen? Ich frage mich, wie

lange es dauert, bis es aufhört, so zu leuchten?«, flüsterte ich Malakas zu.

»Nein, weck sie nicht. Wozu?«

Ich schüttelte meinen Arm, so kräftig ich konnte, in der Hoffnung, den leuchtenden Punkt dadurch auszulöschen. Als das nicht funktionierte, zog ich den Arm unter mein feuchtes Shirt. Hielt mein rechtes Handgelenk, als wäre es gebrochen.

Was es ja auch war. *Ich* war gebrochen.

»Hey, tut mir leid«, sagte Malakas leise. »Ich wollte es nicht noch schlimmer für dich machen.«

»Hast du nicht.«

»Wo hast du deinen überhaupt her?«, fragte er.

Ich antwortete nicht sofort, ich hatte instinktiv Angst, zu viel zu verraten. Aber was konnte er mir schon anhaben? Er war genauso verloren wie ich.

»Aus Kalifornien«, sagte ich schließlich.

»Ah, unsere Hoffnung.«

»Vielleicht«, sagte ich. »Hast du mit irgendwem dort gesprochen?«

»Ich … ich kenne niemanden dort.«

»Oh …« Er tat mir leid. Seine Stimme klang so leer.

»Ich weiß nur nicht, wo ich sonst hinsoll«, erklärte er.

»Wo kommst du her?«

»Von den Philippinen, aber ich weiß auch nicht, ob da noch irgendwer ist.«

»Was meinst du damit?«, fragte ich und fürchtete mich bereits vor seiner Antwort.

Er erzählte, er sei im Norden der Insel Luzon geboren, wo die Leute in so extremer Armut gelebt hatten und es so viele Taifune gegeben habe, dass seine Mutter und er seine ersten fünf Lebensjahre in einer Hütte ohne Dach gewohnt hatten. Als Malakas sechs war, wurde Luzon von einer Reihe tödlicher Zyklone und Stürme heimgesucht, die seine Grundschule unter einer Schlammlawine begruben. Das Trinkwasser war verseucht und seine Mutter wurde so krank, dass sie noch nicht einmal mehr Reis schlucken konnte. Sie bat eine Freundin aus ihrer Kindheit, ihr zu helfen und Malakas nach Amerika zu holen. Und eines schwülen Oktobermorgens setzte Malakas' Mutter ihn mit einem Koffer, einem gefälschten Visum und einem Versprechen in ein Flugzeug.

»Sie sagte, ich solle zum Mond sehen und sie würde es auch tun, und dann wären wir auf gewisse Art zusammen.« Er lachte leise. »Das ist albern, ich weiß.«

»Nein, ist es nicht.« Ich brachte die Worte kaum hervor.

»Es ist nur …« Er seufzte. »Wie auch immer, so bin ich nach New York gekommen – wo meine Lola, meine Großmutter, lebt.« Er korrigierte sich. »Gelebt hat.«

Die darauffolgenden zehn Jahre hatte er bei seiner Lola in Brooklyn gelebt. Malakas erzählte mir, wie gutherzig und klug sie gewesen war, dass sie drei Jobs gleichzeitig hatte und sich um ihn gekümmert habe. Er ging zur Schule und gewann den Wissenschaftswettbewerb mit seinem Bericht über Weltraumforschung. Er spielte Basketball und war froh, dass er die ganze Zeit mit seiner Mom telefonieren konnte.

»Bis sie … gestorben ist.«

Ich fühlte bereits die Tränen in mir aufsteigen, während er mir erzählte, wie er im Hinterraum eines Nagelstudios seinen gefälschten Chip eingesetzt bekam, am selben Abend, als er erfuhr, dass seine Heimatstadt auf Luzon davongespült, ausgelöscht worden war. Seine Mom, sein Zuhause, alles, was er kannte, weg. Er ging weiter zur Schule, weil seine Mom es so gewollt hätte. Seine Lola wusste, wie sehr er Astronomie liebte, und so kämpfte sie darum, dass er auf eine gute Highschool für »Supernova-Freaks« gehen konnte. Er war sehr fleißig, wollte sie stolz machen.

»Aber am Ende geht es nicht darum, wie klug man ist, nicht wahr?«, sagte er. »Es geht nicht darum, wie gutherzig oder großzügig oder schön oder reich man ist …«

Und dann, vor ein paar Wochen, kam Malakas vom Basketballtraining nach Hause, und die Wohnung war völlig zerstört. Die Fenster kaputt. Seine Lola fort. Er packte die einzigen Dinge ein, die ihm geblieben waren – sein Lieblingsbuch über Sterne und ein Fernglas. Und er rannte los.

Ich hörte Malakas Luft holen, wie er gegen die Tränen ankämpfte. Er atmete laut aus und presste sich die Hände auf die Augen.

»Wäre es nicht toll, wenn das hier einfach nur ein weiterer Stern wäre?«, fragte er und streckte sein leuchtendes Handgelenk über uns aus. »Es gibt so viele da draußen im Universum, dass wir sie nie alle sehen werden, weil sie fürs bloße Auge nicht erkennbar sind.«

Malakas sagte, vielleicht liebte er die Sterne deswegen so – weil sie immer da waren und auf ihn aufpassten.

Ich wusste nicht mehr, wo ich schon einmal von den versteckten Sternen gehört hatte, aber es klang vertraut, fast beruhigend.

»Wenn wir doch nur auch unsichtbar wären«, murmelte ich.

»Ja«, antwortete Malakas. »Das wäre schön.«

KAPITEL 17

Sobald Ernie sich am nächsten Morgen rührte, zeigte ich ihm meinen leuchtenden Chip und erklärte ihm, was das wohl bedeutete.

Ernie nickte.

»Aber deiner ist in Ordnung«, versicherte ich ihm.

»Okay«, sagte er. Er hatte Ringe unter den Augen und sein Blick war stumpf.

»Das ist gut.«

»Wenn du es sagst.«

»Ist es!«, schrie ich ihn fast an. Ernie verzog mürrisch das Gesicht. Ich umarmte ihn, doch er saß einfach nur da, hing in meinen Armen wie eine Stoffpuppe. Von Tag zu Tag wurde er weniger, verfinsterte sich seine Miene mehr. Ich fragte mich, ob er fürchtete, mich zu verlieren, ob er mich immer noch dafür hasste, dass wir Mami im Busterminal zurückgelassen hatten, und für jeden einzelnen Moment seitdem. Ich fragte mich, ob er jemals wieder dumm oder frei genug sein würde, sich Zahnpasta in die Haare zu schmieren.

»Und was machen wir jetzt?«, fragte Ernie und starrte auf mein leuchtendes Handgelenk.

»Wir … laufen weiter«, sagte ich und legte meinen Arm an meinen Körper, als ob uns das irgendwie schützen oder verbergen könnte. »Wir gehen zu diesem sicheren Unterschlupf und von da aus geht es weiter nach Kalifornien.«

»Okay«, antwortete er mit monotoner Stimme.

x

Vielleicht war es Glaube. Vielleicht war es Schicksal. Vielleicht war es Wahnsinn oder Dummheit oder Sturheit. Wir liefen weitere viereinhalb Tage durch geplünderte Städte und über zerstörte Farmen, aber schließlich erreichten wir die Thistlebrook Street in Scutter, Oklahoma.

Allerdings wusste ich nicht, woher die Bezeichnung *Straße* überhaupt kam. Es waren nur ein paar Meter Asphalt, die zu niedergetrampelten Rohrkolben und einem Stacheldrahtzaun zwischen zwei Metallmasten hinabführten. Auf der anderen Seite des Zauns befand sich eine Senke mit Erde, Steinen und einer einst blauen, inzwischen ausgebrannten Limousine. Als wir näher kamen, sah ich außerdem ein niedriges Farmhaus hinter einer hängenden Ulme. Die gelben Wände waren mit Matsch bespritzt und die Fenster lagen hinter verzogenen Sperrholzplatten verborgen.

Über der Eingangstür hing eine nackte Glühbirne, die die Hausnummer beleuchtete.

Die Thistlebrook Street Nummer 17 war kein typisches Geisterhaus wie in alten Filmen, wo Skelette von den Dachböden herunterschauen und Fledermäuse umherfliegen. Es gab kein Absperrband, keine durchs Dunkle huschenden Gespenster, die *NEHMT EUCH IN ACHT* heulten. Doch schon bevor wir das Haus betraten, wusste ich, darin würde es schrecklich sein. Ich hob den Arm, um an die Tür zu klopfen, und hatte das Gefühl, meine Haut stand in Flammen. Niemand öffnete, und so schlug Malakas vor, zum Hintereingang zu gehen. Allerdings fanden wir keinen anderen Eingang. Nur noch mehr mit Brettern zugenagelte Fenster und ein paar breite Reifenspuren, die den Boden zerpflügt hatten, und haufenweise von Fliegen umschwärmte Müllsäcke.

»Hat er wirklich Nummer siebzehn gesagt?«, fragte der Vulkan. Er klang, als wollte er sofort wieder umdrehen. »Ich meine, wir könnten doch noch ein Stück weitergehen und gucken, ob …«

Doch mittlerweile waren wir bemerkt worden.

Von drinnen hörten wir das Kratzen von über den Boden gezogenen Möbeln. Dann sagte jemand: »Krass. Ich glaub, das ist Jorges Ladung.«

Ein Sicherheitsriegel wurde klickend zur Seite geschoben. Dann ging eine versteckte Seitentür auf, und hinter einem Pistolenlauf erschien das Gesicht eines Mannes. Er war ganz in Schwarz gekleidet und hatte kreideweiße Haut. Seine tief liegenden Augen blickten unter einem um den Kopf gebundenen schwarzen Tuch hervor. Er trug einen dünnen Ziegenbart und zwischen seinen Zähnen klemmte eine Zigarette, von der Asche fiel.

Er winkte uns mit der Pistole und bellte: »Beeilung! Rein mit euch!«

Ich trat als Erste durch die Tür und zog Ernie hinter mir her. Als Nächstes kam Malakas mit Tomas auf dem Arm. Dann Rosa mit dem Baby und zum Schluss der Vulkan.

An diesem Unterschlupf war nichts sicher. Der Mann mit der Zigarette im Mund verschloss bereits die Tür und schob den Sicherheitsriegel wieder vor. Er sagte, sein Name sei Ronny und dass er die Nase voll davon habe, ständig anderer Leute Mist auszubaden. Er schimpfte, Jorge habe es mit dem Erschießen des Typen von der Deportationseinheit diesmal richtig verbockt. Dann murmelte er noch vor sich hin, für diesen Fehler würden alle zahlen müssen, und ließ uns allein.

Das Innere des Hauses war ekelerregend. Über uns hing ein Dunst aus Zigarettenrauch, Körperausdünstungen und etwas, das roch wie menschliche Exkremente. Das einzige Licht kam von einer Campinglaterne auf einem dreibeinigen Tisch in der Mitte des Raums, der wohl früher mal eine Küche war. Die Spüle und der Herd waren mit leeren Zigarettenschachteln übersät. Der Kühlschrank war ausgestöpselt, die Tür stand offen und hing nur noch an einer Angel. Aus dem Innenraum hörte ich etwas, das vermutlich das Trippeln von kleinen Nagetieren war.

Als Nächstes kam Ronnys Kumpel BJ in den Raum. Er war das genaue Gegenteil von Ronny – klein und gedrungen und rotwangig. Er trug rote Nylon-Basketballshorts, die ihm fast auf die Knöchel runterrutschten, und ein gelbes Shirt mit einem wütenden Maskottchen über der Brust. BJ redete ununterbrochen und gackerte zwischendurch, als wäre er auf Speed. Vielleicht war er das auch.

»Wie viele haben wir denn heute? Oh, hallo, Ladys.« Er verschränkte die Arme über seinem dicken Bauch und betrachtete Rosa und mich. Begutachtete uns. Er hielt sogar die Campinglaterne vor uns, um einen besseren Blick auf unsere Körper werfen zu können. Es erinnerte mich daran, wie Mami genau das mit dem Vieh auf der Farm in Vermont gemacht hatte, die Flanken der Kühe abschätzte und leise summte, wenn ihr gefiel, was sie sah. BJ summte allerdings nicht. Er kam nur immer näher, glotzte uns an und schnalzte mit der Zunge. Dann legte er mir seine feuchten Hände auf die Schultern und sagte: *»Mi casa es su casa. Capiche?«*

Malakas trat zwischen uns. Er und BJ starrten einander an. Auf einmal brüllte BJ wie ein Tiger, und Rosas Baby fing an zu schreien.

»Wow, wow, wow.« BJ lachte.

Ronny kam mit gezückter Pistole über den dunklen Flur. »Bringt es zum Schweigen!«, donnerte er. »BJ, deswegen hab ich dir gesagt, ich nehm keine Babys! Das ist verrückt, Mann. Ich bin raus!«

»Nun mal langsam, Ron. Ganz. Langsam.« BJs Zähne schimmerten im Laternenlicht, und er zwinkerte mir zu, als würden wir ein großes Geheimnis teilen. Ich lächelte höflich, aber als Ronny unseren Austausch sah, schlug er mit der Hand gegen die Küchenwand. BJ gackerte wieder.

»Das ist nicht lustig, Arschloch«, keifte Ronny. »Nichts hieran ist lustig. Wir haben viel zu viele Hispanos, die das Klo verstopfen. Wir sind noch nicht mal bezahlt worden.«

Ronny zog sich das Tuch vom Kopf und fuhr sich mit den riesigen Händen über den kahlen Schädel. Er fing an, leere Zigarettenschachteln zu schütteln, um zu sehen, ob nicht doch noch etwas darin war, dann warf er sie auf den Boden.

»Ich hab noch nicht mal genug Geld für Kippen«, grollte er, während die Wut in ihm hochkochte.

»Komm schon, Ron. Wir werden noch bezahlt. Versprochen«, sagte BJ. »Und wir haben schönes Frischfleisch …« Wieder zwinkerte er mir zu, und ich zwang mich, mich gerade hinzustellen, auch wenn ich das Gefühl hatte, dass der Raum sich drehte.

Malakas meldete sich zu Wort. »Hör zu, Mann, wir wollen nur nach Kalifornien. Du musst nicht …«

»Oh, verstehe! Du willst sie auch«, sagte BJ und deutete nickend auf mich. »Ich teile gern, Bruder.«

»Niemand teilt hier irgendwas«, sagte Malakas. »Wir wollen nur nach …«

»Was ist dein verdammtes Problem?«, rief Ronny.

Ich war Malakas ja dankbar, dass er mich in Schutz nahm, aber ich wollte einfach, dass alle zurück auf ihren Platz gingen. Wir waren immer noch darauf angewiesen, dass uns einer dieser Typen nach Kalifornien brachte.

Da schritt der Vulkan ein. »Tut uns leid, Mann, wir sind einfach alle ziemlich müde. Wir sind schon tagelang unterwegs.«

»Halt's Maul, verdammt!«, brüllte Ronny und versprühte sein Gift im ganzen Raum. BJ kicherte und ging vor Malakas und mir auf und ab. Als er wieder das Wort ergriff, war sein Gesicht nur Zentimeter von uns entfernt.

»Hey, ich versteh das. Ihr seid müde. Ihr habt Hunger. Ihr wollt nur einen Platz zum Schlafen. Vielleicht ein warmes Essen. Hab ich recht?«

»Das hier ist kein verdammtes Hotel«, erklang Ronnys Stimme hinter ihm.

»Ronny, warum gehst du nicht und entspannst dich? Du hast zuletzt so hart gearbeitet. Lass mich das machen.«

»Mir geht's gut«, zischte Ronny.

»Oder geh und hol uns etwas von unseren … Partyvorräten, ja? Du weißt schon, das Zeug in Flaschen, das nach Sex riecht?« Malakas griff nach meiner Hand und drückte sie. Ich spürte immer noch BJs Blick auf mir, aber ignorierte ihn, so gut ich konnte. Ich konzentrierte mich auf eine der leeren Zigarettenschachteln, während BJ sagte: »Komm schon, Ron. Ich verspreche dir, wir haben einen tollen Abend.«

BJ zog ein paar Zwanzig-Dollar-Scheine aus seiner Shorts und wedelte damit vor meinem Gesicht herum, bevor er sie seinem Kumpel gab. Ronny nahm das Geld und seufzte.

»Das ist totaler Schwachsinn.« Er stürmte aus der Küche und den Flur hinunter. »Weißt du das? Totaler Schwachsinn!«

Wir hörten ihn eine Tür öffnen und wieder zuknallen, das musste die Eingangstür auf der Vorderseite des Hauses sein, dann schloss er von außen ab.

»Entschuldigt«, sagte BJ. »Er hat gerade seine Tage. Kommt, ich zeig euch alles.« Er schubste Malakas und mich auf den Flur, und uns blieb nichts anderes übrig, als zu gehen. Die anderen folgten uns. »Ich bin hier der Einzige mit ein bisschen Manieren«, lachte er.

»Ich will hier weg!«, hörte ich Tomas hinter uns jammern.

»Todo va estar bien«, sagte Rosa zu ihm. *»Ya casi nos vamos.«*

»Ihr geht nirgendwohin, *mamacita*. Ihr bleibt so lange hier, bis wir was anderes sagen. Ihr könnt nicht da draußen rumlaufen und erzählen, was hier drinnen los ist, verstanden?«, sagte BJ.

»Vali?«, fragte Ernie. Seine Stimme war ganz leise und zitterte, er war kurz davor zu weinen.

»Ich bin hier«, sagte ich. Ich wollte seine Hand nehmen oder ihn wenigstens mit einem Lächeln beruhigen, aber BJ legte mir einen Arm um die Schultern, sodass ich mich nicht umdrehen konnte.

»Kommt raus, kommt raus, wo auch immer ihr seid«, sang er, während er auf beiden Seiten des Flurs die Türen aufstieß. In einem Zimmer hockten zwei Frauen in viel zu großen T-Shirts in einer Ecke. Sie waren mit einem Seil an ein leeres Bettgestell gefesselt und hatten einen glasigen Blick.

Ernie schnappte nach Luft. »Was ist mit ihnen?«, fragte er.

Ich wusste nicht, wie ich ihm antworten sollte, aber BJ tat es bereits.

»Weißt du, wie es ist, wenn du in der Schule unartig warst und ins Büro vom Direktor musst?«

Ernie schwieg und bereute es sicher, gefragt zu haben.

»Tja, diese Mädchen waren sehr, sehr unartig. Und zur Strafe müssen sie hier sitzen und darüber nachdenken, wie sie netter sein können. Was sie machen können, damit ich mich besser fühle. Nicht wahr?«, sagte BJ. Seine Stimme ließ mich an giftigen Schlamm denken, der auf uns zu sickerte.

Die Frauen blickten auf und blinzelten in Zeitlupe, als ständen sie unter dem Einfluss von Beruhigungsmitteln. Ich musste mir vorstellen, es seien Puppen – irgendetwas anderes als lebendige, atmende Menschen. Sonst wäre es einfach zu entsetzlich gewesen. Eine von beiden fing an zu nicken, war aber zu müde und schloss die Augen wieder. Lachend schloss BJ die Tür und sah jetzt mich an.

Ich senkte den Blick.

»Die Leute kommen alle hierher und bitten mich um Hilfe. Ihr könnt von Glück sagen, dass ich euch aufgenommen habe, nicht wahr?« Er zwickte mich in mein leuchtendes Handgelenk und drehte mich herum, sodass er es den anderen zeigen konnte. »Stimmt's? Findet ihr nicht, sie schuldet mir was dafür, dass ich euch alle beschütze?«

»Nein. Wir gehen jetzt«, sagte Malakas und zog mich zu sich.

Im selben Moment riss BJ eine Pistole aus seinem Hosenbund und setzte den Lauf direkt an Malakas' Schläfe. Wir erstarrten alle vor Angst, während BJ die Pistole entsicherte. Dann hielt er Malakas' Handgelenk mit dem leuchtenden Chip als Beispiel Nummer 2 hoch.

»Ach, wirklich, Rambo?«, zog BJ ihn auf. »Und wo genau wollt ihr hin? Das hier ist ein staatenübergreifendes Update, die Deportationseinheit sammelt gerade alle Daten und sendet ihre Truppen aus. Der einzige Grund, dass ihr noch nicht geschnappt wurdet, ist, dass mich die Leute hier in der Gegend kennen. Sie mögen mich. Oder jedenfalls das, was ich anzubieten habe.«

Wieder grinste er mich und Rosa anzüglich an. Rosa versuchte gleichzeitig, das quengelnde Baby zu beruhigen und Tomas' Blick auf die Waffe abzuschirmen.

»Es ist in Ordnung. Alles okay«, sagte ich mit gespieltem Optimismus. »Wir müssen nirgendwohin. Es ist alles gut!«

BJ lächelte. »Braves Mädchen«, sagte er und starrte Malakas an.

»Okay«, war alles, was Malakas herausbrachte. BJ ließ die Pistole sinken.

»Können wir vielleicht bloß irgendwo das Baby stillen?«, bat ich.

»Aber natürlich, natürlich. Was habe ich mir nur gedacht? Geht alle in die Küche. Fühlt euch wie zu Hause. Keine Sorge – ich komme bald nach euch sehen.«

Als wir uns umdrehten, fühlte ich BJs fleischige Hand auf meinem Hintern. Doch ich durfte keinen Mucks von mir geben und mir nichts anmerken lassen. Ernie sollte nicht mitbekommen, wie viel Angst ich hatte, und ich wollte auch nicht, dass Malakas wieder versuchte, sich für mich starkzumachen. Doch innerlich wand ich mich, und meine Haut pochte, während ich zurück in die Küche ging und versuchte, ruhig zu bleiben. BJ sah mir wahrscheinlich immer noch hinterher. Ich hätte ihm am liebsten die Augäpfel rausgerissen und die Haut abgezogen, aber stattdessen ging ich einfach weiter.

Als wir in der Küche ankamen, drückte ich Ernie fest an mich.

»Warum waren sie gefesselt? Werden sie uns auch fesseln?«, wimmerte er.

»Alles ist okay. Uns passiert nichts. Es ist okay«, redete ich vor mich hin. Es tat gut, das zu sagen, auch wenn ich meinen Worten selbst nicht glaubte.

»Wann sind wir endlich in Kalifornien?«, klagte Ernie. »Ich will hier nicht bleiben. Ich will nach Hauuuuse.« Er war schließlich erst acht Jahre alt. Halb verhungert, übermüdet, und völlig traumatisiert, ob er es verstand oder nicht.

»Bald, Ernie, bald.« Ich nahm ihn wieder in die Arme. »Es tut mir leid, dass ich dich hierhergebracht habe. Das alles tut mir schrecklich leid.«

Ich wusste nicht, ob er meine Entschuldigung annahm oder nicht, ob er jemals akzeptieren könnte, dass wir Mami zurückgelassen hatten. Aber er hielt sich an mir fest, und dafür war ich unendlich dankbar. Dann bauten Malakas und ich aus unseren Rucksäcken einen kleinen halbrunden Wall hinter den Mülleimern. Inzwischen war es so dunkel im Raum, dass wir nur noch einen kleinen Lichtkreis von der Laterne sahen.

»Ich verspreche dir«, sagte Malakas, »ich lasse nicht zu, dass sie dich berühren. Sie werden dich nicht …«

Er brachte den Satz nicht zu Ende, und die darauf folgende Stille fühlte sich unglaublich hilflos an. Ich wusste nicht, wie er mich beschützen sollte – vor BJ, vor Ronny, vor allem. Ich wollte ihn wegstoßen und sagen: *Lass mich in Ruhe, ich kann selbst auf mich aufpassen!* Aber auch das fühlte sich unmöglich an.

Rosa setzte sich in eine Ecke hinter zwei überquellende Mülleimer. Sie nahm Tomas auf den Schoß und versuchte gleichzeitig, das Baby zu stillen, ohne ihr Shirt zu weit hochzuziehen.

»Glaubst du, die Deportationseinheit sendet wirklich Truppen aus?«, fragte ich Malakas.

»Ich weiß es nicht. Aber wir müssen hier weg.«

Schweigend starrten wir auf Rosas leuchtenden Chip und dann auf unsere eigenen. Und überlegten wohl beide, was uns gefährlicher erschien – die Ungeheuer innerhalb dieses Hauses oder außerhalb. Ich hatte keine Ahnung, wie, aber die Regierung hatte mich offensichtlich aufgespürt. Ich stand in ihrer Datenbank, und die Deportationseinheit würde nicht eher aufgeben, bis sie mich gefangen hätte.

»Wir müssen die Chips irgendwie rausbekommen«, sagte ich zu Malakas.

»Ja, das wäre schön.«

»Ernsthaft.«

Auf der erfolglosen Suche nach einem Müsliriegel oder

einem Stück Apfel für Ernie war mir Mamis Küchenmesser wieder in die Hände gefallen. Jetzt wusste ich, was zu tun war. Ich legte Ernies grünen Fußball auf den Boden und sagte Ernie, dass er sich mit dem Kopf darauflegen sollte. Als ich mir sicher war, dass Ernie, Rosa, ihre Kinder und der Vulkan schliefen, nahm ich das Messer heraus, wischte es sauber und reichte es Malakas. Ich schaltete meine Taschenlampe an und streckte Malakas den rechten Arm entgegen, sodass er das Körnchen eisblaues Licht unter meiner Haut sehen konnte.

»Du holst meinen raus und ich deinen«, sagte ich.

Es war keine Frage, sondern ein Befehl.

»Aber …«, fing Malakas an. Sein Blick war voller Angst.

»Mach's einfach«, sagte ich und hielt ihm den Arm noch näher vors Gesicht. Ich versuchte, meine Stimme ruhig klingen zu lassen. Es war die einzige Möglichkeit.

Malakas griff nach meinem Handgelenk, auch wenn er immer noch viel zu entsetzt aussah, um die Sache durchzuziehen.

»Bitte«, flehte ich ihn an. »Mach's.«

Die Klinge war viel stumpfer, als ich gedacht hatte. Malakas fing an zu stechen und zu bohren, und jedes Mal, wenn die Klinge meine Haut berührte, zuckte er an meiner Stelle zusammen.

»Alles okay«, versicherte ich ihm. »Ich halt's aus.«

Er veränderte den Griff um das Messer und setzte die Klinge in einem neuen Winkel an. Das funktionierte aber auch nicht besser. Er ritzte bloß lauter Kratzer in meine Haut, die mich immer besorgter machten.

Irgendwann hielt ich es nicht mehr aus, Malakas zuzusehen, wie er mit dem Messer herumhantierte. Ich umfasste seine Hand, drückte sie fest hinunter und die Klinge durchbohrte meine Haut mit einem deutlichen *Plop!*.

Wir schnappten beide nach Luft.

Das Blut lief mir in Strömen über den Arm. Ich wischte es mit dem Saum meines T-Shirts auf, aber der Stoff war sofort durchtränkt.

»Es tut nicht weh«, sagte ich, obwohl der Schmerz kaum auszuhalten war. »Mach weiter. Bitte. Hol den Chip raus.«

Es fühlte sich an, als würde er meine Adern aufschneiden, mich aufschlitzen. Ich musste hingucken, um mich zu versichern, dass meine Hand noch mit meinem Körper verbunden war. War sie. Ich sah, wie sich das Messer durch meine Haut bohrte, während Malakas versuchte, den Chip herauszuholen, ich sah das blutdurchtränkte Shirt darunter …

Auf einmal schmeckte ich Galle und der Raum fing an, sich zu drehen.

Und dann wurde alles schwarz.

KAPITEL 18

Als ich wieder zu mir kam, war immer noch Nacht. Draußen hörte ich einen Motor stottern und Zweige unter Autoreifen zerbrechen.

»Was ist los?«, flüsterte Ernie. Ich hätte ihm gern geantwortet, aber ich war zu desorientiert. Alles war dunkel und feucht und es stank nach Blut. Mein rechter Arm fühlte sich ganz steif an und immer wieder neue Wellen von brennendem Schmerz strömten von ihm aus.

»Alles okay«, murmelte ich.

Doch jetzt trat jemand von draußen gegen die Haustür, und zwar so stark, dass die Wände wackelten.

»Mach auf!«, brüllte Ronny.

»Wie lautet das Geheimwort?«, zog BJ ihn vom Flur aus auf.

»Mach einfach die Tür auf, du Arsch!«

Malakas war jetzt auch wach. Als meine Augen sich an die Dunkelheit gewöhnt hatten, sah ich, dass unsere rechten Handgelenke beide verbunden waren. Ich wollte ihm danken, ihn fragen, ob es ihm gut ging, aber über den Flur waren zu viele wütende Stimmen und Stiefelschritte zu hören.

»Wie geht's, Lochland?«, fragte BJ.

»Was gibt's?«, grunzte eine Stimme, die ich nicht kannte.

»Zwei neue. Verdammt heiß. Beides Mexikanerinnen, würde ich sagen«, antwortete BJ.

»Klingt gut. Bringt sie in mein Zimmer«, sagte der Fremde.

»Ja, Sir!«

Ronny und BJ stampften in die Küche, und ich versuchte, auf die Beine zu kommen. Mein erster Instinkt war, Ernie zu packen, die Sperrholzplatten vom Küchenfenster zu reißen und zu fliehen. Aber mein rechter Arm war wie tot. Er fühlte sich wahnsinnig schwer an und zog mich sofort wieder runter. Meine Klamotten waren blutdurchtränkt, und mir war so schwindelig, dass ich aus Versehen einen der Mülleimer vor uns umriss.

Malakas zeigte auf den Schrank unter der Spüle. Ich packte Ernies zitternde Hand und zog ihn mit mir. In dem Schrank war nicht viel Platz, und die Decke war so niedrig, dass meine oberen Schneidezähne sich in die Haut an meinem Knie bohrten. Aber es war dunkel, und ich hoffte, das bedeutete, wir waren in Sicherheit.

»Los geht's!«, kommandierte Ronny in der Küche.

Ich legte Ernie eine Hand über den Mund und flüsterte, er solle ruhig atmen. Was gar nicht so leicht war, denn über unsere Füße krabbelten Mäuse, und irgendetwas stank dermaßen, dass ich würgen musste.

»Steh auf!«, rief BJ.

»Bitte«, flehte Rosa. »Bitte nicht. Meine Kinder!«

»Wo bringt ihr sie hin?«, fragte der Vulkan.

»Halt dein verdammtes Maul!«, schimpfte Ronny.

Die Erinnerung daran, wie Mami einmal von einem Mann der Deportationseinheit in eine dunkle Gasse geführt worden war, kam wieder. Dasselbe erdrückende Schuldgefühl von damals lähmte mich auch jetzt. Hier saß ich, versteckte mich in einem Schrank und ließ es einfach passieren, genau wie damals bei Mami. Dann gab es einen lauten Knall, und Glas splitterte.

»Stopp!«, rief Malakas.

Das Geräusch von auf Haut treffenden Fäusten, Stöhnen. Ernies Augen waren direkt vor mir und voller Angst. Ich spürte seine Lippen unter meiner Handfläche zittern. Ich wollte ihm die Ohren zu halten, sein Herz und seinen Verstand davon abhalten, das alles mitzubekommen. Aber ich konnte ihn vor nichts mehr beschützen.

Das Baby schrie.

»Mami! Mami«, weinte Tomas.

»Halt's Maul!«, brüllte Ronny.

»Todo va estar bien.« Rosa schluchzte. »Ich bin bald zurück!«

Dann knallten weitere Türen und noch mehr Schreien war zu hören. Ein Geräusch wie von einem um sich schlagenden Körper, der über den Linoleumboden gezogen wurde. Rosa, die um Erbarmen flehte. Wenn nicht von Menschen, dann von Gott.

Ernie klammerte sich an mich. Seine Tränen waren kochend heiß. Sogar durch mein Shirt brannten sie auf meiner Haut.

»Mami! Mami! Wo bist du?«, heulte Tomas.

Ich hielt es nicht mehr aus. Ich krabbelte aus dem Schrank durch den auf dem Boden verteilten Müll und nahm Rosas Kinder beide in die Arme. Ernie setzte sich zu uns, und dann weinten und schluchzten wir alle zusammen.

»Es ist okay«, sagte ich. »Wir bekommen eure Mami zurück. Sie ist gleich wieder da, versprochen.«

Ich hatte kein Recht, ihnen das zu versprechen, aber ich konnte nicht zulassen, dass noch mehr Kinder verwaisten. Ich konnte nicht zulassen, dass noch eine Mutter von ihren Kindern weggerissen wurde. Ich klammerte mich an die beiden, genau wie sie sich an mich klammerten. Ich hatte das verzweifelte Bedürfnis, uns alle wieder ganz zu machen.

Ernie bemerkte Malakas als Erster. Er lag unter dem dreibeinigen Tisch und drehte stöhnend den Kopf hin und her.

»Malakas?«, flüsterte ich.

Als Malakas mich hörte, setzte er sich benommen auf.

»Geht es dir gut?«, fragte ich, auch wenn dem offensichtlich nicht so war.

»Wo ist Rosa?«, jammerte Ernie.

Und dann hörten wir aus dem anderen Raum einen Schuss.

Peng.

Diesmal erkannte ich das Geräusch sofort.

Ich kannte den bitteren Geruch, das wilde Zittern, während mir der Mund voll Speichel lief.

Peng, peng.

Ich hörte einen Körper auf den Boden schlagen.

»Was soll der Scheiß!«, kreischte Ronny.

»Halt den Mund!«, brüllte der Vulkan.

»Bitte«, plärrte BJ, »ich hatte nicht vor …«

Ein Klatschen, und BJ verstummte. Dann ging eine Tür auf und wurde wieder geschlossen, wir hörten Wimmern, Flüstern. Dann Stille. Sogar Rosas Kinder schwiegen, während wir abwarteten, was als Nächstes geschah.

»Können wir jetzt gehen?«, erklang Ernies gedämpfte Stimme.

»Noch nicht«, murmelte ich.

Ich wusste nicht, ob es schon vorbei war. Ich wusste nicht, wer gerade geschossen hatte und ob derjenige jetzt in die Küche kam. Die Stille war beängstigend. Ich stand total unter Strom, ich war so nervös, ich dachte, ich würde jeden Moment platzen.

Noch mehr Türen gingen auf. Das Geräusch hektisch über den Flur stolpernder Schritte. Leute, die gegen Wände taumelten.

»Lauft, los!«, schrie der Vulkan.

»Tomas! Lupe!«, schluchzte Rosa. Sie kam in die Küche geeilt, hob ihre Kinder aus meinen Armen und bedeckte sie mit Küssen.

»Kommt. Hier lang«, sagte Malakas. Er hatte die Sperrholzplatte vom Küchenfenster gerissen und winkte uns zu sich. Im blassen Morgenlicht erkannte ich, dass seine Unterlippe aufgeplatzt und die Haut um seine Augen geschwollen und lila verfärbt war.

»Geht es … dir gut?«, fragte ich wieder.

Malakas antwortete nicht. Er half Ernie aus dem Fenster. Rosa und ihre Kinder kamen als Nächste, Tomas umklammerte Ernies Fußball.

»Was ist mit …?« Ich blickte mich in der Küche um. Überall lag Müll. Die Kühlschranktür stand noch offen, doch die Mäuse waren nirgends zu sehen. Vorsichtig linste ich auf den Flur, ob noch jemand fehlte. Aber ich sah nichts weiter als eine dunkelrote Pfütze, die sich über den Boden ausbreitete.

Ich hatte das Gefühl, mich übergeben zu müssen. Der durchdringende Geruch nach Blut füllte meine Nase und drohte mich zu ersticken.

»Komm«, sagte Malakas und streckte die Hand nach mir aus. »Wir müssen hier verschwinden.«

Wir kletterten durchs Fenster. Ich sah gerade noch, wie die beiden Frauen mit dem glasigen Blick durch ein paar verstreute Bäume davonliefen. Da kam der Vulkan auf uns zu, sein Gesicht war von Schweiß und Tränen bedeckt.

»Okay«, sagte er und zitterte am ganzen Körper. »Der Typ von der Deportationseinheit ist tot. BJ und Ronny sind abgehauen. Aber wir müssen hier weg, bevor noch mehr Leute von der Deportationseinheit auftauchen.«

»Wo sind die anderen?«, fragte ich und blickte mich um.

»Tomaaaaas!« Rosa lief mit dem Baby auf dem Arm über die Wiese und rief nach ihrem Sohn. »Tomas! Tomas!«

Ernie, der Vulkan, Malakas und ich rannten los und halfen ihr suchen.

»Ich komme raus und sage ihm, er soll warten, aber er läuft weg«, erklärte uns Rosa. »Eben ist er noch da. Und dann läuft er weg. Tomas! Er hatte solche Angst. *Tomas?*«

Ihre Stimme wurde immer schriller. Sie lief von Baum zu Baum und von Strauch zu Strauch. Schob Zweige zur Seite und kletterte über Steine. Wir alle suchten mit.

»Ich sage, er soll auf uns warten …«, erklärte sie immer wieder dieselbe Szene. Nur kam sie nie zum Ende.

Tomas, Tomas, Tomas!

»Tomas! Wollen wir *fútbol* spielen?«, piepste Ernie. Seine Stimme zitterte so sehr, dass ich kurz davor war durchzudrehen. Ich wollte Ernie packen und so weit wegrennen, wie wir konnten. So viel Distanz zwischen uns und diesen Moment bringen wie möglich. Zwischen uns und das wachsende Heer von Leuten, die uns vernichten wollten.

»Tomas!«, rief ich. »Alles ist gut. Du kannst jetzt rauskommen. Alles ist … Mist!«

Ich war in eine tiefe Pfütze getreten. Das Wasser kroch mir das Hosenbein hoch. Doch es war mehr als nur eine Pfütze. Als ich versuchte, mich umzudrehen, sank ich mit dem Fuß immer tiefer ein. Vor mir lag ein sich scheinbar unendlich erstreckender morastiger Sumpf mit jeder Menge umgekippten Bäumen. Die einzige Abwechslung in der Landschaft war eine kleine leuchtende Boje. Sie war limettengrün.

»Ernie, ist das dein Fußball?«

Er bewegte sich auf und ab. Und daneben ein winziger schwimmender Turnschuh.

X

Ich sprang hinein. Das Wasser klatschte mir ins Gesicht, drang in mein aus allen Windungen kreischendes Gehirn ein. Nur konnte es das Kreischen niemals stillen. Dieser Schmerz, der mir das Herz zerriss, war einfach zu viel. Der Schmerz darüber, dass die Welt zerriss, Eltern ihren Kindern entrissen wurden und die Kinder in Kummer ertranken. Ich schob mich an Wasserpflanzen und Steinen vorbei, und …

Da war er.

Der süße kleine Tomas. Er war zu leicht, um zu sinken, und zu blass, um noch zu leben, und schon viel, viel zu weit entfernt. Sein Arm war um einen vermoderten Stamm geschlungen.

Rosas Klagen war unerträglich. Ihr schmerzverzerrtes Gesicht ein wildes, bodenloses Loch. Ich hatte einmal mitbekommen, wie auf der Farm von Mr McAuley, wo Mami gearbeitet hatte, Schweine geschlachtet wurden. Sie wurden direkt vor unseren Augen getötet. Rosas durchdringendes Schreien klang unendlich viel schlimmer als das der Tiere. Sie drückte auf Tomas' Brustkorb und pustete ihm Luft in den Mund, aber es hatte keinen Zweck. Dann brach sie über dem Körper ihres kleinen Jungen zusammen, und das Baby, immer noch vor ihre Brust gebunden, brüllte.

Ich zog Ernie an mich und versuchte, seinen Blick abzuschirmen. Es war einfach zu entsetzlich. *Zu* unfassbar.

Doch ich konnte ihn nicht davor bewahren, Rosas Schreie zu hören oder den morastigen Sumpf zu riechen.

Ich konnte nichts hiervon ungeschehen machen.

KAPITEL 19

Malakas setzte Rosa ein Baseball-Cap auf, wohl um sie vor der starken Sonne zu schützen. Eine ziemlich hilflose Geste, wo sie die sich bereits lila verfärbende Leiche ihres vierjährigen Sohns auf dem Schoß hielt. Doch jedes Mal, wenn das Cap runterfiel, weil Rosa so sehr zitterte, beugten wir uns vor und setzten es ihr noch mal auf. Wir wiederholten diese sinnlose Aktion unzählige Male. Sahen zu, wie das Cap runterfiel, und wechselten uns wortlos damit ab, es ihr erneut aufzusetzen.

Mehr konnten wir nicht tun.

Rosas Körper war zu klein, um all ihren Kummer in seinem Inneren zu behalten. Ihr Schmerz breitete sich in einem riesigen Strudel aus und sog uns alle mit hinein. Ich hatte das Gefühl, keine Luft zu bekommen. Als würde ihr Schmerz alles vernichten, was auch immer von diesem faulen Sumpf und dem tückischen Land, diesem hinterlistigen sonnigen Himmel noch übrig war. Fast wünschte ich es. Ich wollte Rosas Gesicht hinaus in den Äther projizieren, wie ein riesiges Hologramm. Damit der gesamte Planet und alle Sterne ihre Tragödie mitbekamen. Sie sollten ihren gekrümmten

Körper sehen, ihr sich windendes Baby und ihren toten Sohn auf ihrem Schoß. Ihre Augen waren zwei dunkle Murmeln. Sie fühlte alles und zeigte nichts.

Ich konnte es nicht länger mit ansehen. Ich musste irgendetwas tun. Ich kniete mich hin und fing an, ein Grab für den kleinen Tomas auszuheben. Der Schmerz in meinem rechten Handgelenk war unerträglich. Mein ganzer Arm war angeschwollen und glühte in allen möglichen wütenden Rottönen.

»Was machst du da?«, weinte Ernie.

»Hilf mir einfach«, sagte ich.

Ich wusste nicht, ob Ernie bewusst war, was ich da tat, aber er setzte sich zu mir. Sein Gesicht war immer noch eine tropfende Gewitterwolke, während wir Klumpen von durchweichter Erde und Unkraut auseinanderrissen. Wenn wir auf einen großen Stein oder einen Wurzelknoten stießen, gruben wir nur umso tiefer und kräftiger. Ich musste einfach in diesem Boden herumwühlen. Etwas Scharfes oder Kaltes oder Schmutziges fühlen. Irgendetwas anderes außer diesem vernichtenden Tod.

Als wir mit dem kleinen Grab fertig waren, streckte ich die Arme nach Tomas aus, um ihn hinüberzutragen. Doch Rosa wollte ihn nicht gehen lassen. Sie schlang die Arme nur noch enger um ihre beiden Kinder und drehte den Kopf weg.

»Ich möchte etwas sagen«, verkündete ich und überraschte mich damit selbst. Wenn ich in Southboro in der Schule ein Referat halten musste, war mir immer schlecht geworden. Doch jetzt gab es für solche Gefühle keinen Raum. Ich hatte nur noch das dringende Bedürfnis, etwas loszuwerden.

»Ich habe es auf Spanisch gelernt. Und …«

Ich fing an, ein altes Lied zu singen, das Mami früher immer gesungen hatte. Ich wusste nicht genau, warum, aber es kam aus mir heraus, bevor ich darüber nachdenken und mich bremsen konnte.

Intentaron enterrarnos. No sabían que éramos semillas.
No sabían, no sabían, no sabían que éramos semillas.

Sie versuchten, uns zu begraben, aber sie wussten nicht, dass wir Samen waren.
Sie wussten nicht, sie wussten nicht, sie wussten nicht, dass wir Samen waren.

Ernie stimmte mit ein, seine Stimme stolperte über seine Tränen. Als das Lied zu Ende war, trat er vor seinen toten Freund auf Rosas Schoß. Dann drehte er sich um und kam in meine Arme gerannt. Sein Körper wurde von Schluchzern geschüttelt.

Nach und nach verabschiedeten wir uns alle auf unsere Weise von Tomas. Malakas sprach ein Gebet auf Tagalog. Dann nahm er einen Rosenkranz aus seiner Tasche, biss den Faden durch und legte die kaputte Kette auf Tomas' leblose Brust.

Der Vulkan kniete sich vor Tomas' Körper und flüsterte etwas vor sich hin. Dann schürzte er die Lippen und kniff die Augen zusammen. Er strengte sich so sehr an, seine Gefühle zurückzuhalten, doch er verlor den Kampf. Ich verlor auch die Kontrolle über mich. Irgendwie war, den Vulkan beben zu sehen, am schwersten. Seine breiten Schultern krümmten sich, wie ein Berg, der kurz davor war, eine Lawine loszulassen. Meine Augen füllten sich mit all den wütenden, verzweifelten Tränen, die ich seit Tagen zurückgehalten hatte, und jetzt strömten sie heiß und schnell mein Gesicht hinunter. Ich leckte sie von meinen Lippen, im Wissen, dass immer noch mehr kommen würden.

»Er läuft«, klagte Rosa. »Er läuft vor ihnen weg und …«

Während ihre Stimme leiser wurde, hörte ich auf einmal ein hohes Summen. Malakas musste es auch gehört haben. Er nahm ein Fernglas aus seinem Rucksack und sah zu einer weit entfernten Reihe schiefer Bäume. Das Sonnenlicht veränderte sich, aus Osten schob sich eine Wolkenbank auf uns zu. Nur waren die Wolken durchscheinend und bewegten sich viel zu schnell. Das Summen wurde lauter.

»Drohnen«, vermeldete Malakas, den Blick auf den Horizont gerichtet.

»Verdammt«, sagte der Vulkan.

»Sie sind wahrscheinlich noch fünfzehn Kilometer entfernt, aber …«

»Wir müssen los«, sagte der Vulkan.

Ich tippte Rosa auf die Schulter. Es war die leichteste Berührung, und trotzdem fiel sie vornüber. Ich hatte Angst, sie würde in tausend Stücke zerbrechen.

»Nein«, sagte sie. Sie blickte immer noch auf den Sumpf. »Ich gehe nicht.«

»Du kannst nicht hierbleiben«, sagte der Vulkan.

»Ich bleibe bei Tomas«, erklärte sie.

»Nein, nein, nein. Wenn du willst, trage ich ihn. Aber du musst jetzt aufstehen.« Der Vulkan streckte die Hände nach dem toten Jungen aus, aber Rosa hielt Tomas weiter fest in den Armen.

»Ihr geht«, sagte sie. »Ich. Bleibe. Bei. Tomas.«

Es war kein bisschen Selbstmitleid in ihrer Stimme. Sie war vollkommen im Einklang mit sich und dem, was sie vorhatte. Als ob sie nicht nur für sich selbst sprach, sondern für jede Mutter, die jemals zuvor ein Kind verloren hatte. Sie wiegte sich mit beiden Kindern auf dem Schoß vor und zurück. Das Baby trank an ihrer Brust.

»Was ist mit dem Baby?«, fragte ich.

»Mi bebé«, murmelte Rosa. Sie legte den Kopf auf die Seite, um das Kind aus einem anderen Blickwinkel zu betrachten. »Ja, *mi Guadalupe*«, sagte sie zu mir.

Ich wollte Rosa schütteln, sie anflehen, uns einfach zu vertrauen. Aber es gab keine Garantie für gar nichts.

»Guadalupe braucht dich«, sagte ich. »Wie wäre es, wenn du mit uns kommt? Wir suchen euch einen sicheren Ort und …« Ich hatte kein Recht, ihr zu erzählen, dass wir diese Sache richten und ihr gebrochenes Herz wieder ganz machen könnten. Besonders jetzt nicht, wo das Summen der Drohnen immer näher kam.

»Wir haben nicht mehr viel Zeit«, sagte Malakas. Er setzte das Fernglas ab, griff wieder in seinen Rucksack und nahm zwei große Rettungsdecken aus reflektierender Folie heraus.

»Los, bedeckt euch damit«, sagte Malakas. »Dadurch wird eure Körperwärme verborgen, sodass die Wärmekameras in den Drohnen uns nicht sehen … hoffe ich zumindest.«

Ich legte eine der beiden Decken um Rosa und ihre Kinder.

Die Drohnen kamen immer näher. Ich sah sie schon als düsteren schwirrenden Schatten über den Bäumen. Fühlte ihr Summen unter meiner Haut. Der Himmel senkte sich herab und hielt uns mit grausamem, dröhnendem Griff gefangen.

»Tut mir leid«, murmelte der Vulkan. »Aber ich glaube … wir sollten wirklich los.«

»Ja. Er hat recht«, sagte Malakas. »Auch mit den Decken ist es zu gefährlich, hier zu bleiben.«

»GEHT!«, sagte Rosa entschieden. Sie riss die Folie von sich und hob das Gesicht gen Himmel. Genau wie meine Mami auf dem Boden des Busterminals, als sie uns die Freiheit schenkte, die sie selbst nicht mehr besaß.

Sie war keine Märtyrerin. Sie war eine Mutter.

Der Vulkan deutete uns an, dass wir ihm folgen sollten. Wir konnten nicht länger warten. Als ich mich vom Tümpel wegdrehte, klammerte sich etwas Eisiges an meinen linken Fuß. Keuchend sah ich hinunter. Es war Rosas Hand.

»Bitte, Vali«, sagte sie und sah mich mit glänzenden Augen an. »Bitte, vergiss ihn nicht.«

»Nein, das werde ich nicht.«

»Sein Name ist Tomas Roberto Mejia. Er ist ein guter Junge. Er lacht und macht Witze, und er läuft sehr, sehr schnell.«

Ich nickte, um ihr zu zeigen, dass ich sie verstand. »Ich werde ihn nie vergessen. Versprochen.«

Sie zog Tomas wieder an ihre Brust und wiegte ihre Kinder über dem offenen Grab. Schloss die Augen und bedeckte ihre Köpfe mit Küssen, als versuchte sie, die Kinder zum Schlafen zu bringen. Als würde sie ihnen ein Lied vorsingen oder eine Geschichte mit Happy End erzählen.

Und obwohl es für sie in dieser Welt kein Happy End mehr geben würde, waren sie durch eine Liebe miteinander verbunden, die stärker war als das Leben oder der Tod.

Eine Liebe, die sie weitertragen würde von hier zu dem, was auch immer als Nächstes kam.

Eine Liebe, die sie hielt, schützte, selbst als die Drohnen über ihnen herabstürzten.

Sie waren größer als alles, was ich jemals zuvor gesehen hatte – metallgraue Kugeln mit Greifarmen. Sie sahen aus wie Riesenspinnen. Malakas, der Vulkan, Ernie und ich liefen zu einem Haufen verrottetem Holz, der wahrscheinlich einmal eine Scheune gewesen war. Dort versteckten wir uns unter unseren Folien. Ich hob sie ein Stück an und sah, wie eine der Drohnen sich direkt über Rosa und ihrer Familie absenkte, ein dichtes Netz über ihnen ausspuckte und sie einfing.

No sabían, no sabían, no sabían que éramos semillas …

Ich sang, während Rosa, Tomas und Guadalupe aus dem morastigen Sumpf gezogen wurden.

Bis sie nur noch ein Streif am Himmel waren.

KAPITEL 20

Wir rannten den ganzen Tag, angetrieben durch das Bild von Tomas' blauen Lippen und von dem Metallnetz, das Rosa und ihre Familie in den Himmel gehoben hatte. Es gab nichts anderes zu tun, nichts zu sagen. Wir kommunizierten nur durch Keuchen und Tränen. Ernie humpelte, seine Fußsohlen waren mit Blasen übersät. Mein rechtes Handgelenk pochte und kribbelte. Unsere Münder waren trocken und unsere Lippen aufgesprungen.

Wir waren alle so schwach.

Zum »Abendessen« pflückte ich ein paar essbar aussehende Beeren, und wir kauten auf den saubersten Rindenstücken, die wir finden konnten, damit unsere Mägen etwas anderes zu tun hatten, als sich selbst zu verdauen. Zum »Nachtisch« sagte Malakas, sollten wir an Steinen lutschen, um nicht zu dehydrieren. Wir entdeckten einen Graben, in dem wir uns die Nacht über versteckten, und ließen uns keuchend und stöhnend hinein fallen. Keins unserer Handys hatte noch Strom. Ernie saß an meiner Seite, während ich auf Mamis Karte nachsah, wo wir uns befanden. Doch ihre blaue Kugelschreiber-Linie half uns nicht mehr – sie endete in New York.

Es gab keine weiteren Hinweise, denen wir folgen konnten, bis auf eine gestrichelte Linie, die irgendwo im Norden von Texas anfing. Aber ich hatte keine Ahnung, wo wir uns im Verhältnis dazu befanden.

»Ich schätze mal, wir sind irgendwo … zwischen hier und hier?«, sagte ich und zeigte auf eine pastellrosa Fläche unterhalb von Scutter, Oklahoma. Immerhin konnten wir uns mit Malakas' Kompass etwas orientieren. Malakas suchte mit seinem Fernglas in alle Richtungen den Himmel ab und versicherte uns, dass keine weiteren Drohnen zu sehen waren.

Der Vulkan hatte nichts beizutragen. Er weinte nur in einem fort.

»Es tut mir leid«, schluchzte er. Der große Mann war völlig außer Atem, sein Shirt blutbefleckt. Es war das Blut des Typen von der Deportationseinheit, den er am Morgen erschossen hatte. »Ich hab noch nie … noch nie … Ich hab einfach … Ich hab gesehen, wie der Typ auf Rosa losgegangen ist, und da ist bei mir was ausgehakt. Ich musste ihn aufhalten. Es kam mir einfach … viel zu bekannt vor.«

Ich wusste nicht, was mich mehr verblüffte – die tatsächlichen Worte des Vulkans oder der weiche, verletzliche Ton, den er jetzt hatte, als er um Rosa, Tomas und Guadalupe und wohl noch etwas anderes, Persönliches weinte. Er hatte seinen stacheligen Panzer aus Wut aufgebrochen und sah uns ganz offen an. Es war wunderschön und schrecklich und faszinierend zugleich, ihn so reden zu hören. Er fing an, uns zu erzählen, wie es gewesen war, in Rio de Janeiro aufzuwachsen. Er mochte sein Viertel, seine Freunde, seine Familie. Der Vulkan hatte zwei ältere Schwestern, die ganz in ihn vernarrt waren und ihm Sambatanzen beibrachten. Doch eine der Schwestern hatte einen Freund, der irgendwann Mitglied in einer Gang wurde. Sie wollte sich von ihm trennen, aber dann kam er mit zwei Freunden zu ihnen nach Hause. Jeder von ihnen hatte eine Pistole im Hosenbund.

Es sprudelte nur so aus dem Vulkan heraus.

»Sie haben Juliana an den Haaren gepackt. Sie haben sie herumgewirbelt wie eine Puppe. Dann kam meine Mom herein und hat versucht, sie zum Aufhören zu bewegen. Sie haben meiner Mutter in den Bauch geschossen … aber ich … konnte mich nicht bewegen. Da war so viel Blut. So viel Geschrei.«

Ernie wimmerte.

Wie durch ein Wunder überlebten seine Mutter und seine Schwester. Er konnte es nicht glauben. »Ich dachte, sie würden beide sterben – besonders meine Mom. Ich dachte, ich würde sie nie wiedersehen, und der Gedanke daran, dass sie noch nicht einmal gewusst hatte, wer ich wirklich war, machte mich unglaublich traurig. Trauriger, als ich es je zuvor gewesen war …«

Als sie sich erholt hatte, erzählte der Vulkan seiner Mutter, dass er schwul war. »Als ich es ihr sagte, strahlte sie übers ganze Gesicht. Sie legte mir die Hände auf die Wangen und sagte, ich sei perfekt. Aber in Brasilien schwul zu sein … das war damals *nicht* leicht. Und so hat meine Mom …«

Er unterdrückte ein Schluchzen, und wir warteten gespannt, wie es weiterging. Doch ich ahnte bereits, dass sie tot war, so schmerzerfüllt, wie seine Stimme klang.

»Sie wusste, dass ich in Brasilien nicht überleben würde«, murmelte der Vulkan. »Sie hat so viel getan, nur damit ich hierherkommen konnte.«

Sie verkaufte praktisch all ihr Hab und Gut, um jemanden dafür zu bezahlen, den Vulkan in die USA zu schmuggeln. Als er hier ankam, war er noch ein Teenager und wurde in New York zwischen verschiedenen Pflegefamilien umhergeschoben.

»Schließlich fand ich einen Job«, fuhr er fort. »Ich spülte Geschirr und sparte jeden Cent.«

Kurz darauf fingen die Razzien an. Der Vulkan kaufte sich von seinem wenigen Geld einen gefälschten Chip, aber der Mann, der ihm den Chip injizierte, benutzte eine schmutzige Spritze. Der Vulkan bekam eine schreckliche Infektion und gab den Rest seiner Ersparnisse für Medikamente aus, ging in Krankenhäuser, die versprachen, ihn nicht zu melden.

Schon bald war er obdachlos. Er verbrachte Tage und Nächte in den U-Bahnen New Yorks und fuhr ziellos durch die Bezirke. Er lebte in der U-Bahn, sagte er. Aß in der Bahn, schlief in der Bahn, lehnte sich sogar hinten aus dem Zug, wenn er mal oberirdisch fuhr, um einen Sonnenstrahl oder einen Regentropfen einzufangen.

»Meine Lola und ich sind viel Bahn gefahren«, sagte Malakas. »Vor allem am Wochenende, wenn sie nicht arbeiten musste. Sie wollte, dass ich jeden Teil von New York sah.«

Malakas und der Vulkan fingen an, sich darüber zu unterhalten, was für verrückte Sachen sie in der U-Bahn erlebt hatten. Es war schon irgendwie lustig – dass sie direkt nebeneinander in derselben Bahn gesessen haben konnten, ohne es zu wissen. Vielleicht um denselben Platz gekämpft hatten, ohne zu ahnen, dass sie eines Tages in der Wildnis zusammen in einem Graben kauern würden. Und beteten zu überleben.

»Aus der Zeit kenne ich die Silberdecken«, erklärte Malakas. »Ich bin immer gern mit der Bahn nach Morningside Heights raufgefahren, um mir die Sterne anzugucken. Lola kaufte uns Silberdecken, damit wir bis spätnachts draußen bleiben konnten, selbst wenn es kalt wurde.«

Ich schloss die Augen und versuchte mir diese kühlen Nächte vorzustellen, die Züge, die durch Städte, Berge, Raum und Zeit fegten. Und uns irgendwohin brachten, wo wir in Sicherheit waren.

Doch stattdessen sah ich Bilder aus meinen eigenen Erinnerungen an Züge. Oder vielmehr an einen speziellen Zug – *la Bestia. La Bestia* war der Güterzug, der durch Mexiko fuhr und mit dem die Menschen vor Dürren, Hungersnöten, Kriegen und der Armut in Lateinamerika flohen. Ich erinnerte mich daran, wie ich mit Mami und Papi auf dem Dach von *la Bestia* in der Sonne kochte. Nachdem wir Kolumbien verlassen hatten, verbrachten wir mehrere Tage da oben. Ich hatte Angst, weil wir so exponiert waren und jeden

Moment angegriffen werden konnten. Und einzuschlafen war genauso lebensgefährlich. Es gab keine Möglichkeit, sich auf dem heißen Metalldach abzusichern. Manchmal dösten Leute ein, und im nächsten Moment fielen sie vom Dach.

La Bestia war grausam, gab uns aber auch Hoffnung. Mami, Papi und ich fuhren darauf durch fast ganz Mexiko. Als wir in den USA ankamen und die Palmenhänge und den Schmetterlingsgarten in San Diego sahen, rief Papi: *¡Dios bendiga la Bestia!* Gott segne *la Bestia*!

»Moment! Was, wenn … der Zug!«, platzte ich heraus.

»Der Zug?«, fragte der Vulkan.

Malakas sah uns beide unsicher an, während Ernie an meinem Ärmel zog.

»Fahren wir mit dem Zug?«, fragte er. »Bitte, sag Ja. Bitte, bitte, bitte, sag Ja.« Er zeigte mir seine roten, von Blasen übersäten Füße, um seinen Worten Nachdruck zu verleihen.

»Wir fahren *auf* dem Zug«, erklärte ich.

Malakas sah mich mit großen Augen an.

»Es muss hier einen Zug geben, der nach Kalifornien fährt, stimmt's? Ich glaube, hier auf der Karte sind Bahnstrecken eingezeichnet«, sagte ich und zeigte auf die gestrichelte Linie.

Malakas, der Vulkan und Ernie beugten sich vor, um zu sehen, was ich meinte. Mit Ernies kleinem Finger als Lineal schätzten wir, dass wir etwa dreißig Kilometer nach Südwesten laufen mussten, um an nächster Stelle auf Gleise zu stoßen.

»Dreißig?«, wiederholte Ernie in klagendem Ton.

»Ja«, sagte ich. »Aber das ist besser als hundert. Oder dreihundert.« Wir waren schon so weit gekommen. Wir hatten schon so viel verloren. Ich durfte ihn jetzt nicht aufgeben lassen.

Ich dachte an Rosa, wie sie das Gesicht dem Himmel zugewandt hatte, und Mami, wie sie *LOS!* rief.

»Wir schaffen das«, sagte ich zu meinem kleinen Bruder. »Wir *müssen* es schaffen.«

KAPITEL 21

Eine Textaufgabe.

Denn früher waren solche Probleme in meinem Leben nichts weiter gewesen als Matheaufgaben, nicht meine Realität.

Wenn vier Menschen am Rand eines trostlosen, versengten Felds stehen, ohne Essen, ohne Wasser und ohne zu wissen, ob sie jemals ihre Familien wiedersehen, und ein fahrerloser Güterzug mit etwa achtzig Stundenkilometern auf sie zukommt, wie schnell und wie weit müssen sie springen, ohne dabei zu sterben?

Egal, wie oft wir über die wahrscheinliche Zuggeschwindigkeit und den Verlauf seiner Route sprachen, ich wusste, ich würde mich nie vollständig vorbereitet fühlen. Es gab nichts Vorhersagbares oder Lösbares an dieser Gleichung. Wir waren mithilfe von Mamis Karte und Malakas' Kompass die etwa dreißig Kilometer zu den Bahngleisen gelaufen. Es sah so aus, als ob wir, wenn wir es auf den Zug schafften – *falls* wir es auf den Zug schafften –, damit bis ins Verde Valley nahe der kalifornischen Grenze fahren könnten.

Das war jedenfalls unsere Hoffnung.

Einen weiteren Tag lang hielten wir uns versteckt, durchstöberten Abfalleimer nach Essbarem, um etwas Kraft zu gewinnen, und versuchten, die Fahrtzeiten der Züge zu durchschauen. Die meisten Züge fuhren fahrerlos und elektrisch, transportierten absurderweise aber Kohle durch die Gegend und lieferten ihre Ladung an einer Reihe von Silos ab. Natürlich war es viel zu riskant, bei einem Halt auf einen Zug zu klettern. Aber kurz vor einem Silo würde der Zug seine Fahrt verlangsamen, wir mussten also bloß nah genug an eins herankommen.

Und so standen wir vier am nächsten Morgen ungefähr fünf Kilometer von einem glänzenden Silo entfernt an einem staubigen Bahndamm. Offenbar hatten wir wirklich bloß zehn Sekunden Zeit, in denen der Zug seine Fahrt verlangsamte, und trotzdem würde er noch mit ziemlicher Geschwindigkeit unterwegs sein.

»Bist du bereit, kleiner Mann?«, fragte Malakas Ernie. Ernie nickte. Er wirkte gleichermaßen besorgt und aufgeregt. Der Vulkan dagegen sah einfach absolut verängstigt aus. Er sagte immer wieder, er sei nicht stark genug und es müsse doch eine andere Möglichkeit geben. Er schlug vor, allein zu laufen, wenn wir später einen Treffpunkt vereinbaren könnten. Vielleicht könne er einfach den Gleisen folgen und in der Nähe des nächsten Silos wieder zu uns stoßen.

»Hey, ich will das auch nicht«, gab ich zu. »Aber wir haben noch *tausendsechshundert Kilometer* vor uns. Die Deportationseinheit kann überall sein, und mein Arm fühlt sich an, als würde er jeden Moment abfallen. Und ich weiß nicht, was mit dir ist, aber ich kann nicht länger nur von Abfall und Beeren leben.«

»Aber ich … ich …«

»Du schaffst das«, sagte ich und sah ihm fest in die Augen.

X

Eine Erinnerung.

Weil Erinnerungen so wertvoll waren und sich genauso echt anfühlten wie der gegenwärtige Moment oder irgendeine mögliche Zukunft.

Ich stand auf einem hohen Felsvorsprung und blickte auf den Pazifik. Papi war bereits im eiskalten Wasser und feuerte mich an, und Mami saß im Sand und stillte Ernie.

»Du kannst das, *mi'ja*! Spring!«, rief Papi. Ich wollte ihm zeigen, dass ich sein mutiges kleines Mädchen war, aber das Wasser schien mir immer weiter entfernt. Mein Blick war verschwommen und ich zitterte so sehr, dass ich letztendlich doch kniff.

Ich lief zurück zu Mami und Ernie, und brennende Scham ergriff mich. Papi kam tropfnass aus dem Wasser gelaufen.

»Was ist mit meiner mutigen Valentina passiert?«, fragte er.

Ich vergrub das Gesicht in einem Handtuch, ich war viel zu enttäuscht von mir selbst, um etwas zu sagen.

»*No la presiones*, Juan-Pablo«, sagte Mami.

»Wovon redest du? *Ella puede. ¡Ella es valiente!*«

»Sie will dich beeindrucken!«, gab Mami zurück, als ob ich nicht direkt neben ihr lag und vor Selbstmitleid verging. »*Déjala en paz.*«

»*Lo siento*«, sagte Papi mit sanfterer Stimme. »Wir versuchen es nächstes Mal wieder, *¿bueno? Sigues siendo mi Valentina valiente.*«

Nur gab es kein nächstes Mal. Zumindest nicht mit meinem Papi. Einen Monat später war er im Gefängnis und ich flehte ihn am Telefon an, mir zu sagen, wann wir das nächste Mal alle zusammen an den Strand gehen konnten.

»*Pronto, mi'ja. Pronto.*«

»Ich übe nämlich zu springen«, erzählte ich ihm. »Nächstes Mal springe ich.«

X

»Da kommt er«, verkündete Malakas. »Setzt eure Rucksäcke auf …«

Die Luft fühlte sich drückend und aufgeladen an. Mein Blick war verschwommen. Ich zitterte. Aber ich konnte jetzt nicht kneifen. Während ich den Zug auf uns zukommen sah, beschloss ich, dass meine Eltern beide recht gehabt hatten. Es war zu viel Druck, aber ich war auch sehr mutig.

»Okay, ich zähle runter«, sagte Malakas. »Zwanzig, neunzehn, achtzehn …

»Warte!«, rief Ernie. »Was ist, wenn ich nicht weit genug

springe? Was ist, wenn alle anderen es schaffen, nur ich nicht? Was ist, wenn der Zug uns zermatscht oder die Deportationseinheit da drin ist und aus den Fenstern klettert? Was ist, wenn …?«

Alles berechtigte Fragen, auf die ich keine Antworten hatte. Das Einzige, was ich meinem kleinen Bruder mit Gewissheit sagen konnte, war:

»Wenn ich es schaffe und du nicht, springe ich wieder runter. Ich werde …«

»Drei, zwei, eins, los!«

Und dann taten wir das einzig Mögliche – wir sprangen. Alles in mir spannte sich an und zog sich zusammen. Ich hatte ein ganz flaues Gefühl im Magen. Malakas war kurz vor uns. Ernie war direkt neben mir. Wir befanden uns am Abgrund, sprangen entweder ins Leben oder direkt in den Tod. Ich umklammerte den Arm meines Bruders und schleuderte uns beide vorwärts. Dann griff ich nach der kochend heißen Außenwand des Zugs.

Rums.

Meine Nase schlug gegen die Wand, und ich biss mir so fest auf die Zunge, dass mir der Mund sofort voll Blut lief. Doch abgesehen davon ging es mir gut. Und Ernie auch. Mit zerzaustem Haar sah er mich triumphierend an. Wir krallten uns an Lüftungsschlitzen fest und zogen die Knie an den Oberkörper.

»Alles okay?«, rief Malakas.

»Ja!«, antwortete ich. Mein rechtes Handgelenk fühlte

sich an, als würde es explodieren, aber ich versuchte, in den Schmerz hineinzuatmen.

Die Außenwand des Zuges war viel glatter, als ich gedacht hatte. Meine Füße rutschten immer wieder unter mir weg, als befände ich mich in einem riesigen Hamsterrad. Doch Ernie kam gut zurecht und kletterte die Wand weiter hoch. Seine langen, spinnenartigen Beine waren für diesen Spider-Man-Move wie gemacht.

Ich schaffte es, meinen linken Fuß auf einen Metallsaum zu setzen. Von dort konnte ich mich mithilfe meines rechten Knies und Ellbogens weiter hochziehen. Dann rollte ich mich aufs Dach, und vor Erleichterung traten mir die Tränen in die Augen. Aber ich hatte keine Zeit, das Gefühl länger zu genießen. Der Vulkan kämpfte immer noch fluchend an der Seite des Zuges.

»Das ist … zu schwer!«, schrie er.

»Du schaffst das!«, rief Malakas.

»Nein, ich schaff's nicht!« Der Vulkan war panisch. »Ich kann das nicht!«

Er krallte sich mit weiß hervortretenden Knöcheln an einem Lüftungsschlitz fest, während er mit den Beinen wild in die Luft trat und immer wieder schrie: »Ich kann das nicht!«

»Doch, kannst du!«, schrie ich ihn an.

»Nein!«

Ich sagte Ernie, er solle mir die Arme um den Bauch legen, und dann sagte ich Malakas, er solle das Gleiche bei Ernie tun. So bildeten wir drei einen menschlichen Flaschenzug –

wir zerrten und zogen, bis der Vulkan auf dem Dach landete wie ein gestrandeter Wal. Er schnappte nach Luft und stotterte eine Art Entschuldigung oder einen Dank.

»Ich konnte einfach nicht … Ihr seid alle so …«

Er brabbelte die ganze Zeit vor sich hin, wie viel wir ihm bedeuteten. Doch ich war noch immer gefangen zwischen meiner eigenen kaum überstandenen Todesangst und dem Erstaunen darüber, dass wir es geschafft hatten.

Ernie brachte als Erstes etwas heraus. »Mann, sind wir gut!«

Und dann konnten wir vier tatsächlich lachen.

Wir schnürten Malakas' Seil um den Metallrost oben auf dem Zug und banden uns alle daran fest. Ich saß zwischen Ernie und Malakas und stieß abwechselnd immer wieder gegen sie. Die ersten paar Male entschuldigte ich mich noch bei Malakas. Doch nach einer Weile hörte ich damit auf. Es war sinnlos, mich zu entschuldigen. Das hier war alles vollkommen außerhalb unserer Kontrolle.

Wenn ich doch nur hätte vergessen können, was möglicherweise um uns herum lauerte. Oder sogar direkt unter uns. Vor uns erstreckte sich die Ebene in einem Schachbrettmuster aus Grau- und Brauntönen. Die einzigen Farbtupfer waren die Reihen von gentechnisch verändertem Mais – die Blätter waren viel zu grün und perfekt gewachsen, die Stiele zu dick mit den neongelben Puscheln daran.

Ich wusste nicht, was schlimmer war, meine körperlichen Schmerzen oder die emotionalen. Ich spürte meinen Herzschlag in der Brust, in den Ohren, im Hals, sogar hinter den

Augen. Ich hatte das niederdrückende Gefühl, dass der Himmel, auch wenn er jetzt frei von Drohnen war, nur darauf wartete, sich auf uns herabzusenken und uns alle auf einmal zu zerquetschen.

»Oh, das ist lustig mit Augen zu«, sagte Ernie. Ich wollte ihn zurechtweisen, dass das hier kein Spiel war, dass wir auf alles achtgeben mussten. Doch er wirkte so ruhig mit den geschlossenen Augen und dem zur Seite gefallenen Kopf. Ein leichtes Lächeln breitete sich auf seinem Gesicht aus.

Als ich die Augen zumachte, musste ich mir eingestehen, dass es sich wirklich ganz schön toll anfühlte. Zuerst war es wie Achterbahnfahren, alles drehte sich, und ich wurde in eine neue Dimension geschleudert. Ich dachte an die Achterbahnfahrt mit Mami vor vielen Jahren in San Diego. Es hatte jede Menge Kurven und Windungen gegeben, bevor wir durch künstliche Berge und einen Zauberwald auf einen Looping zurasten. Die Feen und Lutscher waren himmelhoch. Kurz glaubte ich an Prinzessinnen und Riesen und sprechende Mäuse.

Ich dachte an das Mädchen im Mickey-Mouse-T-Shirt an der Grenze, und mein Herz fing wieder an zu rasen. Nur hatte ich jetzt hier oben nicht mehr das Gefühl, gejagt zu sein. Es fühlte sich mehr nach einem Impuls an. Das Mädchen war so mutig gewesen, so entschlossen. Ich fragte mich, ob sie in dem Moment, als sie in Stücke gerissen wurde, nur noch einen brennenden, sengenden Schmerz gespürt hatte. Oder fühlte sie sich vielleicht erlöst? Schwerelos und frei?

Ich wollte dem Mädchen irgendwie mitteilen, dass sie mir Mut und Entschlossenheit geschenkt hatte. Dass ihre fünfzehn Schritte nicht vergebens gewesen waren. Ich wusste nicht, ob wir es nach Kalifornien schaffen würden. Aber ihr Gesicht gab mir Hoffnung.

x

Als die Sonne unterging und die Luft kühler wurde, waren wir immer noch hier. Der Wind nahm jetzt zu. Ich hielt Ernie fest in den Armen und spürte, wie die auf mich zuströmende Luft alles Vorherige wegfegte und meinen Kopf leerte.

Malakas bot mir an, mich an seine Schulter zu lehnen, was ich wortlos tat. Sein Herz war jetzt so nah, dass ich es in meinem Ohr pochen hörte.

Wumm wumm wumm. Gleichmäßig, kräftig.

Unter den gegebenen Umständen gab mir das beinah ein Gefühl von Sicherheit. Der Zug glitt leise durch den stillen Abend in die Nacht. Ernie legte sich hin und rollte sich in meinem Schoß zusammen. Es dauerte nicht lange und er war eingeschlafen. Ich blickte auf seine geschlossenen Augen, die Mamis so ähnlich sahen mit ihren hohen, geschwungenen Augenbrauen und den langen, dichten Wimpern. Ich wünschte, Mami könnte ihn sehen. Sie wäre so stolz.

Kurz darauf hörte ich den Vulkan hinter Ernie schnarchen. Tausende Sterne zwinkerten uns zu, und sogar eine Mondsichel war zu sehen. Malakas nahm sein Fernglas und sagte, er würde wach bleiben und aufpassen, falls ich auch schlafen wollte.

Ich schloss die Augen und versuchte es, doch meine Gedanken gaben keine Ruhe.

Diese Nacht war einfach zu voll. Angst und Hoffnung und Verwirrung und Erleichterung kämpften in mir um Aufmerksamkeit. Ich hatte keine Ahnung, wie ich so viele Gefühle auf einmal aushalten sollte. Und dazu noch die tausend unbeantworteten Fragen.

Ich öffnete die Augen wieder. »Kann ich dich mal etwas fragen?«, richtete ich mich an Malakas.

»Klar.«

»Wie lange machst du das schon?«

»Wie lange mache ich *was*?«

»Fliehen.«

Malakas hielt kurz inne. »Seit sie meine Lola festgenommen haben. Aber eigentlich schon, seit ich in die USA gekommen bin«, sagte er. »Und du?«

»Ich auch.« Ich erzählte ihm, wie Mami, Ernie und ich die letzte Nacht in Vermont zusammengedrängt unter der Decke gelegen hatten, während Ernie immer wieder fragte: *Warum? Warum? Warum?*

»Kommst du aus Vermont?«, wollte Malakas wissen.

»Nein.« Stolz richtete ich mich auf. »Ich komme aus der Stadt Suárez in Kolumbien.«

»Ich wollte schon immer mal nach Kolumbien.«

»Echt?«

»Ja, ich will unbedingt mal in die Tatacoa-Wüste. Da, wo es diese unglaublichen Meteorschauer gibt?«

»Noch nie von gehört«, gab ich zu.

»Ich bin halt ein ziemlicher Astronomie-Nerd«, sagte Malakas. »Egal … Wie ist Suárez denn so?«

Ich erzählte ihm alles über meine Heimatstadt in der Provinz Cauca, alles, woran ich mich erinnern konnte. Von den schönen Picknicks am Flussufer. Von den leuchtend grünen Blättern, die ein Dach über uns bildeten. Vom Geschmack frischer Mangos, so süß, dass ich weinen musste, und den vielen Ausflügen nach Buga, wo Mami in der großen rosa Kirche um Wunder betete. Ich wusste nicht, ob ich an Wunder glauben sollte, aber wenn ich jetzt in der Kirche gewesen wäre, hätte ich um so viele Dinge gebetet: dass Mami und Rosa mit ihren Kindern in Sicherheit waren und wir es alle nach Kalifornien schafften, bevor die Deportationseinheit sich neue Methoden einfallen ließ, uns aufzuspüren. Ich blickte auf mein schmerzendes Handgelenk.

»Ich hab mich noch gar nicht bei dir bedankt«, sagte ich. »Dafür, dass du meinen Chip entfernt hast.«

Malakas griff behutsam nach meiner rechten Hand, und ich zuckte leicht zusammen. Sein Handgelenk war genauso geschwollen, soweit ich es bei den Lichtverhältnissen erkennen konnte.

»Ja, ich glaube, ich werde kein Chirurg«, sagte er mit einem traurigen Lachen.

»Ich auch nicht. Aber weißt du, *was* du werden willst?«

»Abgesehen davon, frei zu sein?«

»Ja.«

Malakas erzählte mir wieder etwas über Astronomie und dass er Exoplaneten und die Entstehung von Galaxien studieren wolle.

»Wow.«

»Ich finde es einfach schön zu wissen, dass es all diese anderen Welten da draußen gibt. Dass die Menschen nicht das Zentrum des Universums sind.«

Das konnte ich absolut verstehen. Gegen die Sonne und den Mond war selbst die Deportationseinheit mit ihren Drohnen machtlos.

Danach schwiegen wir, und Malakas nahm wieder meine Hand. Er machte einen langsamen, tiefen Atemzug und verschränkte seine Finger mit meinen. Seine Hand fühlte sich warm und beruhigend an. So saßen wir lange Zeit in der Stille. Es war noch nicht mal eine beängstigende Stille. Wovor sollten wir schließlich noch Angst haben?

Ich fragte mich, wie es wohl wäre, wenn Malakas und ich uns in einem völlig anderen Kontext begegnet wären – wie auf dem Flur irgendeiner blöden Highschool oder in der Schlange vor einem Konzert. Vielleicht dachte Malakas gerade etwas Ähnliches, denn er fragte: »Wenn du überall auf der Welt sein könntest, wo würdest du hinwollen?«

»Nach Kalifornien«, antwortete ich sofort. »Und du?«

»Ich wollte schon immer auf die Galapagos-Inseln. Oder auf die Internationale Raumstation.«

»Oh, okay.« An solche Möglichkeiten hatte ich nicht gedacht. Daran, wirklich die Wahl zu haben, wo ich hingehen oder wer ich sein könnte. An ein Leben fern von diesem Wahnsinn. »Okay, warte, kann ich meine Antwort noch ändern?«

»Klar.«

»Ich will auch auf die Raumstation. Ich meine, wenn du nichts dagegen hast. Wir könnten eine Fahrgemeinschaft bilden.«

Malakas lachte. Dann hob er meine Hand an seine Lippen und küsste sie sanft.

»Ja«, sagte er. »Das machen wir.«

KAPITEL 22

Als wir am nächsten Morgen in der Sonne schmorten, kam mir der Himmel gar nicht mehr so zauberhaft vor. Wir aßen die paar letzten Beeren, die wir uns noch aufgehoben hatten, und dann schlug Malakas vor, dass wir uns wieder mit den Silberfolien bedeckten, um uns vor der brennenden Sonne zu schützen. Ernie und ich saßen zusammen in unserem kleinen Silberkokon, und schon nach kurzer Zeit hatte ich das Gefühl, zu schmelzen.

Abwechselnd hielten wir mit Malakas' Fernglas Wache. Doch es fiel mir schwer, mich zu konzentrieren. Die Landschaft war einfach trostlos. Offenbar hatte auch hier ein Sturm gewütet – oder ein Flächenbrand. Während der Zug weiter nach Südwesten fuhr, sah ich kilometerweit nur verbrannte Felder und Weiden, umgestürzte Windmühlen und eingefallene Farmhäuser mit fehlenden Dächern. In der Ferne waren Reihen von aufgegebenen Ölbohrplattformen zu erkennen, die wie lauernde Dinosaurier wirkten.

Malakas' Kompass verriet mir, dass wir in die richtige Richtung unterwegs waren. Aber ich wusste nicht, wie weit wir schon gekommen waren. Es wurde bloß immer heißer und trockener. Am Ende des zweiten Tages schmerzte selbst Blinzeln, weil ich kaum noch Flüssigkeit im Körper hatte.

Doch wenigstens war ich immer noch frei.

X

»Tut mir leid, dass ich dich wecke. Aber das musst du dir ansehen«, flüsterte der Vulkan mir zu. Es war früh am Morgen unseres dritten Tages auf dem Zugdach. Der Vulkan hatte die letzten paar Stunden Wache gehalten und deutete jetzt nickend auf etwas am Horizont.

Ich nahm das Fernglas von ihm und blickte hindurch. Ich konnte nicht erkennen, was dort war, egal wie nah ich es heranzoomte. Alles war mit Ruß bedeckt, und während der Zug durch die Landschaft raste, wirbelte er nur noch mehr Staub und Schutt auf.

»Was glaubst du, was das ist?«, fragte der Vulkan.

»Ich … weiß es nicht.«

Zuerst dachte ich, es wären große graue Wolken, die im Osten über dem Boden schwebten. Dann erkannte ich, dass es überhaupt keine Wolken waren, sondern riesige Zelte inmitten der Wüste. Jedes einzelne hatte mindestens die Größe eines Fußballfeldes.

»Das hat bestimmt was mit der Regierung zu tun«, sagte ich. Ich drückte auf den Knöpfen vom Fernglas herum und stellte die Linse so weit wie möglich ein. Ich musste wissen, was da war.

Dann sah ich die leuchtend gelben Buchstaben auf der Seite von einem der Zelte: **DEPORTATIONSEINHEIT**.

»Nein! Verdammt! Nein, nein, nein!«

»Was nein?«, fragte Ernie, der erschreckt aufwachte.

»Was ist los?«, fragte Malakas verwirrt.

Der Vulkan versuchte, ihnen zu erklären, was wir gesehen hatten, sagte aber ziemlich oft *ähm* und *vielleicht*.

»Ist das die Deportationseinheit?«, fragte Ernie.

»Lass mich mal gucken«, sagte Malakas.

Doch ich weigerte mich, das Fernglas abzugeben. Meine Arme zitterten und ich hörte meinen Puls in den Ohren, während ich mich vorbeugte, um mehr zu erkennen. Eine der Zeltklappen ging auf. Drinnen im Zelt sah ich ein wildes Funkeln, das Sonnenlicht wurde in alle Richtungen reflektiert. Ich kniff die Augen zusammen, weil es so blendete, und schärfte wieder meinen Blick. Alles in den Zelten schien aus glänzendem Metall zu sein. Ich sah Säulen, oder vielleicht waren es auch Gitterstäbe. Und dahinter die Umrisse von Menschen.

»Sie sind in Käfigen gefangen!«, keuchte ich.

Dann sah ich aus einem der anderen Zelte eine Reihe von Leuten kommen. Ihre Haltung war gekrümmt und sie wankten wie Halbtote. Sie waren an den Hälsen aneinandergefesselt und wurden von bewaffneten Uniformierten begleitet.

»Nein!«, stöhnte ich. »Was … was zum Teufel ist da los?« Mir zog sich der Brustkorb zusammen.

»Lass mich gucken! Komm schon, Vali!« Ernie versuchte,

mir das Fernglas wegzunehmen, aber ich würde es auf keinen Fall loslassen.

Die Uniformierten schwangen ihre Knüppel durch die Luft, und die gefesselten Menschen wurden einer nach dem anderen zu Boden geschlagen. Dann schoss jemand mit der Pistole in die Luft, und die noch stehenden Gefangenen hoben in einer Geste der Unterwerfung die Hände hoch.

Und da war es: eine Reihe eisblau leuchtender Chips an ihren Handgelenken. Blass, aber eindeutig, selbst aus der Ferne. Das unheimliche Licht, das bis zu mir strahlte und mich aufschreien ließ.

»Was ist?«, rief Ernie. »Was siehst du?«

»Vali!«, sagte Malakas. »Wir müssen es wissen.«

Ich wollte ihm gerade das Fernglas geben, als ich sie erblickte.

»Mami?«, schrie ich. »Mami!«

Zumindest dachte ich, dass sie es war. Ich dachte, ich hätte ihr Gesicht gesehen, ihre starken Hände und den breiten Rücken. Ich dachte, ich hätte sie in der Reihe der schwankenden Migrantinnen und Migranten ausgemacht. Aber dann war sie auch schon wieder weg.

»Mami?«, brüllte Ernie. »Mami! Mami!« Er versuchte, sich selbst zu beruhigen, indem er sich mit den Fingern durch die Haare strich und sich mit den Handflächen über die Wangen rieb, so wie Mami es vor einem wichtigen Ereignis immer bei ihm gemacht hatte. Und die ganze Zeit wiederholte er: »Mami, Mami, Mami …«

»Beruhig dich, Ernie.« Ich nahm seine heißen, zitternden Hände in meine. »Ich glaube, dass sie es war, aber vielleicht ... war sie es auch nicht.«

»Aber du hast gesagt, du hast sie gesehen!«, rief er.

»Ich weiß nicht, ob sie es war. Ich hab sie nur ganz kurz gesehen. Ich ... ich ...«

»Wir müssen sie suchen! Wir müssen da hin! Los, komm!«, jammerte Ernie.

Der Zug entfernte sich immer weiter von den Zelten und fuhr jetzt in einem Bogen Richtung Westen. Verzweifelt zog ich an unseren Halteseilen, um uns loszumachen, bevor die Zelte ganz außer Sicht wären. Doch die Seile waren durch die Tage auf dem Metalldach so heiß, dass ich sie kaum anfassen konnte. Meine Finger brannten, obwohl ich die Seile nur ganz kurz berührt hatte.

»Was machst du da?«, fragte Malakas.

»Ihr könnt nicht mitten in der Wüste vom Zug springen«, warf der Vulkan ein.

Doch ich fragte sie gar nicht um Erlaubnis. Ich riss weiter an den Seilen und versuchte, ihren Protest zu ignorieren.

»Vali«, sagte Malakas. »Überleg doch mal, wie weit wir schon gekommen sind. Du weißt doch gar nicht, was da drin vor sich geht. Ihr könnt nicht einfach durch die Wüste laufen, nur weil du glaubst ...«

»Und was, wenn sie es war?«, fiel ich ihm ins Wort. »Ich meine, was ist, wenn deine Lola auch da drin ist? Wenn Rosa und ihr Baby da sind? Was ist ...«

»Und was, wenn nicht?«, unterbrach mich Malakas.

Ich gab den Versuch, uns loszubinden, auf. Die vielen *Was-wenns* überfluteten jede meiner Gehirnwindungen. Füllten mich aus und erstickten mich mit ihren schrecklichen Möglichkeiten. Ich ließ die Seile los, und eine lähmende Hilflosigkeit überkam mich. Sollte Mami in diesem brutalen Lager sein, am Hals gefesselt, wie konnte ich sie da zurücklassen, um sie vor sich hin vegetieren und sterben zu lassen? Und gleichzeitig, wenn sie es nicht war, wie konnte ich meinen Bruder der Gefahr aussetzen, von einem Zug zu springen und der Deportationseinheit in die Arme zu laufen?

Ich wusste nicht sicher, ob ich Mami wirklich gesehen hatte. Ich wusste gar nichts sicher. Ich hätte sie so gern gesprochen, sie um Rat gefragt. Wenn es eine Heilige oder Prophetin gab, an die ich glaubte, dann war es Liliana Ramirez. Wenn sie sagte, die Erde sei eine Scheibe, war ich die Erste, die ihr glaubte. Ich weiß noch, wie sehr ich mich als Kind immer gefreut hatte, wenn die Leute sagten, ich würde aussehen wie ihre Zwillingsschwester. Ich wollte unbedingt sein wie sie.

Sie hatte mich erschaffen. Ohne sie wollte ich nicht leben.

Nein. Ich wusste nicht sicher, ob Mami in einem dieser Käfige war. Doch die *Was-wenns* ließen mich nicht los. Der Zug steuerte weiter nach Westen, und schon bald würden die Käfige ganz aus meinem Blickfeld verschwunden sein.

Ich griff wieder nach den Seilen. »Bitte!«, flehte ich Malakas und den Vulkan an. »Könnt ihr mir helfen?«

Doch keiner von beiden bewegte sich schnell genug für mich. Und jetzt blickte Ernie durch das Fernglas.

»Moment mal«, sagte er. »Was sind das für Laster?«

»Das sind Zelte«, korrigierte ihn der Vulkan.

»Nein, Laster.« Ernie zeigte in die Wüste.

Malakas nahm ihm gerade das Fernglas aus der Hand, als die Bremsen vom Zug auf einmal anfingen zu stottern und zu quietschen.

»Mist«, murmelte er. »Wir müssen uns losbinden. SOFORT! Wir müssen springen!«

»Springen?«, fragte der Vulkan. »Scheiße!«

Ich brauchte das Fernglas nicht, um die Laster zu sehen. Sie näherten sich von Osten, große Staubwolken hinter sich aufwirbelnd. Wir vier rissen an den Seilen, krallten unsere Finger in die Knoten und zogen, bis sie sich lösten.

Alles passierte in Zeitlupe und drehte sich zugleich so schnell, dass ich das Gefühl hatte, jeden Moment in die Erdumlaufbahn geschleudert zu werden. Der Zug fuhr immer langsamer, die Sirenen der Deportationseinheit jaulten. Der Zug stand jetzt fast still.

»Springt! JETZT!«, rief Malakas.

Es blieb keine Zeit mehr für *Was-wenns*. Ich griff nach Ernies Hand. Und dann sprangen wir, zusammen, mit ausgestreckten Armen. Warfen uns in die Luft, und unsere Foliendecke flatterte hinter uns her. Vielleicht sahen wir in dem Moment sogar aus wie ein riesiger, majestätischer Vogel, der abhob. Und über allem schwebte.

KAPITEL 23

Mit dem Gesicht voran flog ich auf den Boden und landete unsanft auf Schulter und Brust. Die Luft wurde aus mir herausgepresst, und als ich wieder einatmete, musste ich einen Mundvoll Erde ausspucken.

Ernie lag gekrümmt neben mir.

»Alles okay?«, keuchte ich.

Er rieb sich stöhnend den Kopf und kniff die Augen zu – wohl um die Tränen zurückzuhalten.

»Kommt schon! Lauft!«, drängte Malakas aus ein paar Metern Entfernung. Sein Gesicht war staubbedeckt und seine Handgelenksbandage sah blutiger aus als vorher, aber Hauptsache, er war hier und am Leben. Doch wo steckte bloß der Vulkan?

x

Wir kämpften uns hoch und liefen los. Die Richtung war egal, wir mussten nur irgendwo Schutz finden und möglichst weit von der Deportationseinheit und dem Zug wegkommen.

Ernie packte mich am Arm. »Was ist mit dem Vulkan?«

Wir nannten ihn seit dem ersten Tag im Fleisch-Laster so, obwohl er sich als absolut guter, netter Typ erwiesen hatte. Und jetzt war er weg.

»Ich weiß es nicht«, flüsterte ich Ernie zu. »Komm weiter.« Ich sagte Malakas, er solle uns folgen, zog Ernie hinter mir her, und dann rutschten wir eine felsige Böschung hinab. Überall piksten mich Steine und Wurzeln. Schließlich landeten wir in einer Art Gebüsch. Das war der schmerzvollste Teil, denn dort wuchsen Brennnesseln, die uns an Schienbeinen, Armen und im Gesicht stachen.

»Au! Au!«, wimmerte Ernie.

Ich wollte ihn in die Arme nehmen und mir seine Wunden ansehen, doch es waren inzwischen unzählige, und die Männer der Deportationseinheit waren immer noch oben auf dem Hang.

»Mund halten! Hände auf den Rücken!«, bellte einer von ihnen.

»Leckt mich!« Das waren die letzten Worte, die wir vom Vulkan hörten.

Ich blickte Malakas an, dessen Augen sich mit Tränen füllten. Ich selbst presste die Lippen zu einer festen, zitternden Linie zusammen. So hatte ich es auch gemacht, als mein Papi mitgenommen worden war – weil ich fürchtete, dass ich schreien und brüllen und mit meiner Wut die ganze Welt zerreißen würde, wenn ich den Mund öffnete.

Dann erzitterte der Boden um uns herum, und Steine

und Sand rieselten die Böschung runter, während sich eine Drohne vom Himmel herabsenkte. Inzwischen wussten wir genau, was das bedeutete – es war genauso eine Drohne wie die, von der Rosa und ihre Kinder eingesammelt worden waren. Die ein Netz auswarf und damit ihre Beute einfing.

Ich schirmte Ernies Augen ab, damit er nicht zusehen musste. Sein Gesicht war tränennass. Die Drohne schnappte sich den Vulkan und stieg wieder in die Luft. Die Männer triumphierten.

Der hatte noch nicht mal einen Chip.

Hat gestunken wie der letzte Dreck.

»Wo bringen sie ihn hin?«, flüsterte Ernie. Ich sah auf den Boden. Ich konnte ihm nicht sagen, was ich wirklich dachte. Vielleicht würden sie ihm die Kehle durchschneiden. Vielleicht würden sie ihn über der Wüste abwerfen. Oder ihn in einen der Käfige sperren, am Hals fesseln und bewusstlos schlagen.

Ich wollte umdrehen und zurück zu den Käfigen laufen, um nachzusehen, ob Mami dort war. Doch selbst ohne unsere Chips waren Malakas und ich offensichtliche Ziele. Die Deportationseinheit hatte gerade den Vulkan geschnappt, dabei hatte auch er keinen Chip. Wir wussten nicht, wie die Regierung uns aufspürte.

Ich betrachtete meinen kleinen Bruder an meiner Seite. Er war schon so erschöpft und traurig. Selbst wenn ich bereit wäre, alles zu riskieren und zurückzugehen, um Mami zu suchen, wäre es ihm gegenüber nicht fair. Und Mami würde es mir nie verzeihen, wenn ich ihn allein in der Wüste zurückließ und mich für sie opferte.

Wieder einmal war unsere einzige Option wegzulaufen. Genau wie Mami es gesagt hatte:

Wenn sie hinter euch her sind, lauft. Lauft schneller als sie. Seid cleverer als sie. Aber vor allem, lauft.

Wir rannten durch ein Gewirr aus vertrockneten Büschen und kantigen Felsen und hockten uns immer nur kurz in die Schatten eines Gebüsches, um zu Atem zu kommen, bevor wir weiterliefen. Meine Beine fühlten sich taub an. Ich wusste, dass sie sich bewegten. Aber nur, weil sie es mussten. Doch ich konnte sie nicht steuern oder auch nur sagen, welchen Fuß ich absetzte und welche Ferse ich hob. Irgendeine Art Überlebensmodus schien mich vorwärts zu treiben. Mein Verstand konnte nichts Spezielles verarbeiten, außer, dass ich mich an Ernie klammerte.

Er kämpfte inzwischen ziemlich, schwankte und stolperte. Torkelte, als wäre er betrunken. Dann fing er an zu husten und hörte gar nicht mehr auf.

»Ganz ruhig. Atme«, sagte ich.

Einfacher gesagt als getan. Die Luft war dünn und staubig. Die Erde ausgedörrt und gesprungen. Auf allem lag ein Film aus Ruß – auf meiner Haut, meinen Haaren, meinen Gedanken. Selbst als wir versuchten, abwechselnd zu laufen und zu gehen, bekamen wir nicht genug Luft. Doch irgendwo in meinem Gehirn registrierte ich das Geräusch unseres Güterzugs, der gleichzeitig mit den Lastwagen der Deportationseinheit wieder losfuhr. Da blieb ich stehen.

»Das war's also?«, rief Ernie. »Er ist einfach weg?«

Die Worte taten mir in der Seele weh, ich war so voller Sehnsucht und Ungewissheit. Jetzt waren nur noch wir drei übrig. Vor uns lag die endlose Wüste, und wir hatten keinen einzigen Tropfen Wasser mehr in unseren Rucksäcken.

»Ich glaube … wir müssen in *die* Richtung. Ich wette, da finden wir einen Kaktus.« Ich versuchte, etwas zuversichtlich zu klingen, oder zumindest nicht ganz so unsicher, wie ich war, und ging weiter.

Die Richtung war Westen.

Die Richtung war die entgegengesetzte Richtung von den Zelten und Käfigen und der geringen Chance, den Vulkan, Rosa, Lola und Mami zu retten.

Die Liste der Vermissten wurde immer länger. Doch als ich meinen kleinen Bruder so neben mir durch die Wüste stapfen sah, sagte ich mir, dass es die richtige Entscheidung war. *Die* Richtung war unsere einzige Möglichkeit. Also gingen wir weiter.

Die Sonne war jetzt so stark, dass wir nur noch von einem trockenen Gebüsch zum nächsten liefen. Ich hatte keine Ahnung, ob wir uns tatsächlich vorwärtsbewegten oder bloß im Kreis stolperten. Manchmal fanden wir als einzigen Schutz nur den Schatten eines Felsens. Dann kamen noch beängstigendere Abschnitte, auf denen wir der Sonne völlig schutzlos ausgesetzt waren. Aus dem Boden ragten vertrocknete

Zweige und die Stümpfe verbrannter Bäume. Ernie entdeckte die Überreste toter Präriehunde und weinte bitterlich.

Laut Mamis Karte und Malakas' Kompass befanden wir uns am Anfang des Verde Valley, auch wenn nichts daran grün war. Es gab bloß ein paar niedrige braune Bäume, unter denen wir zwischendurch immer wieder ein bisschen Schatten suchten. Nachdem wir ungefähr eine Stunde gelaufen waren, fand ich einen knorrig aussehenden Kaktus und trennte mit Mamis Küchenmesser ein Blatt ab. Die Dornen stachen mir in die Hände, und als ich die Kakteenhaut abzog, um an das saftige Fleisch zu kommen, war kaum etwas da. Das bisschen, was ich herauslösen konnte, reichte ich Ernie. Er warf es sich in den Mund und kaute, spuckte es aber sofort wieder aus.

»Igitt«, krächzte er.

»Soll ich dir helfen?«, fragte Malakas mit Blick auf meine Nadelkissen-Hände. Bevor ich antworten konnte, fing er an, mir die Dornen einen nach dem anderen herauszuziehen. Natürlich meinte er es gut, aber es tat nur noch mehr weh.

»Tut mir leid«, sagte er, während sich kleine Blutstropfen auf meinen Handflächen bildeten.

»Nicht deine Schuld«, brachte ich heraus.

Ich versuchte, Ernie aufzumuntern, indem ich ihm erklärte, wir seien auf einem großen Abenteuer. Die Mittagssonne ließ alles schimmern, die Erde bestand aus dunkelorangen Schichten von rohem Stein. Diese Steine hatten so viele Geschichten zu erzählen, sagte ich Ernie. Sie hatten bereits

Regen, Nebel, Eisregen und Hagel erlebt. Durch Äonen, Epochen, Lebensspannen. Sie hatten die Feiern der *Native Americans* erlebt, Feldzüge und Revolutionen, erste Küsse und letzte Wünsche auf dem Sterbebett.

Wie viele Menschen waren wohl schon diesen Weg gegangen, hatten diese Luft geatmet und diesen Horizont gesehen? Ob die Apachen und Yavapai-Stämme hier wirklich friedlich zusammengelebt hatten? (In der Schule hatte ich einmal ein Referat über die Heimatregionen der indigenen Völker Amerikas gehalten und eine eindringliche Warnung von meinem Lehrer erhalten, »nie wieder so etwas Wahnsinniges« zu tun.)

»Vali, bitte«, stöhnte Ernie und durchbrach meine Gedanken. »Ich brauche eine Pause.«

»Gleich«, sagte ich. »Wir müssen weiter.« Je länger wir in der Wüste waren, desto wahrscheinlicher würden wir gefangen werden oder so sehr dehydrieren, dass wir uns nicht mehr fortbewegen konnten.

»Bitte«, klagte Ernie. »Mir geht's nicht gut.«

Sein Ächzen und Stöhnen kam von irgendwo tief in ihm. Es war ein so heftiger, alles überlagernder Schmerz, dass Ernie mir gar nicht sagen konnte, wo genau es wehtat. Doch egal ob es vom Kaktus kam, den ich ihm zu essen gegeben hatte, oder vom endlosen Laufen, den schlaflosen Nächten oder dem Sprung vom Zug – es war alles meine Schuld. Ernie wurde offensichtlich immer schwächer, und ich hatte keine Ahnung, wie ich ihm helfen sollte. Ich versuchte, so zu tun, als wäre er einfach Teil der Geräuschkulisse – ein zwitschernder Vogel oder ein durchs Gestrüpp flitzender Eselhase. Nicht mein kleiner Bruder, der kurz davor war zusammenzubrechen.

»Vali, bitte!«

»Es ist alles okay. Dir geht es gut«, sagte ich ihm immer wieder. Es klang, als wäre er mir egal, doch seine Qualen machten mich fertig. Der Himmel wurde allmählich immer dunkler, nahm sämtliche staubigen Farben an, die noch für den Sonnenuntergang übrig waren, und versank in dichter, düsterer Nacht. Ich taumelte weiter vorwärts, in der Hoffnung, schneller zu sein als die Dunkelheit, auch wenn mir klar war, dass das unmöglich war. Wir wussten noch nicht einmal, worauf wir zuliefen.

»Ernie!«, schrie Malakas auf einmal.

Ich wirbelte herum und sah gerade noch, wie Ernie kraftlos hinfiel. Sein Gesicht war eingefallen und blass.

»Ernie!« Er bewegte sich nicht. »Komm schon, Ernie! Wach auf!« Ich schüttelte ihn am Arm, doch der wackelte bloß, als wäre er aus nasser Wolle. »Ernie!«

Ich fiel auf die Knie und berührte sein Gesicht, seinen Hals, die Schultern, Arme, Beine. Soweit ich es beurteilen konnte, blutete er nicht. Aber seine Haut war ganz heiß und trocken. Sein Gesicht viel zu reglos. Ich fuhr mit den Händen über seinen dünnen Körper, bis ich unter dem Ohr einen winzigen Herzschlag spürte. Sein Puls raste. Er war bewusstlos, aber er lebte.

»Ernie!«, flehte ich ihn an und schüttelte ihn an den Schultern. Ich schrie und weinte und verlangte, dass er mir sofort antwortete. Ich sagte ihm, dass er nichts weiter tun und nirgendwohin gehen müsse. Er solle bloß die Augen öffnen und mich wissen lassen, dass er noch hier war. »Ernie, wach auf!«

Malakas hatte währenddessen einen weiteren Kaktus gefunden und ihn kurz über der Wurzel abgeschnitten. Die Dornen ignorierend riss ich ein Blatt ab und grub die Finger hinein, um die Haut abzuziehen und an das saftige Fleisch zu gelangen. Ich drückte Ernies Wangen zusammen, sodass seine Lippen sich öffneten und ich ihm etwas von der Flüssigkeit in den Mund tropfen konnte.

»Bitte«, flehte ich. »Schluck. Nur ein bisschen.«

Er bäumte sich auf, würgte und spuckte. Ich rollte ihn auf die Seite, damit er nicht erstickte.

»Okay, okay.« Ich schluchzte. Mein kleiner Bruder musste so hart kämpfen, am Leben zu bleiben. Seine Ventile öffneten und schlossen sich, seine Lunge stieß Kohlendioxid aus, damit er neue Luft einsaugen konnte. Ich stellte mir seinen auf den Boden tropfenden Speichel als magische Lava vor. Die die Erde aufreißen ließ und einen Tunnel für uns brannte, durch den wir in ein sicheres Versteck gelangen konnten.

»Alles ist gut«, sagte ich, auch wenn es das offensichtlich nicht war. »Ich bin da. Es ist alles gut.« Ich fühlte die Hitze unter seiner pochenden Haut. Ernie schlug die Augen auf und blickte sich suchend um. Als würde er immer noch laufen, um an einen Ort zu gelangen, den er Zuhause nennen konnte.

»Vali, ich kann nicht …«, fing er an. Dann musste er wieder würgen.

»Alles gut.« Ich strich ihm über die verschwitzte Stirn. »Es ist alles okay.« Ich fühlte mich grausam, ihm solche Lügen aufzutischen. Jedes Mal, wenn ich es versuchte, spuckte er sie wieder auf den Boden. Ich konzentrierte mich auf Ernies kleine, glatte Nase und jede einzelne seiner Wimpern. Ich liebte ihn so sehr, dass es wehtat. Die Angst, ihn auch noch zu verlieren, erdrückte mich beinah.

»Es tut mir leid«, sagte ich ihm.

»Schon okay«, flüsterte er. Sein Gesicht war nur Zentimeter von meinem entfernt, und doch klang seine Stimme so weit weg.

»Wir müssen etwas finden, wo wir uns ausruhen können«, sagte ich zu Malakas, der auch völlig erschöpft aussah. Er nickte zustimmend.

Ich wollte keine Pause machen, aber so krank, wie Ernie war, konnten wir eindeutig nicht weiterlaufen. Ich wusste nicht, wo wir uns gerade befanden oder ob wir von der Deportationseinheit umzingelt waren, die nur darauf wartete anzugreifen. Wenn sie uns wollten, dann konnten sie uns haben.

Wir fanden ein verdorrtes Gebüsch, das uns als Unterschlupf dienen könnte. Ich trug Ernie hinein und legte ihn vorsichtig ab, und Malakas deckte ihn mit einer Folie zu. Es war gerade genug Platz, um Ernie der Länge nach hinzulegen, mit dem Kopf auf meinem und den Füßen auf Malakas' Schoß. So saßen wir auf beiden Seiten von ihm und passten auf ihn auf.

»Alles ist gut«, sagte ich meinem kleinen Bruder immer wieder. »Du wirst jetzt schlafen, und morgen früh fühlst du dich schon viel besser.«

Sein Kopf glühte geradezu, er hatte Fieber. Ich holte ein paarmal tief Luft und zählte laut. Versuchte, Ernie dazu zu bringen, seinen Atem meiner Stimme anzupassen. Doch er quälte sich, er stöhnte und wand sich. Ich legte ihm eins meiner schmutzigen T-Shirts unter den Kopf, als ob das sein Leiden irgendwie mildern könnte. Dann versuchte ich, ihm etwas Hoffnungsvolles zu erzählen, worauf er sich konzentrieren konnte.

»Und dann, wenn wir in Kalifornien sind …«

»Dann passiert *was*?«, murmelte er. Als ob ich ihm ein Märchen erzählte. Was ich in gewisser Weise ja auch tat.

»Dann … dann finden wir heraus, wo Mami ist, und dann spielen wir alle zusammen *fútbol*«, sagte ich. Denn er verdiente jede wundervolle Möglichkeit, selbst wenn sie so unerreichbar war.

»Fußball«, murmelte er, bevor er wieder ausspuckte.

»Du bist eine gute Schwester«, sagte Malakas.

»Ja, bestimmt«, sagte ich bitter.

Ich musste mich abwenden, meine Augen standen voller Tränen. Ich hätte Malakas so gern erzählt, wie verängstigt ich war, aber ich konnte es gar nicht in Worte fassen. Ich fürchtete, wenn ich meine Ängste benannte, würden sie nur noch stärker werden. Ich konnte nichts anderes machen, als weiterzuatmen und Ernie dazu zu bringen, das Gleiche zu tun. In meinem Kopf kämpften so viele Stimmen um meine Aufmerksamkeit. Schrien mich an, dass ich uns hier rausbekommen müsste.

Aber wie?, fragte ich den Nachthimmel. *Bitte, lass Ernie nicht sterben. Bitte.*

Die Nacht antwortete mir nicht. Sie konnte mir nichts versprechen. Ich hörte ein einsames Heulen in der Ferne und etwas über den Boden kriechen.

Este niño hermoso no quiere dormir …

Ich sang – um Ernie beim Einschlafen zu helfen und auch um diese schreckliche Nacht auszublenden.

Cierra los ojitos y los vuelva abrir …

Ich stellte mir vor, wie Mami mit mir, durch mich sang. Meine Zunge war inzwischen so trocken, dass sie an den Innenseiten meiner Zähne kratzte, aber ich sang weiter. Mein Singen war Bewegung und Atem und Geräusch.

Cierra los ojitos y vera que calma …

Und schmerzhaft langsam ließ Ernies Keuchen nach. Sein Puls wurde ruhiger, und dann wurde er vom Schlaf befreit.

KAPITEL 24

»Du schaffst das«, sagte ich später in der Nacht zu meinem kleinen Bruder. Er war vom Klappern seiner Zähne aus einem Fiebertraum aufgewacht und zitterte unter seiner nassen Foliendecke. Es war egal, ob er an Hitzeerschöpfung oder den Folgen von schlechtem Kaktus litt. Ich musste ihm irgendwie Flüssigkeit zuführen und ihn abkühlen. Ihn so leiden zu sehen war schrecklich, aber ich durfte ihn das Zittern meiner Stimme nicht hören lassen.

»Du musst«, sagte ich. »Weil du noch lebst und ich noch lebe und irgendwo da draußen auch Mami noch lebt und darauf wartet, dass wir sie finden und mit ihr nach Kalifornien gehen. Hörst du mich?«

Die Hitze in unserem behelfsmäßigen Unterschlupf war unerträglich. Ich nahm die Taschenlampe, ging los und suchte einen weiteren Kaktus. Als ich einen gefunden hatte, schlug ich zwei riesige Blätter ab und brachte sie zurück zu unserem Versteck. Das bisschen Laufen hatte mich ganz außer Atem gebracht, mir war schwindelig. Meine Haut spannte und juckte vom getrockneten Schweiß. Selbst meine Augenlider fühlten sich an, als würden sie aufplatzen.

»Okay«, sagte ich zu Ernie. »Jetzt langsam.« Malakas half mir, die Blätter zu häuten und den Pflanzensaft auf Ernies Lippen zu träufeln.

»Schluck«, befahl ich. Ich gab ihm auch etwas von dem Fleisch der Blätter, sah zu, wie er kaute, und passte auf, dass er es nicht wieder ausspuckte. Ich hörte zu, wie sein Atem in seine Lunge hinein- und wieder herausströmte. Befühlte seine heiße Haut und versuchte, die Tatsache, dass er lebte, zu würdigen und mich daran festzuhalten. Als er wieder einschlief, brach ich den Rest der Blätter für Malakas und mich in kleine Stücke. Sie waren tatsächlich ganz lecker – klebrig, aber kühl.

Trotzdem wurde mir ganz schlecht, wenn ich an das viele Leid dachte, das ich Ernie bisher hatte durchmachen lassen – Mami, die im Busterminal auf den Boden gedrückt wurde, Tomas, der im Sumpf ertrunken war, der Vulkan, der von dem Netz in die Luft gehoben wurde. Und vor allem fühlte ich mich schuldig, dass ich ihm die falsche Hoffnung gemacht hatte, Mami zu finden und zu retten und mit ihr gemeinsam zu fliehen.

»Hey«, sagte Malakas. »Woran denkst du?«

»Ich … nichts. Wir müssen noch mehr zu trinken finden«, sagte ich.

Ich beugte mich mit dem Fernglas aus dem Gebüsch und suchte den Boden vor mir ab. Als ob die Steine und Baumwurzeln uns irgendeine Nahrung sein könnten. Der Himmel verfärbte sich von einem kalten Dunkelblau zu einem gräulichen Rosa. Wir hatten es geschafft, einen weiteren Tagesanbruch zu erleben. Doch vor uns sah ich nichts als eine unendliche Weite trockener Erde.

»Ich weiß nicht, was wir machen sollen«, gestand ich.

»Lass mich mal gucken«, bot Malakas an.

Er nahm das Fernglas und duckte sich aus dem Gebüsch. Ich sah zu, wie er von einer Gruppe von Baumstümpfen zur nächsten schlich. Durch Wurzeln wühlte und an Beeren schnüffelte. Dann ging er zu einem kleinen felsigen Hang, und ich wollte ihm schon hinterherrufen, dass er stehen bleiben soll, aber mein Mund war zu trocken.

»Es ist okay«, sagte ich zu meinem schlafenden Bruder. Ich sagte es natürlich nur, um mich selbst zu beruhigen. Um das Durcheinander an Gefühlen in mir aufzuhalten, während ich zusah, wie Malakas verschwand. Doch er war nicht weg. Er konnte nicht weg sein. Die Angst, wieder verlassen zu werden, traf mich mit voller Wucht. Ein schweres Schluchzen erfasste mich, es schüttelte und zerriss mich und ließ mich ganz leer zurück. Ich konnte gar nicht mehr mitzählen, wie viele Verluste ich schon erlitten hatte – Mami, Papi, Kenna, der Vulkan, Rosa, Tomas. Und wie hieß das Baby noch mal?

»Guadalupe«, flüsterte ich mir selbst zu und vergrub das Gesicht an Ernies Seite. Ich fühlte mich so verloren und aufgelöst.

»Hey!«, hörte ich Malakas hinter mir flüstern. Ich musste weggedämmert sein. Ich dachte, ich würde halluzinieren, selbst als ich seine Hand auf der Schulter spürte. »Vali, guck!«

Vielleicht war es tatsächlich eine Halluzination. Die prächtigste, wunderbarste, lebenserhaltendste Vision aller Zeiten. Malakas war mit zwei riesigen Kanistern Wasser und einer großen Packung Trail-Mix zu unserem Versteck zurückgekehrt.

»Was zum …«

»Kannst du das glauben? Komm her!« Er öffnete einen der Wasserkanister, hob ihn hoch und hielt ihn mir an die Lippen. Es war etwas salzig und heiß, aber es war Wasser! Mit dem anderen Kanister befeuchtete sich Malakas eine Hand und legte sie mir in den Nacken. Mir lief ein Schauer über den ganzen Körper.

»Wie hast du … Wer …?«

»Da war ein Zeltplatz mit einer Feuerstelle. Und niemand da. Nur zwei leere Zelte und ein paar Reifenspuren.«

»Und wenn dich jemand gesehen hat?«

»Nein, alles gut. Versprochen.« Malakas tröpfelte Ernie etwas Wasser in den Mund, und blinzelnd schlug Ernie die Augen auf.

»Vali?«, krächzte er. Seine Haut fühlte sich immer noch heiß an, aber er zitterte nicht mehr so. Sein Blick war fester, als er mich ansah.

»Wann spielen wir mit Mami Fußball?«, fragte er.

»Fútbol«, sagte ich. Ich sah den Ansatz eines Lächelns auf seinen Lippen und atmete zum ersten Mal seit Stunden richtig aus.

Nachdem Ernie noch etwas Wasser getrunken und wieder

die Augen geschlossen hatte, setzten Malakas und ich uns hin und öffneten die Tüte Trail-Mix. Zuerst schaufelte ich die süß-salzigen Sachen einfach so schnell wie möglich in mich hinein. Aber dann fiel mir auf, wie Malakas eine Mandel auf seiner Handfläche betrachtete und sie über seine staubige Haut bewegte, als wäre es ein seltener Diamant.

Mami hatte einmal erzählt, als sie das erste Mal in den USA eine Mandel aß, hatte sie stundenlang darauf herumgelutscht, um nichts von dem Geschmack zu verpassen. Das fiel mir nun wieder ein. Ich war viel zu hungrig und ungeduldig, um das jetzt so zu machen, aber ich griff in die Tüte und nahm mir noch eine, bewunderte ihre glatte Haut und kaute sie langsam, bis sie sich in eine köstliche Creme verwandelt hatte.

Ich konnte mich nicht erinnern, wann ich die letzte richtige Mahlzeit gegessen hatte. Waren es die Cannelloni bei Schwester Lottie gewesen? Nach meiner Rechnung waren Ernie und ich inzwischen mehr als einen Monat auf der Flucht und ständig auf der Suche nach Essbarem. Dies war einer der seltenen Momente, wo ich mal innehalten konnte, und plötzlich wurde mir klar, wie weit wir bereits gekommen waren.

»Vali«, sagte Malakas, »wir sind schon ganz in der Nähe von Kalifornien, oder? Ich meine, ich hab das Gefühl, diese Wüste muss bald zu Ende sein.«

Die Hitze wurde schon wieder unerträglich. Malakas legte unsere Rucksäcke über die am stärksten aussehenden Äste unseres Unterschlupfs, damit wir etwas Schatten hatten, und dann kauerten wir uns zusammen darunter.

»Ich hatte nicht vor, es noch enger zu machen«, entschuldigte er sich.

»Nein, es gefällt mir!«, platzte ich heraus und wurde rot. »Ich meine, danke. Es gefällt mir … dich hier zu haben.«

»Und mir gefällt es, *dich* hier zu haben«, sagte er.

Ich beugte mich zu ihm vor und wir umarmten uns. Ich dachte noch nicht einmal darüber nach, ich tat es einfach. Obwohl es so drückend war und ich wusste, dass ich mich damit ganz schön etwas traute, aber jetzt war nicht die Zeit, um mir deswegen Sorgen zu machen. Kenna wäre stolz auf mich gewesen. Sie hatte immer gesagt, ich müsse mutiger und lauter sein, und dass das Leben für Schüchternheit zu kurz wäre. Ich unterdrückte ein Schluchzen, als ich an das letzte Mal dachte, dass ich Kenna gesehen hatte, wie sie von Onkel Jimis Laden aus den Hügel hochgerannt war.

»Was ist?«, fragte Malakas.

»Ich verstehe nur nicht … Ich verstehe nur nicht, wie wir hier sein können, wo so viele Menschen verschwunden sind.«

»Ich weiß.« Er seufzte. »Früher habe ich ständig Pläne für die Zukunft geschmiedet. Karten von den Sternen gemacht und davon geträumt, eines Tages zu studieren. Ich habe mir ausgemalt, in einem Forschungslabor zu arbeiten und so viel Geld zu verdienen, dass meine Lola in Rente gehen könnte. Ich hab ihr sogar gesagt, sie solle sich eine Tapete aussuchen, weil ich ihr eine Wohnung besorgen wollte, die sie nach ihrem Geschmack hätte einrichten können. Ich dachte, der Chip würde mich immer beschützen.« Er runzelte die Stirn. »Total bescheuert.«

»Nein, überhaupt nicht …«, sagte ich. »Ich meine, ich hatte noch nicht mal irgendeinen Plan. Meine Mami hatte mich ständig gewarnt, dass wir vorsichtig sein und aufeinander aufpassen müssten. Aber ich hatte gedacht, sie würde immer da sein. Und jetzt …«

Malakas legte sein Kinn auf meinen Kopf.

»Ja«, sagte er. »Ich weiß …«

KAPITEL 25

Wir blieben drei Tage und zwei Nächte in dem Gebüsch versteckt. Oder vielleicht waren es auch drei Nächte und zwei Tage. Ich versuchte gar nicht mehr, die Zeit zu messen. Das Einzige, was zählte, war, unser Wasser gut einzuteilen und regelmäßig zu überprüfen, ob Ernies Stirn kühler wurde.

Als er wieder so weit zu Kräften gekommen war, dass er sich aufsetzen konnte, fragte er sofort: »Haben wir noch was zu essen?«

Ich lachte und weinte, dass der Rotz mir nur so übers Gesicht lief. Mein kleiner Bruder war wieder da. Ich war so dankbar, dass er lebte und in ganzen Sätzen redete. Schluchzend drückte ich ihn an mich, bis er sagte: »Jetzt komm mal klar, Vali.«

Auch Malakas wischte sich Tränen aus den Augen. Er gab Ernie den Rest des Trail-Mix und sagte, er freue sich, dass Ernie wieder da war.

»Wo sind wir?«, fragte Ernie.

Ich erklärte es ihm, so gut es ging. Doch selbst mit der Karte, dem Fernglas und dem Kompass konnte ich es nicht mit Sicherheit sagen.

»Wenn wir die Karte richtig lesen, würde ich sagen, es sind noch ungefähr achtzig Kilometer bis Kalifornien.«

»Achtzig? Das ist großartig!«, rief Ernie. »Gehen wir weiter!«

»Langsam, kleiner Mann«, sagte Malakas und gab ihm noch mehr Wasser zu trinken. »Du brauchst noch ein bisschen Zeit.«

Wir beide einigten uns zu warten, bis es dunkel war, bevor wir uns wieder hinauswagten. Die Hitze war tagsüber zu brutal zum Laufen, und in der Nacht wären wir hoffentlich nicht so leicht zu sehen. Als die Sonne unterging und die Dämmerung einsetzte, befühlte ich zum hundertsten Mal Ernies Stirn.

»Sicher, dass du bereit bist?«

»Jepp«, sagte er.

Wir überprüften die Route und unsere Vorräte noch ein weiteres Mal. Ich wollte unbedingt los, doch gleichzeitig war ich durch Ungewissheit gelähmt. Als ich aus unserem Versteck in die Nacht hinaustrat und in den mit Sternen gesprenkelten Himmel sah, spürte ich eine gewisse Spannung und Endgültigkeit. Wir waren inzwischen so nah, wir konnten nichts anderes mehr tun, als weiterzumachen.

Woher wissen wir, wann wir aufbrechen müssen?, hatte ich Mami gefragt. Zu der Zeit versteckten wir uns in unserer Wohnung in Southboro, und ich konnte mir nicht vorstellen, dass unser Leben noch irgendwie schlimmer werden könnte.

No sé, hatte Mami geantwortet. *Aber wir werden wissen, wenn es zu gefährlich ist hierzubleiben.*

Es kam mir eine Ewigkeit her vor, und trotzdem war es immer noch wahr. Mami hatte uns die ganze Zeit hierauf vorbereitet. Jetzt war unsere letzte Chance, einen Weg nach Kalifornien zu finden.

Ich war so damit beschäftigt, in den Himmel zu blicken und mich gedanklich auf unseren nächsten Schritt vorzubereiten, dass ich die viel unmittelbarere Bedrohung, die sich uns gerade am Boden näherte, gar nicht wahrnahm.

Doch dann fasste Malakas mich am Arm und murmelte: »Verdammt.«

»Was ist?«

Was als stecknadelkopfgroßes Licht anfing, wurde immer größer und heller. Innerhalb von ein paar Sekunden nahm es die Gestalt eines Moped-Scheinwerfers an.

Mehr wusste ich nicht.

Und mehr musste ich auch gar nicht wissen.

Ich drängte Ernie wieder unters Gebüsch, sodass er unter den Zweigen verborgen lag. Dann kroch ich hinaus und hob zwei schwere Steine auf.

Malakas sah mich fragend an. »Vali, was hast du vor?«

Statt einer Antwort gab ich ihm bloß einen der Steine und zog ihn hinter einen anderen vertrockneten Busch.

»Wo seid ihr?«, piepste Ernie.

»Schhh!«, machte ich. Weder Ernie noch Malakas sollten meine Angst hören oder versuchen, mir diesen halbgaren

Plan auszureden. »Pass einfach auf … dass er nicht zu nah kommt«, sagte ich zu Malakas.

Das sich nähernde Scheinwerferlicht blendete mich. Dann ging mit einem Klicken der Elektromotor aus. Das Brechen von Zweigen war zu hören. Zwischen den Ästen hindurch sah ich einen Mann durchs Scheinwerferlicht gehen, der immer größer und breiter wurde.

Dann blieb er stehen und drehte sich um. Der Mopedfahrer stand jetzt mit dem Rücken zu uns. Die gelben Buchstaben der Deportationseinheit waren so nah, dass ich fast die einzelnen Stiche erkennen konnte. Der Mann nahm den Helm ab und schüttelte die struppigen Haare. Dann zog er eine Schachtel Zigaretten aus der Tasche und zündete sich eine an.

Eigentlich war er ziemlich klein und dünn. Zumindest redete ich mir das ein, damit ich es mir nicht noch mal anders überlegte. Ich wollte dem Mann nicht wehtun, wirklich nicht. Aber ich konnte auch nicht zulassen, dass er uns erwischte. Also tat ich das Einzige, was mir in dem Moment einfiel. Ich umfasste den Stein in meiner Hand, so fest ich konnte, sprang aus meinem Versteck und schlug dem Mann den Stein gegen den Kopf. Nicht so fest, dass es ihn umbrachte, hoffte ich. Doch das Geräusch war entsetzlich. Ein dumpfes Krachen, das mir durch Mark und Bein ging.

Der Mann brach zusammen, und kurz darauf eilte Malakas mit seinem Seil herbei. Während er ihn fesselte, fühlte ich nach seinem Puls. Er lebte noch. Er hatte bloß eine Platzwunde an der Stirn, aber nichts Schlimmes.

Ernie kam herbeigelaufen. »Warum hast du das gemacht?«, fragte er.

»Es geht ihm gut. Oder zumindest wird es ihm bald wieder gut gehen«, erklärte ich. »Wir sind kurz vorm Ziel. Wir müssen alles tun, um es zu erreichen.« Ich küsste meinen Bruder auf den Kopf und unterdrückte meine Tränen.

Der Mann war schon etwas älter. Um den Hals trug er eine Silberkette mit einem Kruzifix, das mich an Mamis erinnerte. Schuldgefühle und Entsetzen drückten mir schwer auf die Brust, mir war schwindelig.

»Alles okay mit dir?«, fragte Malakas.

»Ja, glaub schon.«

»Du hast das Richtige getan«, versicherte er mir.

Malakas nahm den Helm des Mannes und setzte ihn mir auf. Dann durchsuchte er den Rucksack des Mannes. Darin waren ein Smartphone, ein Schlüsselbund, eine Pistole und ein graues T-Shirt der Deportationseinheit.

Das T-Shirt machte alles noch realer – seine Menschlichkeit gegen meine. Ich tastete wieder nach seinem Puls. Er war eindeutig bewusstlos, aber sein Atem ging jetzt schneller. Es war nur eine Frage der Zeit, bis er aufwachen und nach Hilfe rufen würde, also knebelte ich ihn. Mit seinem eigenen T-Shirt.

Sein Smartphone leuchtete auf und fing an zu vibrieren.

Status-Update?, fragte eine Computerstimme. Als niemand antwortete, wiederholte die Stimme: *Officer. Status-Update!*

»Wir müssen hier verschwinden«, sagte Malakas und

sprach damit aus, was ich dachte. Er reichte mir die Schlüssel und packte die restlichen Sachen ein.

»Komm, Ernie. Wir hauen ab«, sagte ich.

»Aber ... können wir ihn einfach hier liegen lassen?«, fragte er.

»Müssen wir«, sagte Malakas.

Ernie griff in meinen Rucksack und nahm unser letztes Wasser heraus. »Er kann meins haben«, sagte er und stellte die Flasche neben ihn. Ich wusste nicht, wie der Mann es trinken sollte, aber ich umarmte Ernie fest und küsste ihn auf die salzigen, aufgesprungenen Wangen.

»Das ist eine großartige Idee, Ernie.«

Wir stiegen aufs Moped, ich vorne auf den Fahrersitz, Ernie hinter mir und dann kam Malakas. Der Motor sprang ganz einfach an. Als das Display aufleuchtete, klatschte ich begeistert in die Hände. Das Instrumentenbrett hatte sogar eine GPS-Karte, auf der jetzt ein Positionspunkt mit Richtungsanzeige erschien.

»Wow, cool«, sagte Ernie.

Wir waren eindeutig in der Sonora-Wüste. Laut der Karte befanden wir uns etwa hundertdreißig Kilometer nordöstlich der Grenze zwischen Arizona und Kalifornien, und bis zum Einbruch der Morgendämmerung hatten wir nur noch ein paar Stunden.

»Alle festhalten!«, rief ich und drückte aufs Pedal.

Die Straßen waren tückisch – wenn man sie überhaupt Straßen nennen konnte. Manchmal hoppelten wir bloß über

Felsbrocken und Krater. Und immer wieder gerieten wir in eine Sandwehe. Die GPS-Karte warnte uns nicht, was für Gelände vor uns lag. Und so schnell, wie wir durch die Orte fuhren, konnte ich auch ihre Namen nicht erkennen.

Ich schüttelte mir den Staub und die Fliegen vom Gesicht. »Geht es euch gut?«, brüllte ich in den Wind.

Doch falls Ernie oder Malakas mich hörten, blieb ihnen keine Zeit zu antworten. Denn als wir um einen weiteren Kamm roter Felsen rasten, sah ich in der Ferne eine Person, die damit kämpfte, im wehenden Sand ein Zelt aufzubauen. Und das Zelt war grau.

Ein Kontrollpunkt der Deportationseinheit.

»Nein, nein, nein«, sagte ich. In dem Bruchteil einer Sekunde, bevor wir dort ankamen, überlegte ich, ob ich weiter direkt auf das Zelt zufahren und das Ding einfach niederreißen sollte. Doch wir waren bereits entdeckt worden. Die junge Frau ließ das Zelt los und nahm ihr Gewehr in die Hand.

»Anhalten!«, rief sie. Ich drückte auf die Bremsen und kam langsam vor ihr zum Stehen. Wir blickten einander an.

Das Verrückte war, sie wirkte nur ein paar Monate älter als ich, wenn überhaupt. Sie sah aus wie Maddie Fitz aus der Morrow Magnet High School, sie hatte die gleichen Sommersprossen und dieselbe selbstsichere Haltung. Was hatte Maggie noch mal auf ihre selbstgefällige Art gesagt?

Äh, traurig für wen?

Die junge Frau hatte die Uniformhose bis zu den Knien hochgekrempelt. Im Scheinwerferlicht des Mopeds erkannte ich, dass sie dieselben roten Sneaker trug, wie sie die ganzen Mädchen an der Morrow High liebten. Sie ließ ihr Kaugummi im Mund platzen. Wir hatten es so weit geschafft, hatten so hart gekämpft, und jetzt würde alles zu Ende sein wegen dieses Mädchens, das wahrscheinlich genauso über Mathehausaufgaben stöhnte wie ich?

Ich konnte es nicht glauben. Uns unterschied nichts außer der Tatsache, wo wir geboren waren. Es war weder ihre noch unsere Schuld oder Entscheidung gewesen, die sie zur Jägerin und uns zu Gejagten gemacht hatten.

Sie presste die Lippen zusammen und hielt weiter die Waffe auf uns gerichtet. Dann nahm sie eine Taschenlampe und leuchtete meinen Körper ab, rauf und runter, wie in Zeitlupe. Ich sah, wie sie meinen schief sitzenden Helm und die blutbefleckten Klamotten registrierte. Sie durchbohrte mich weiter mit Blicken, und ihr Schweigen war die reinste Qual. Ernie hinter mir zitterte und klammerte sich so fest an mich, dass ich dachte, er würde meinen Brustkorb eindrücken. Und Malakas versuchte offenbar, ruhig zu atmen, schnaufte aber hörbar durch die Nase.

Ohne ein Wort streckte ich ihr mein rechtes Handgelenk entgegen. Hinter mir hörte ich es rascheln, als Ernie und Malakas dasselbe machten. Ich wollte schreien: *Ernie, lauf! Sieh dich nicht um! Was auch immer mit Malakas und mir passiert, wir treffen uns in Kalifornien wieder!*

Die junge Frau wirkte entsetzt, sie guckte, als wäre ihr schlecht.

Ich blickte auf mein Handgelenk. Das Stück vom hellblauen T-Shirt, das Malakas für meinen Verband benutzt hatte, war mit dunklen Flecken von getrocknetem Blut übersät. Wütende rote Striche liefen von der Wunde meinen Arm hinauf und durch einen großen gelb-grünlichen Bluterguss.

Mit zusammengekniffenen Augen sah sie mir ins Gesicht, dann wieder auf mein Handgelenk. Vielleicht war das in ihrem Blick gar kein Entsetzen, sondern Mitleid. »Name?«, fragte sie.

»Ähm …«

Es hatte keinen Zweck, ihr meinen unechten Namen zu nennen. Ich hatte keinen Chip mehr, mit dem er als falsch oder wahr hätte überprüft werden können. Also sagte ich ihr, wer ich war.

»Valentina González Ramirez. 22. Juli 2016.«

»Wievielter Juli?«, fragte das Mädchen mit gerunzelter Stirn.

»22.«

»Ich bin am 23. geboren«, sagte sie.

Wir waren nur einen Tag auseinander, aber Welten voneinander entfernt. Sie sah mich weiter an und atmete tief ein und aus, ihre Unterlippe zitterte. Sie senkte das Gewehr. Ihre Sommersprossen schienen zu verblassen, als sie flüsterte …

»Fahrt.«

Blinzelnd sah ich sie an. Ich konnte nicht verarbeiten, was sie gerade gesagt hatte. Ich wusste nicht, was ich tun sollte. Ernie musste mich zurück in die Realität reißen.

Er flüsterte mir ins Ohr: »Los, Vali. Fahr weiter! FAHR!«

Ich drückte aufs Pedal und wir schossen vorwärts.

Ich wusste nicht, warum sie uns ziehen ließ. Fast war ich überzeugt, dass sie bloß eine Halluzination gewesen war. Doch dann hörte ich Ernie hinter mir weinen, er klammerte sich an mich und durchtränkte mein T-Shirt am Rücken mit seinen Tränen. Und jetzt schluchzte auch ich. Wir alle schluchzten. Die Sandkörner blieben an unseren nassen Gesichtern kleben, während wir die letzten 65 Kilometer durch die öde Wüste nach Kalifornien rasten.

x

Als die Dämmerung anbrach, sah ich weit entfernt am Horizont eine Palme sich im Wind wiegen.

»Ernie! Malakas!«, rief ich lachend. »Seht nur!«

Ich dachte daran, wie Mami Ernie immer *Ernesto Palmero* genannt hatte. Wie Papi mich bis über seinen Kopf hochgehoben hatte, damit ich die kratzigen Kokosnussschalen berühren konnte.

»Wie weit ist es noch?«, rief Ernie.

Das Moped-Display sagte, dass wir in Yuma County, Arizona waren und vor uns nur noch ein paar Kilometer lagen. Ich hielt an, damit wir besser gucken konnten. Wir stiegen vom Moped und Malakas nahm das Fernglas heraus.

»Was siehst du?«, fragte Ernie. Doch Malakas antwortete nicht.

»Sind da lauter Kontrollpunkte?«, fragte ich.

»Nein«, sagte er. »Da ist … eine Art Baustelle.«

Er reichte mir das Fernglas, und ich blickte hindurch. Ich sah Scheinwerfer und hohe Kameramasten und Hydraulikaufzüge, die Asphaltblöcke übereinanderstapelten. Einen nach dem anderen.

»Was ist das?«, fragte Ernie.

Die *Great American Wall* konnte es nicht sein. Diese Absperrung bestand nicht aus fünf Schichten Stahl und einem Elektrozaun, Stacheldrahtspulen und Lasergewehren obendrauf. Dieses Ding befand sich noch in der Bauphase. Reihenweise graue Laster und Bulldozer standen davor, und Kräne hoben immer neue Metallplatten auf die oberste Ebene des Gerüsts. Die gleißend hellen Scheinwerfer tauchten alles in ein bläuliches Licht.

»Das muss die neue Mauer sein, die um Kalifornien gebaut wird.«

Der Präsident hatte uns gewarnt. Er hatte angekündigt, Kalifornien vom Rest der USA durch eine Mauer abzutrennen, und wer versuchte, die Mauer zu überwinden, sollte dem Kriegsrecht unterzogen werden.

Malakas nahm wieder das Fernglas. »Verdammt, du hast recht«, sagte er. »Wie zum Teufel sollen wir da rüberkommen?«

»Keine Ahnung. Seht nur!«

Selbst ohne Fernglas konnte ich die Schwärme kleiner Flugzeuge und Drohnen am lavendelfarbenen Himmel erkennen. Einige waren so klein wie Vögel. Andere hatten ungefähr die Größe unseres Mopeds und Metallzangen an der Unterseite. Sie tanzten umeinander wie eine Art betrunkenes Sternbild. Ich versuchte, ein Muster in ihren Bewegungen zu erkennen, während sie sich zu einem summenden Schwarm aufblähten.

»Was machen die Drohnen da?«, fragte Ernie. Wir beobachteten, wie sie zum Boden hinabtauchten und etwas weiter westlich von uns in einer Reihe lauter kleine Zylinder absetzten.

»Ich weiß es nicht«, antwortete Malakas. »Aber ich fürchte, es hat hiermit zu tun.« Er zeigte aufs Moped-Display. Jedes Mal, wenn eine Drohne etwas auf dem Boden absetzte, erschien ein roter Punkt auf der Karte.

Noch ein roter Punkt erschien. Und noch einer.

»Wir müssen uns verstecken. Für den Fall, dass die Deportationseinheit auftaucht«, sagte ich. Wir stiegen wieder aufs Moped, und ich fuhr weiter, bis wir eine Ansammlung großer Felsen fanden. Wir kauerten uns dazwischen und Malakas legte die Foliendecke über uns, damit unsere Körperwärme nicht aufgespürt werden konnte. Ich hatte keine Ahnung, ob uns das noch schützen würde. Abwechselnd blickten wir durchs Fernglas und wagten uns immer wieder aus den Felsen hinaus, um kurz Ausschau zu halten. Wir mussten herausfinden, was die Drohnen an der Grenze absetzten und wie wir daran vorbeikamen. Doch die roten Punkte auf dem Moped-Display wurden immer mehr. Malakas hatte recht: Jedes Mal, wenn eine Drohne etwas auf den Boden setzte, tauchte ein weiterer roter Punkt auf. Als die Sonne stärker wurde und schließlich hoch am Himmel stand, füllte ein Meer aus Rot beinah die gesamte Karte aus.

Und dann hörten wir eine Detonation.

»Was war das?« Ernie zitterte in meinen Armen.

»Ich weiß es nicht.«

Malakas hockte mit dem Fernglas am Rand der Felsen und versuchte sich einen Reim darauf zu machen.

»Sieht aus, als hätte eine der Drohnen etwas abgeworfen, das … explodiert ist?«

Ich nahm das Fernglas von ihm. Einer der Laster der Deportationseinheit brannte. Leute rannten umher und versuchten, die Flammen mit Feuerlöschern zu ersticken.

»Landminen?«, riet ich entsetzt. Das Mädchen im Mickey-Mouse-T-Shirt fiel mir wieder ein, wie sie die entmilitarisierte Zone durchquerte und in einer Explosion hellroter Flammen ausgelöscht wurde. Es war einfach viel zu barbarisch und unglaublich, um wahr zu sein.

Ernie nahm mir das Fernglas ab. »Aber wie sollen wir dann …?«

Wir blickten wieder auf die Karte am Moped. Einer der roten Punkte war jetzt mit einem schwarzen X gekennzeichnet. Ich zoomte in die Karte hinein, ob sie uns noch mehr verraten konnte. Es gab nur eine Antwort. Und die bestand aus einem blauen Band, das durchs Yuma County verlief und den Namen **COLORADO** trug.

Darin waren keine roten Punkte zu sehen.

Wasser ist ein Wunder, hatte Mami gesagt.

»Das ist es!« Ich bekam eine Gänsehaut, obwohl es drückend heiß war. »Das ist es! Das ist es!«, kreischte ich. Lachend und weinend zugleich zeigte ich auf die blaue Linie. Die Tränen liefen mir übers Gesicht.

»Da kommen wir auf die andere Seite! Durchs Wasser!«

KAPITEL 26

»Schneller!«, schrie Ernie.

»Langsamer!«, drängte Malakas.

Ich wäre gerne auf direktestem Weg ans Flussufer gefahren, doch laut den roten Punkten auf dem Display lagen vor uns eine ganze Reihe Landminen. Wieder dachte ich an das Mädchen mit dem Mickey-Mouse-T-Shirt. Sie hatte nur einen falschen Schritt gemacht, und schon war sie vernichtet worden. Ihre Miene bei jedem Schritt so gelassen.

Hätte sie wissen können, dass im Boden Landminen waren?

Wäre sie trotzdem weitergegangen?

Langsam, vorsichtig steuerte ich das Moped um die roten Punkte herum. Doch ich musste ständig anhalten und wieder anfahren, fuhr schlingernd durch Büsche und Schatten. Wir drei zusammen waren zu schwer für diese Art der Fortbewegung. Wir kippten immer wieder zur Seite und fielen mehrmals fast um. Doch umzufallen mussten wir unbedingt vermeiden. In dieser Situation konnte es den sicheren Tod bedeuten.

Einmal kam ich so nah an einen der roten Punkte heran,

dass ich komplett anhalten musste. Mein Herz raste, ich konnte nicht wieder losfahren. Ich war wie erstarrt. In Gedanken rief ich mir selbst alle möglichen Befehle zu, aber mein Körper weigerte sich, sie auszuführen. Erst als Ernie mir über den Rücken strich und mir ins Ohr flüsterte: »Du machst das gut, Vali«, konnte ich mich wieder bewegen. Mein Atem beruhigte sich, und ich konzentrierte mich darauf, uns an den Fluss zu bringen.

»Es geht mir gut. Es geht mir gut«, sagte ich zu Ernie und mir selbst.

Die roten Punkte wurden immer dichter. Fahren war jetzt unmöglich, aber wir konnten das Moped nicht einfach stehen lassen, denn wir brauchten das Display, um uns durch diesen Irrgarten aus Landminen zu navigieren. Uns blieb nichts anderes übrig, als das Moped zu schieben. Malakas und Ernie gingen hinter mir und gaben acht, nur auf die Reifenspuren zu treten.

Uns in diesem Schneckentempo vorwärtszubewegen war die reinste Qual. Wir waren so verwundbar und exponiert. Nichts bot uns mehr Schutz oder ein Versteck. Jetzt hörte ich auch die Sirenen durch die trockene Luft schneiden. Die Deportationseinheit war uns auf den Fersen. Wir würden wohl nie erfahren, ob der gefesselte Mann in der Wüste gefunden worden war oder die junge Frau am letzten Kontrollpunkt zwar Mitleid mit uns gehabt, uns dann aber doch verpfiffen hatte. Es war auch egal. Während wir uns langsam dem Fluss näherten, sah ich die ersten Uniformierten aus den Autos springen. Zumindest mussten auch sie immer wieder stehen bleiben, um die Landminen zu umgehen.

»Vali, pass auf!«, rief Malakas.

Ich war vollkommen aufs Moped-Display konzentriert und darauf, uns sicher durch die Landminen zu steuern. Aber jetzt wurden aus der Luft Netze abgeworfen. Nur ein paar Meter vor uns setzten Zangen einen Zylinder ab. Malakas zog unsere Silberdecken wieder hervor. Das war unsere einzige Waffe gegen die grotesken Drohnen. Wenn sie unsere Körperwärme nicht registrierten, konnten sie uns nicht mit ihren Netzen einfangen.

Einen kurzen Moment blickte ich vom Display auf und sah vor uns in der Ferne einen Laubbaum. Genau wie Mami es uns zu Hause in Southboro erklärt hatte. Er sog das Wasser aus der Quelle, die am nächsten war. Fand einen Weg zu überleben. Wir alle brauchten Wasser, um zu überleben.

»Wir sind fast da! Wir müssen uns beeilen!«

Es gab noch drei rote Punkte zwischen uns und der blauen Linie des Flusses, zwischen Leben und Tod.

Ich blickte ein letztes Mal aufs Display, um sie mir einzuprägen. Ich konnte das Moped nicht weiterschieben. Hinter uns wurden die Elektromopeds der Deportationseinheit immer lauter, summend und Staub aufwirbelnd steuerten sie auf uns zu. Das Sirren der Drohnen ging mir unter die Haut, katapultierte mich vorwärts. Auf einmal gab es einen lauten Knall. Das Geräusch kannte ich inzwischen gut. Eine Kugel sauste an meinem Ohr vorbei.

Wir hatten keine Zeit mehr. Es gab nichts mehr als diesen Moment.

Diesen großartigen Moment, als mein Fuß in den nassen Sand sank und wir drei in den Fluss sprangen.

KAPITEL 27

Wir brauchten fünfhundertdreiundachtzig Züge auf die andere Seite. Fünfhundertdreiundachtzig – das weiß ich so genau, weil ich für Ernie mitzählte. Ihn drängte, tief einzuatmen und unter die trübe Wasseroberfläche zu tauchen. Gellende Schüsse flogen nur ein paar Meter vor uns über die Oberfläche. Ich stieß Ernie unters Wasser und tauchte hinab, um ihn festzuhalten. Ließ meinen Mund, meine Nase, meine Gedanken von der kühlen Düsterheit überschwemmen. Als ich wieder hochkam, um Luft zu holen, wimmelte der Himmel nur so von Drohnen. Manche stießen jetzt so nah herab, dass ich ihre schwirrenden Flügel sah. Sie warfen noch mehr von den Metallnetzen ab, mit denen der Vulkan, Rosa, Tomas und Guadalupe gefangen worden waren.

Aber uns würden sie nicht fangen.

»Wie weit noch?«, keuchte Ernie.

»Du hast es gleich geschafft, kleiner Mann«, antwortete Malakas.

Ernie und ich konnten beide nicht besonders gut schwimmen. Southboro war kein Ort zum Schwimmenlernen. Aber Malakas Züge waren ruhig und sicher, er schaufelte Hände voll Wasser hinter sich und zog Ernie schließlich auch noch mit sich, als Ernie seine Arme kaum noch bewegen konnte. Ob ich die Fähigkeit hatte, mich über Wasser zu halten, oder nicht, ich hatte das Gefühl, dass mich eine stärkere Strömung vorwärtsbrachte. Vielleicht hatte es mit der Sonne und dem Mond zu tun oder der magischen Schwerelosigkeit von allem, was uns antrieb, vorwärtsgleiten und schweben ließ. Es hatte eindeutig mit Mami und Papi und dem Mädchen im Mickey-Mouse-T-Shirt zu tun. Denn wir waren alle aus demselben Garn gewebt. Zusammengeflochten in einem komplexen Muster. Nur auf dem Land konnten Menschen all diese Grenzen ziehen und gigantische Mauern bauen.

»Vali, ich hab Angst!«, rief Ernie. Er spritzte jetzt ziemlich viel rum, ruderte wild mit den Armen.

»Alles okay. Es ist alles okay.« Ich klammerte mich an das, was mir in dem Moment aus dem Fußball-Jargon einfiel. »Es ist nichts weiter als ein Konter«, rief ich ihm zu. »Behalte das Tor im Auge. Stürm drauf zu.«

Wir tauchten wieder unter und wanden uns durch ein Gewirr aus Algen und Schlamm. Als wir wieder hochkamen, hatte sich auf der kalifornischen Seite eine Menschenmenge versammelt. Eine Gruppe von Leuten stürzte brüllend ins Wasser.

¡Tú puedes!

Ihr habt es fast geschafft!

»Weiter! Weiter! Schwimmt schneller!«, rief Malakas.

Er umklammerte Ernies Brustkorb und wies uns beide an, tief einzuatmen. Dann zählte er bis drei, und wir tauchten alle auf einmal unter. Zwangen unsere Körper hinunter, hinunter, hinunter.

Die Stimmen und Schüsse wurden schwächer.

Die Wut und Rage verschmolzen zu einem trällernden Summen.

Es gab nur noch das Plätschern dieser faszinierenden Unterwasserwelt. Dieses andere Leben, wo alles schwebte und frei war.

Die Fische schwammen in alle möglichen Richtungen, schlüpften in ihrem eigenen natürlichen Rhythmus in Algen hinein und wieder aus ihnen heraus. Sonnten sich in jedem Unterwassersonnenstrahl, um dann wieder in Dunkelheit einzutauchen. Ich wusste, dass sie eine Art Hackordnung bei der Nahrungskette hatten, aber zumindest basierte sie auf Urtrieben und Hunger. Nicht auf Hass und Indoktrinierung. Für sie war die Welt in ständiger Bewegung, Veränderung. Alles war dabei, sich zu entwickeln, überwältigend, lebendig.

Ich erinnerte mich daran, wie Mami Ernie und mir die Schöpfungsgeschichte erzählt hatte. Dass das Wasser schon vor der Erde und dem Himmel da gewesen war. Wir wurden alle in einer Wasserblase geboren, hatte sie gesagt. Dass wir aus Wasser bestanden. Ich stellte mir vor, wie Papi mich am Strand auf seine Schultern hob und mit mir ins Wasser ging. Ich hatte das Gefühl, dass sie jetzt beide mit uns hier waren.

Uns hielten und führten. Und alles, was hinter uns her war und uns jagte, wegspülten.

x

Ich hatte gerade die Hand zum fünfhundertdreiundachtzigsten Mal vorgestreckt, als ich unter dem Fuß etwas Weiches spürte.

Kalifornien.

Malakas griff nach meiner Hand. Zog mich hoch. Ernie wurde aus dem Wasser gehoben – er schnappte nach Luft, weinte.

Wir waren auf der anderen Seite.

Manche würden es vielleicht ein Wunder nennen. Andere ein erhörtes Gebet. Wieder andere die Kampf-oder-Flucht-Reaktion, die allen Lebewesen die Möglichkeit zu überleben gibt.

Ich nenne es
Zuflucht finden.

KAPITEL 28

Ich träume nicht.

Ich bin hier. Ernie ist hier. Malakas auch.

Das Rettungsteam hüllt uns in große, nach Weichspüler riechende Decken.

In einer Hütte bekommen wir heiße Schokolade und Cracker, die zwischen unseren zitternden Fingern zerbröseln. Es kommen so viele Leute in den Raum, die uns sehen wollen. Es gibt so viele Geräusche und Gerüche, so viele lächelnde Gesichter und gerunzelte Stirnen. Doch Ernie strahlt. Malakas erzählt allen, wie mutig mein kleiner Bruder ist und wie weit er geschwommen ist, wie tapfer er gekämpft hat.

Die Leute stellen uns Fragen auf Spanisch, Englisch, Kreolisch, Portugiesisch. Sie fragen *Wer? Was? Wo?* Aber nicht *Warum?*.

Darauf hat niemand eine Antwort.

X

Ich erzähle ihnen, was ich weiß. Oder was ich zu wissen glaube. Die Wörter fliegen zusammenhangslos aus meinem

Mund. Ich habe so viel zu sagen, aber ich weiß nicht, wo ich anfangen soll.

»Die Deportationseinheit hat unsere Mami mitgenommen. Wir sind mit dem Bus gefahren. Dann waren wir in einem Laster und in der Wüste. Sie kamen zu dem Haus, und wir sind alle weggerannt, aber der kleine Junge, Tomas … er hat es nicht geschafft.«

Ich weiß, mein Gebrabbel ist völlig zusammenhanglos. Doch ich kann nicht aufhören. Ich spucke einfach jedes Detail aus, das mir einfällt.

»Wir wollten nach Kalifornien. Unsere Tía Luna lebt hier. Aber wir wissen nicht, wo sie unsere Mami oder den Vulkan hingebracht haben oder Rosa und ihre Kinder.« Die Erinnerungen daran bringen mich um den Verstand. »Bitte helft uns, sie zu finden.« Mir strömen die Tränen übers Gesicht. Ich kann sie nicht aufhalten. Ich will sie nicht aufhalten.

Sie versprechen, dass sie ihr Bestes geben werden, unsere Mami zu finden. Sie versprechen uns, dass wir jetzt in Sicherheit und durch das Land Kalifornien geschützt sind.

X

Die Kinder-Flüchtlingshilfe ist hier. Wir sollen zu einer Gemeinschaftsunterkunft in San Bernardino gebracht werden, wo wir baden und schlafen können, aber ich sage immer wieder, dass unsere Tía Luna in der Nähe wohnt, ich nur nicht genau weiß, wo. Eine der Betreuerinnen gibt mir ein Telefon, damit ich sie anrufen kann. Ich probiere alle möglichen Nummern aus, bis ich mich an die richtige Ziffernreihenfolge erinnern kann. Dann höre ich Tía Lunas Stimme durchs Telefon kreischen:

»*¡Vali! ¡Ernesto! ¡Mis amores! ¡Ya voy por ustedes!*«

Wir befinden uns in einer Kleinstadt kurz vor Bond, einer Stadt östlich des Joshua-Tree-Nationalparks. Das bedeutet, Tía Luna braucht anderthalb Stunden, um uns abzuholen. Malakas muss allerdings in die Gemeinschaftsunterkunft. Er hat hier keine Verwandten. Ich will nicht, dass er geht, doch er versichert mir, dass es okay ist und wir uns bald wiedersehen.

»Wie bald?«

»Sehr bald«, sagt er. »Telefonieren wir später?«

»Klar«, antworte ich.

Denn so etwas sagen die Leute, wenn sie wissen oder zumindest darauf vertrauen, dass es so etwas wie *später* gibt.

Aber ich weiß noch nicht, wie ich vertrauen soll. Zitternd trinke ich meine heiße Schokolade und weine um all die Menschen, die es nicht mit uns über den Colorado geschafft haben. Es fühlt sich an, als wären meine Nase, mein Mund, meine Gedanken immer noch überschwemmt.

X

Tía Luna ist hier. Ihre Haare sind viel kürzer und stacheliger, als ich sie in Erinnerung hatte. Völlig außer sich kommt sie auf uns zugelaufen. Ihre Augen sind rot. Ernie und ich fallen ihr in die Arme, und wir drei halten uns schluchzend aneinander fest. Es gibt so viel, was ich sagen will, aber nichts davon ist jetzt von Bedeutung. Ich klammere mich immer fester an Tía Luna, versuche mich in ihrem zitternden Atem zu verkriechen. Wir umarmen uns so lange, dass ich das Gefühl habe, ich könnte bewusstlos geworden sein. Doch das hier ist kein Traum. Es ist echt.

Wir gehen zu ihrem silbernen Kombi. Sie macht mir die Beifahrertür auf, aber ich will Ernie auf der Rückbank nicht allein lassen. Oder vielleicht weiß ich auch einfach nicht, wie ich still sitzen soll, ohne ihn zu halten, und so steige ich auch hinten ein. Wir drücken uns in unseren Decken aneinander und lassen uns den Fahrtwind durch das offene Fenster ins Gesicht wehen.

Tía Luna sieht Mami so ähnlich und klingt mit ihrem schnellen Spanisch genau wie sie. Bloß um die Augen hat sie nicht so viele Falten, und ihre Fingernägel sind viel sauberer. Außerdem ist sie zierlich und total aufgedreht, und sie riecht überhaupt nicht nach Zwiebeln. Natürlich kann sie nichts dafür, aber ich vermisse Mami nur umso mehr. Mir fällt absolut nichts ein, was ich sagen könnte. Es sind einfach viel zu viele Gefühle auf einmal in mir. Die Sonne hier ist so hell, dass sie mich blendet.

Tía Lunas Zuhause ist ganz in Ordnung. Es ist ein Ein-Zimmer-Gästehaus in jemandes Garten, und die Fliegengittertür knallt so laut gegen den Rahmen, dass ich jedes

Mal zusammenzucke. Ernie schläft bereits, als wir ankommen, und Tía Luna trägt ihn in seiner Decke eingewickelt ins Haus wie ein Baby, legt ihn auf ihr Bett und betrachtet ihn.

Ich gehe mich duschen. Das heiße Wasser fühlt sich wunderbar an auf meinem Gesicht, den Armen, dem Bauch. Der Seifenschaum verfärbt sich von dem vielen auf meiner Haut klebenden Dreck und Blut zu einem schmutzigen Rostton. Mein Handgelenk pulsiert und brennt. Ich bleibe unter der Dusche, bis mir die Augen zufallen. Dann ruft Tía Luna mich zum Essen, sie hat Reis und Bohnen gekocht, und ich wickele mich in ein frisches Handtuch.

Das Essen ist so warm, dass ich anfange zu weinen.

Ziemlich vieles hier bringt mich zum Weinen.

Tía Luna meint, das ist gut. Dass ich meine Gefühle zulassen muss und allen meine Geschichte erzählen soll. Laut. Ich weiß noch nicht, wie ich das anstellen soll. Ich habe das Gefühl, meine Nervenenden liegen alle blank. Selbst die leichteste Brise lässt mich erschaudern.

Und ich bin von so vielem beeindruckt.

Von den majestätischen Palmen, die ihre Palmwedel ausstrecken wie Ballerinas, und den gefleckten Spechten, die ihren Morsecode klopfen. Von den leuchtend gelben Zitronen am Baum vor Tía Lunas Fenster. Und vom Geschmack eines knackigen Salatblatts.

Ich hätte nie gedacht, jemals ein Blatt Salat so sehr wertzuschätzen. Aber nachdem Ernie und ich fast volle vierundzwanzig Stunden lang im Bett gelegen haben, bereitet Tía Luna uns eine große Mahlzeit aus Hühnchen, Reis, Bohnen und so frischem Salat zu, dass meine Zunge einen Freudentanz aufführt. Und dann fange ich natürlich wieder an zu weinen. Oder vielmehr zu heulen, und der Rotz und die Tränen tropfen mir auf den Teller voller leuchtendem Grün.

»Ich weiß, *mi'ja.* Ich verstehe dich«, flüstert Tía Luna.

Aber wie soll sie es wirklich verstehen?

Ich habe keine Worte für den schmerzenden Knoten in meinem Hals. Ich weiß nicht, wie ich darauf vertrauen soll, dass wir in Sicherheit sind oder einfach nur am Leben. Ich weiß nicht, wie ich erklären soll, dass, wenn ich ein Salatblatt sehe, ich auch den leuchtend grünen Fußball über Tomas' leblosem Körper sehe. Ich sehe ein dickes Kaktusblatt und Ernie, der sich auf die Erde erbricht. Vor allem sehe ich Mami, die mich bittet, mein Gemüse zu essen. Als wir in Southboro lebten, konnten wir uns nichts weiter als Dosenmais leisten und ab und zu eine welke Paprika, die sie günstig auf der Farm erstanden hatte. Aber sie briet sie einfach an oder rührte sie unter die Eier, damit Ernie und ich mehr Vitamine bekamen, ob wir sie mochten oder nicht. Wenn ich kein Gemüse äße, sagte sie, würde das mein Wachstum hemmen.

Was ein Witz ist. Denn ich bin zwar nur eins sechzig, aber volle drei Zentimeter größer als Mami. Wo auch immer sie ist.

Ich beschreibe Tía Luna die Zelte, die wir in der Wüste

entdeckt haben, und erzähle ihr, dass ich glaube, Mami in einem davon gesehen zu haben, wie verrückt das auch klingen mag. Tía Luna schüttelt den Kopf und blinzelt Tränen weg. Dann erzählt sie mir, was sie über die Zelte weiß. Sie hat noch keines von Nahem gesehen, nur Satellitenbilder. Aber es sind Arbeitslager, und sie sind brutal. Der Präsident hat die Lager errichtet, damit »die Illegalen ihre Schulden gegenüber Amerika abbezahlen«. Das heißt, es wird niemand mehr deportiert. Stattdessen steckt man die undokumentierten Migrantinnen und Migranten in Käfige und zwingt sie, ohne Bezahlung und ohne absehbares Ende zu arbeiten.

»Was genau müssen sie denn machen?«

»Das weiß keiner. Bisher ist niemand entkommen, daher können wir nur raten, was da drinnen vor sich geht«, erklärt Tía Luna.

»Wir müssen ihnen helfen.«

Tía Luna nickt und versucht zu lächeln. »Das können wir nicht sofort, *mi'ja*. Es ist zu gefährlich«, sagt sie. »Aber hoffentlich … eines Tages.«

Mit *wir* meint sie wohl die ganzen Aktionsgruppen, denen sie angehört. Einen Tag nach unserer Ankunft bei Tía Luna findet abends bei ihr Zuhause ein sogenanntes *Community-Organizing*-Treffen statt. Die Leute reden darüber, was sie tun wollen, um den Menschen im Rest der USA, die hier jetzt *The Other 49* genannt werden, zu helfen. Alle bei dem Treffen sind engagiert und vernünftig, was ihre Arbeit angeht, und ich bin ihnen ja dankbar, aber trotzdem würde ich am liebsten aufspringen und schreien: *Wir müssen etwas TUN! SOFORT!*

Eines Tages reicht nicht für einen Aktionsplan. *Eines Tages* ist in etwa so effektiv wie Sternschnuppenwünschen. Ich weiß nicht, wie ich einfach hier sitzen und darauf warten soll, dass sich etwas ändert. Nervös und ungeduldig höre ich den ganzen Leuten zu, die bei Snacks zusammensitzen und Pläne schmieden.

Zumindest körperlich geht es mir schon etwas besser.

An unserem dritten Tag bringt Tía Luna Ernie und mich zu einer Ärztin, wo ich ein Antibiotikum für meinen Arm bekomme, der leicht entzündet ist. Die Ärztin sagt, ich habe Glück, dass beim Rausschneiden des Chips keine Nerven getroffen wurden. Ich will Malakas dafür danken. Ich finde die Nummer seiner Gemeinschaftsunterkunft heraus, und am Abend telefonieren wir.

»Wie geht es dir?«, fragt er.

»Gut, würde ich sagen. Und dir?«

»Auch …«

Ich frage ihn, wie seine Unterkunft aussieht, und er beschreibt sie mir. Es ist ein altes Haus mit Etagenbetten in jedem Raum. Das Alter der Kinder und Jugendlichen reicht von zwei bis zweiundzwanzig. Alle sind ziemlich benommen und fragen sich, wann und ob sie überhaupt jemals ihre Familien wiedersehen. Sie haben eine behelfsmäßige Schule im Keller, wo sie in gespendeten Lehrbüchern lesen. Und einen Spielplatz mit nur einer Schaukel.

»Wow. Das klingt …«

Trostlos, aber das sage ich nicht.

»Wie ist es bei euch?«, fragt er. Ich erzähle ihm von Tía Luna und ihren Treffen und Plänen und dem Duft der Zitronen im Garten.

»Ich wünschte, du könntest herkommen«, sage ich.

Doch das Gästehaus ist winzig. Es ist gerade mal genug Platz für einen Tisch, eine Kommode und ein Bett. Und tatsächlich konnte ich seit der ersten Nacht hier noch gar nicht richtig schlafen. Ich verbringe die Nächte damit, an die Decke zu starren oder umherzulaufen, weil ich jedes Mal, wenn ich die Augen schließe, das Gefühl habe, wieder in dem Fluss zu sein. Nur schaffe ich es nicht ans Ufer, sondern ich keuche, gehe unter, ertrinke.

»Wir finden eine Möglichkeit, uns bald zu sehen«, sagt Malakas.

Ich vermisse ihn mehr, als ich gedacht hätte. Ich vermisse, wer wir beide zusammen waren, als wir noch ein Ziel hatten, als wir gemeinsam um unser Leben kämpften.

Ich weiß nicht, wer wir jetzt noch füreinander sind.

Ich würde ihn gern fragen, ob er immer noch jeden Abend den Mond ansieht, wie seine Mom es ihm beigebracht hat. Ich würde gern wissen, ob er etwas über seine Lola erfahren hat oder er mit jemandem auf den Philippinen Kontakt hatte. Aber ich frage ihn nicht danach. Ich habe zu viel Angst, an diesen Erinnerungen zu rühren. Zwischen uns beiden gibt es so vieles, was verloren und zerbrochen ist. Und so vieles, was in unsere Knochen und gleichen Narben gewebt ist. Ich würde ihn gern in einer anderen Zeit oder an einem anderen Ort kennenlernen. Aber wir sind jetzt hier.

Und es ist der magischste, aufregendste, surrealste, verwirrendste Ort überhaupt.

KAPITEL 29

Das Land Kalifornien sammelt Informationen darüber, was genau in diesem Land, das *The Other 49* genannt wird, vor sich geht. Eine Datenbank mit den Namen, Telefonnummern, Adressen und persönlichen Fluchtgeschichten von Tausenden Menschen wurde erstellt. Sie soll unter anderem helfen, zerrissene Familien wieder zusammenzubringen. Eine Woche nachdem wir in Kalifornien angekommen sind, fährt Tía Luna mit Ernie und mir die vier Stunden nach San Diego, damit wir ein paar Fragen beantworten und Teil der Datenbank werden.

Die Frau, die meine Daten aufnimmt, ist ganz nett. Sie hat seidige braune Haare und elfenbeinfarbene Haut, ein übereifriges Lächeln und sie lispelt ein bisschen. Sie sagt, ihr Name ist Kelly und sie hat nur ein paar Fragen, die helfen, Informationen zusammenzutragen. Es wird überhaupt nicht wehtun.

Nur sprechen wir eine Stunde später immer noch über mein Herkunftsland.

»Okay, abgesehen davon, dass du in Kolumbien geboren bist, warst du jemals zuvor außerhalb der *Other 49*?«

»Nein.«

»Und während du in den *Other 49* gelebt hast, warst du jemals in eine Gerichtsverhandlung involviert?«

»Nein.«

»Warst du jemals inhaftiert?«

»Nein.«

»Und laut deinen Angaben hast du Vermont am vierten Mai verlassen, was bedeutet, dass du … siebenundvierzig Tage gereist bist?«

Gereist? Ich habe mich eher durchgeschlagen, mich versteckt, ich war auf der Flucht.

»Ja.«

»Okay, dann gehen wir noch mal alle Adressen durch, an denen du zwischendurch warst, angefangen mit deinem Ankunftsdatum.«

»Okay. Aber was hat das damit zu tun, meine Mami wiederzubekommen?«

Kelly hält inne und beißt sich auf die Lippe. Ich habe ihren Flow unterbrochen. Sie war sehr viel glücklicher, als sie bloß auf ihrer Tastatur herumtippen konnte und mich nicht wirklich ansehen und mit mir reden musste.

»Ich meine, ist das hier …«

Wirklich notwendig? Sinnvoll? Oder nur eine Übung, in der so getan wird, als würde man den Menschen helfen, die immer noch im Rest der USA gefangen sind, obwohl eigentlich nichts unternommen wird?

»Ich kann verstehen, dass du auch ein paar Fragen hast«, sagt Kelly. Sie spricht langsam und lächelt nicht mehr ganz so eifrig. Aber ich muss diese Informationen wirklich in die Datenbank eingeben. Können wir also … weitermachen?«

»Ja.«

Ich verstehe nicht, was diese Datenbank sein soll. Kellys Monitor ist in eine andere Richtung gedreht, sie könnte also genauso gut Videospiele spielen oder E-Mails schreiben. Ich fühle mich einfach so nutzlos und ungeschützt in diesem kleinen Raum.

»Super. Die erste Adresse, wo du untergekommen bist, war also …?

Der Raum ist ziemlich steril. Tía Luna hat mir erzählt, dass hier früher eine Zahnarzt-Praxis war. Es gibt einen Tisch und zwei Klappstühle, ein kleines Fenster, das nicht aufgeht, und einen Lüftungsschlitz, der warme, antiseptisch riechende Luft auspustet. Die Wände sind hellbeige, und an der Wand hinter Kelly stehen silberglänzende Aktenschränke. Es gibt ein Bücherregal aus Metall mit ein paar Kinderbüchern, einer noch in Plastik verpackten Batman-Figur und einem Tausend-Teile-Puzzle mit dem Bild einer Katze in einer Teetasse. Ich frage mich, wer sich hier lange genug aufhalten soll, um ein Tausend-Teile-Puzzle fertigzustellen. Es fühlt sich nicht unbedingt nach einem Ort an, an dem irgendwer freiwillig länger als nötig bleiben würde.

Selbst Kelly nicht. Sie tippt mehrmals mit dem Fuß gegen ihren metallenen Schreibtisch. Wahrscheinlich um mich daran zu erinnern, dass sie immer noch auf eine Antwort auf ihre letzte Frage wartet.

»Wie war die Frage noch mal?«

»Schon okay. Wir kommen später noch mal darauf zurück«, sagt sie.

»Okay, tut mir leid.«

Ich weiß nicht, warum ich mich entschuldige. Diese Frau verlangt so viele Informationen von mir, aber sie gibt mir nichts dafür zurück.

Ich will nicht später noch mal darauf zurückkommen. Ich will wissen, wer all diese Details über mein Leben sammelt und wer sie analysieren wird und wie das jemals dabei helfen soll, die ganzen Menschen zu finden, die noch vermisst werden. Wie soll meine alte Adresse die Drohnen davon abhalten, Menschen mit Netzen zu fangen, oder die glänzenden Käfige in der Wüste öffnen? Wie sollen Daten über mögliche Teilnahmen an Gerichtsverhandlungen meine Träume vom Ertrinken beenden?

Als das Interview vorbei ist, lädt Tía Luna Ernie und mich zum Abendessen in ein Steakhouse ein. Ich weiß, dass sie nicht viel Geld hat und es für sie etwas Besonderes ist, es für Ribeye-Steaks und Ofenkartoffeln auszugeben. Also sage ich nicht, dass mich der Geruch von gebratenem Fleisch daran erinnert, in einem Laster hinter einem geschlachteten Rind zu sitzen. Oder dass jeder Schluck Wasser, den sie in ihrem Glas stehen lässt, einem durch die Sonora-Wüste kriechenden Menschen das Leben retten könnte.

Als wir zurück in Cactus in Tía Lunas Haus sind, fange ich

an, Mami Briefe zu schreiben, auch wenn ich sie nirgendwohin schicken kann.

Liebe Mami, wir haben heute frische Guacamole gemacht!

Liebe Mami, wir waren in einem Naturschutzpark und ein Vogel hat mir auf den Kopf gemacht!

Es sind lauter alberne Sachen, wie ich sie damals auch Papi erzählt habe, als er im Gefängnis war und wir nichts anderes sagen konnten. Ich hoffe und bete, dass Mami in einem Gefängnis ist, wie Papis damals war – mit einem Badezimmer, einer Decke und vielleicht sogar einer Schüssel lauwarmer Suppe. Denn die Alternative … sind die Zelte.

Ich lasse mir von Tía Luna die Satellitenbilder der Zelte zeigen, und mir dreht sich der Magen um. Ich sehe Frauen, Männer, Kinder, Babys. Sie sind an den Hälsen aneinandergefesselt und werden mit Knüppeln geschlagen. Ich würde am liebsten durch das Display in die Zelte hineingreifen und jede und jeden Einzelnen der Gefangenen herausziehen. Ich will diese ganzen körnigen Fotos zerstören, ihre Möglichkeit auslöschen. Doch die Bilder sind jetzt in mein Gehirn gebrannt. Ich sehe sie vor mir, wenn ich mir morgens frische Socken anziehe, wenn ich mir eine Schüssel Müsli mache, wenn ich nachts zwischen Ernie und Tía Luna im Bett liege. Sie sinken mit mir auf den Boden des Colorado hinab.

Tía Luna schickt Ernie und mich wieder zur Schule. Es sind nur fünf Stunden am Tag, und wir können anziehen, was wir wollen. Ernie tritt natürlich dem Fußballteam bei und bleibt jeden Tag bis abends draußen, rennt und dribbelt mit geröteten Wangen.

Ich finde die Schule tatsächlich halbwegs interessant, aber mir ist nicht so sehr nach Gesellschaft. Trotzdem freunde ich mich mit einem Mädchen an, sie heißt Isabel. Sie kommt aus Honduras und erinnert mich ein bisschen an Kenna – sie ist laut und dünn wie eine Bohnenstange. Wenn Isabel lacht, öffnet sie den Mund weit genug, um die Sonne zu verschlucken, aber sie ist nicht Kenna. Kenna ist irgendwo in diesem Leerraum in meiner Brust. Klammert sich mit ihren widerhallenden Schreien an mich, sobald ich innehalte. Und Mami ist in dem Vogelgezwitscher morgens vor dem Fenster. Der Vulkan könnte sich hinter der Mülltonne draußen auf der Rückseite der Schulcafeteria verstecken …

»Werde ich langsam verrückt? Siehst du auch Leute?«, frage ich Malakas eines Abends. Wir telefonieren jetzt alle paar Tage, was aufregend, aber auch verwirrend ist. Seine Stimme wirft mich zurück in dieses Gefühl der Verzweiflung, von dem ich fürchte, dass es mich im Ganzen verschlingt. Aber er ist auch der Einzige, der mich versteht und beruhigt.

»Absolut«, gesteht her. »Ich hätte schwören können, dass ich letzte Woche im Bus meine Lola gesehen hab. Ich bin zu ihr hin und hätte sie beinah umarmt.«

Wir beide lachen und weinen im selben Atemzug.

»Worum ging's denn?«, fragt Tía Luna, als ich aufgelegt habe.

»Ach … nichts.« Ich weiß nicht, wie ich ihr diese Gefühle

erklären soll. Ich glaube, sie würde es nicht verstehen, selbst wenn ich es probierte.

Dabei will ich gar nicht undankbar sein oder schlecht über unser neues Leben hier reden. Es ist ziemlich toll, meine Tía und meinen Bruder hier zu haben und den Duft nach Zitronen, der immer durch 4512 North Alma Street zieht – diesen Ort, den wir jetzt Zuhause nennen. Tía Luna hat ein winziges Stück Garten neben der Eingangstür, das ich liebe. Einen Busch mit großen wächsernen Blättern und ein paar schlaffe Blumenstängel, die bereits alle Blüten verloren haben. Ich verbringe viel Zeit damit, zu gärtnern. Oder vielmehr zu buddeln.

Ich weiß nicht, wonach genau ich suche, als ich mich hinknie und anfange, die Erde zu durchwühlen. Die Stängel brechen schnell ab und lassen kurze, fadenartige Wurzeln zurück. Die Zweige des Buschs piksen und kratzen mich, als ich versuche, tiefer zu graben. Ich ziehe klumpenweise Unkraut aus der Erde. Zerreiße Knoten verschlungener, trockener Wurzeln. Als ich auf einen Stein treffe, grabe ich nur noch fester. Schon bald sind meine Fingernägel dreckverkrustet und meine Fingerspitzen wund, aber ich buddele weiter. Ich muss einfach irgendetwas Scharfes oder Kaltes oder Schmutziges an den Händen spüren. Irgendwie fühle ich mich zersplittert, fehl am Platz. Was zugegebenermaßen absurd klingt, denn ich war anderthalb Monate auf der Flucht und obdachlos. Doch jetzt erwarten alle, dass ich hierbleibe. Und zufrieden bin mit diesem neuen Leben.

Und das kann ich nicht.

Am vierten Juli findet in einem Kongresszentrum in Los Angeles eine Versammlung von einem Aktionsbündnis statt, bei der Tía Luna hilft. Sie fährt mit uns die vier Stunden dorthin, und wir übernachten in einem Hotel. Sie sagt, Ernie und ich können im Hotel bleiben und Hamburger bestellen, wenn wir nicht zur Versammlung mitkommen wollen. Doch ich bin neugierig, ich will hören, worüber sie dort reden. Ernie zuckt mit den Schultern und sagt: »Okay, warum nicht?«

Es gibt eine große Präsentation über die Geschichte der Unabhängigkeit der USA und die Herausforderungen, vor denen Kalifornien als sich neu gründendes Land jetzt steht. Eine Person hinterm Podium liest uns diese ganzen Zahlen vor:

Seit Kalifornien sich vor zwei Monaten losgesagt hat, haben hier fünfzehntausend undokumentierte Migrantinnen und Migranten Zuflucht gefunden. Es wird angenommen, dass sich noch weitere zehn Millionen Undokumentierte in den *Other 49* befinden. Wie viele Menschen in den Arbeitslagern sind, weiß niemand. Die Satellitenbilder zeigen, dass in den letzten zwei Wochen zehn neue Zelte errichtet wurden, was Tausende neue Gefangene bedeuten könnte. Soweit bekannt ist, konnte bislang niemand den Lagern entkommen, die wenigen Informationen sind also nicht bestätigt. Es wird angenommen, dass die neue Mauer zwischen den *Other 49* und Kalifornien innerhalb des nächsten Jahres fertiggestellt wird. Sie wird sieben Schichten dick und mit

2258 Landminen gesichert. Der neunundvierzigste Staat Alaska hat sich entschieden, die USA zu unterstützen, aber Bundesstaat Nummer fünfzig, Hawaii, hat verkündet, zu versuchen sich abzuspalten.

Alle im Kongresszentrum applaudieren für Hawaii. Für den »Versuch«, sich abzuspalten. Ich würde gern mitklatschen, aber es kommt mir so nutzlos vor. Ich weiß natürlich, dass diese Menschen das Herz am rechten Fleck haben. Sie denken sich Sprechgesänge und Slogans aus, erstellen Leitbilder und Aktionspläne. Aber ich bin zu empfindlich und schreckhaft, um irgendetwas davon zu feiern. Alle hinter dem Podium sind mindestens zwanzig Jahre älter als ich. Niemand von ihnen hat erlebt, wie es in den USA tatsächlich ist. Niemand von ihnen hat gehört, wie der Himmel von Drohnen summt, oder versucht, einen Jungen vor den Augen seiner Mutter zu begraben. Selbst die Statistiken, mit denen sie um sich werfen, kommen mir viel zu vereinfacht vor. Sie erzählen nicht die ganze Wahrheit. Sie wissen nicht, dass eine von diesen Zahlen meine Mami sein könnte.

»Ziemlich aufregend, was?«, fragt Tía Luna am nächsten Tag auf der Fahrt zurück nach Cactus.

»Ja. Absolut.«

Ich will irgendetwas machen, etwas Richtiges, aber ich weiß nicht, was ich von hier aus tun kann. Ich blicke Ernie an, um zu sehen, wie er auf Tía Lunas Frage reagiert, aber er guckt aus dem Fenster, seine Augen sind halb zu. Ich würde auch gern die Augen schließen, auch wenn ich nicht schlafen können werde. Immer, wenn ich in irgendeine Art von Bewusstlosigkeit abdrifte, überschwemmen Bilder von dem Fluss meine Träume. Meine Beine zucken, mein Herz krampft sich zusammen, meine Arme versuchen wieder, mich durch das Wasser zu ziehen. Ich sehe Ernie und Malakas in der Dunkelheit ertrinken. Ich fühle, wie meine Mami mich in die kalte Strömung hinabzieht, und ihr Weinen sagt, dass ich sie im Stich gelassen habe. Sie und Ernie und Papi. Und mich selbst.

»Versuch, zu schlafen, *mi'ja*«, sagt Tía Luna vom Steuer aus.

»Ich brauche nicht zu schlafen«, antworte ich.

Ich muss wach sein. Ich muss die Augen weiter öffnen als jemals zuvor. Ich muss meine Mami finden.

Tía Luna nickt und sagt nichts weiter, wie es Erwachsene so tun, wenn sie Jugendliche nicht verstehen oder ihnen nicht glauben. Nur hat sie keine Ahnung, wozu ich fähig bin.

KAPITEL 30

Letzte Nacht tauchte Mami in meinem Traum auf. Es fing an wie so viele Träume in letzter Zeit …

Ich springe in den Colorado. Die Kälte des Wassers schockiert mich. Ich versuche zu atmen, kann es aber nicht. Ich blicke mich nach Ernie um und sehe ihn viel zu weit weg. Ich will nach ihm rufen, doch das Wasser schwappt mir in den Mund. Dann sehe ich, wie Ernie von einem Mann der Deportationseinheit verfolgt wird. Ich blicke nach unten und sehe Mami in die Tiefe sinken. Ich schwimme auf sie zu. Sie ist gerade so außer Reichweite. Verzweifelt versuche ich, sie zu greifen zu bekommen, ihre Finger, ihre Haare, irgendetwas. Aber ich schaffe es nicht. Sie entschlüpft mir immer wieder.

Und an dieser Stelle unterscheidet sich der Traum von den anderen. Diesmal wendet sich Mami mir zu, bevor sie in der schlammigen Tiefe verschwindet, und sagt: *Geh zurück zum Fluss.*

Schwitzend und keuchend wache ich auf. Meine Gedanken rasen. Wir sind seit achtundzwanzig Tagen in Kalifornien, und seit achtundzwanzig Tagen durchpflüge ich nachts den Colorado. Ich bin so erschöpft und erledigt von diesen Träumen, dass ich noch nicht einmal mehr erleichtert bin, wenn der Morgen kommt. Tía Luna will, dass ich noch mal zur Ärztin gehe und ihr erzähle, wie es mir geht, mir vielleicht sogar etwas verschreiben lasse, was mich entspannt. Aber ich muss nicht entspannen. Ich muss etwas *tun.*

Und jetzt weiß ich auch, was. Ich muss zurück zum Fluss und nachsehen, was da ist.

Ich rufe Malakas an und frage ihn, ob er mitkommt. Es ist auch achtundzwanzig Tage her, seit ich ihn das letzte Mal gesehen habe, was sich unglaublich lange anfühlt. Es wird eine dreistündige Fahrt für ihn, aber er sagt sofort Ja.

»Ich bin zum Abendessen zurück, versprochen«, sage ich Ernie. Wir waren noch nie länger getrennt, seit wir Southboro verlassen haben, und es fällt mir schwer, mich von ihm zu verabschieden. Er nickt und winkt mir von der Tür aus hinterher, aber ich sehe, wie sehr er sich anstrengt, nicht zu weinen.

Es gibt eine Mitfahrgelegenheit Richtung Osten.

»Wo geht's hin?«, fragt mich der Fahrer. Es ist ein älterer weißer Mann mit grau meliertem Bart. Seine Augen sind auch grau, aber er wirkt nett.

»Nach Bond. An der Route 10, bitte«, sage ich.

»Darf ich fragen, was es da gibt?«

»Ich ... besuche eine Freundin«, sage ich.

Bond ist eigentlich gar keine richtige Stadt. Es gibt einen

Imbiss und einen Supermarkt und ein paar Häusergruppen. Malakas und ich treffen uns an der Rettungshütte, wo wir bei unserer Ankunft in Decken geschlungen wurden und uns gesagt wurde, dass wir in Sicherheit und vom Land Kalifornien beschützt seien. Malakas nimmt mich in die Arme. Er ist irgendwie größer geworden, mein Kinn reicht nur noch bis zu seinen Achseln. Mir laufen schon wieder die Tränen in die Augen, und ich spüre ein Zittern in mir, das immer stärker wird. Unsere bloßen Handgelenke berühren sich, beide vernarbt, aber beide am Heilen.

Tut es noch weh?, will ich fragen. Doch ich kann das Schweigen noch nicht brechen.

Wir gehen zum Ufer, über dem jetzt Nebel liegt. Langsam kommt der Herbst, aber es ist drückend heiß, um die zweiunddreißig Grad. Trotzdem lasse ich Malakas' verschwitzte Hand nicht los. Wir schweigen immer noch. Ich weiß nicht genau, was ich sagen soll. Wir sind anders als noch vor einem Monat.

Wir sind keine Flüchtenden, die um ihr Leben kämpfen.

Wir sind nicht dehydriert, fast verhungert oder vor Schmerzen halb ohnmächtig.

Wir kauern nicht zusammen in einem Versteck, dicht nebeneinander, und genießen den Geschmack einer einzelnen Mandel.

Ich würde ihn gern fragen: *Weißt du noch, als …?* Oder: *Haben wir wirklich …?* Denn seit wir hier angekommen sind, habe ich mich schon oft für verrückt gehalten. Ich weiß nicht, ob ich den Erinnerungen an die Tage, die wir gemeinsam verbracht haben, trauen kann. Sie fühlen sich so laut und anstrengend an, wie sie mir durch den Kopf gehen. Und jetzt sind wir also auf der anderen Seite von alldem, ohne einander oder der Welt gegenüber zu irgendetwas verpflichtet zu sein. Wir haben beide ein Dach überm Kopf und genug zu essen und die Freiheit, an diesen Strand zu gehen und die Füße ins Wasser zu stecken. Wir können größtenteils tun, was wir wollen.

Und das fühlt sich nicht richtig an.

Nicht, wenn noch so viele Menschen vermisst werden – Mütter, Väter, Schwestern, Brüder, Lolas, Tías. Ich kann hier nicht einfach dieses neue Leben erfinden, wenn Tomas' lebloser Körper mit seiner Mutter und seiner kleinen Schwester in einem Netz gefangen wird, als wären sie wilde Tiere. Ich kann mir keine Algebra-Regeln merken, wenn Menschen in Fleisch-Laster gepfercht oder an den Hälsen zusammengekettet werden. Wenn ein Mädchen mit Pferdeschwanz und Mickey-Mouse-T-Shirt in tausend Stücke gerissen wird und meine Mami auf dem Boden liegt und schreit.

X

Malakas und ich setzen uns mit unseren Sachen an eine bröckelnde Felswand. Wir blicken hinaus auf die wogenden Wellen, und Malakas tastet nach meiner Hand. Ein Hoffnungsschimmer flackert in mir auf. Wir sitzen zusammen an diesem Abgrund.

»Ich weiß nicht, was mit mir los ist«, fange ich an. »Ich hab das Gefühl, für immer in diesem Fluss gefangen zu sein. Als würde ich nie mehr rauskommen.«

»Hmmm«, sagt er. Er klingt aber nicht besonders besorgt. Eher fasziniert. »Weißt du, was ich an Wasser am liebsten mag?«, fragt er.

»Was denn?«

»Es sieht so zufällig und unvorhersehbar aus, stimmt's? Aber der Mond steuert es irgendwie.«

»Du meinst die Gravitationskraft?« Ich kann mich vage daran erinnern, was wir in der Schule darüber gelernt haben.

»Ja. Der Sog ist so stark, dass er auch das Land anschwellen lässt. Ich meine, wir merken es nicht, weil die Erde sich dreht. Aber es passiert, die ganze Zeit. Ständig … passiert etwas.«

Genau wie jetzt, wo wahrscheinlich gerade jemand in der Wüste aus dem Käfig geholt und geschlagen wird. Genau jetzt legt sich jemand seine Kalaschnikow um oder rezitiert den Treueschwur auf die USA. Genau jetzt wird jemand geboren. Alles … passiert, die ganze Zeit.

Malakas sieht immer noch bewundernd auf den Fluss vor uns. Er erzählt weiter darüber, wie die Gravitationskraft des Mondes auf das Wasser der Erde wirkt und welche Trägheit dabei überwunden werden muss. Dann driftet er zu Geschichten aus seiner Kindheit über das türkisfarbene Wasser der Luzonstraße zwischen den Philippinen und Taiwan ab. Von Wellenkämmen, so hoch, dass sie aussahen wie schaumige Berge. Er hat das Meer geliebt und jede Sekunde im Wasser verbracht.

»Mein Papi war auch so«, sage ich. »Er war eigentlich ein halber Fisch.«

Ich erzähle Malakas, dass ich mich lange Zeit geweigert hatte, in die Nähe des Wassers zu gehen, nachdem mein Papi deportiert und umgebracht worden war. Ich konnte es einfach nicht ertragen, ohne ihn am Strand zu sein. Aber bevor wir in das Flugzeug nach Vermont stiegen, hatte Mami darauf bestanden, dass wir uns vom Pazifik verabschiedeten. Es war ein schöner, sonniger Tag, und Ernie lachte und planschte im flachen Wasser.

Mami sah, wie verängstigt ich immer noch war. Sie nahm mich an der Hand und führte mich ins Wasser, langsam, vorsichtig. Wir ließen die Wellen unsere Zehen umspielen, an ihren Spitzen lecken. Das Meer war eisig. Ich fing an zu zittern, wurde von heftigem, tiefem Schluchzen überwältigt. Weil ich meinen Papi so sehr vermisste, aber auch das starke Gefühl hatte, dass er jetzt *Teil* des Wassers war. Ich spürte ihn mit jeder Welle aufwogen. Er floss mit der Strömung, barst mit der Gischt.

»Das ist wunderschön«, sagt Malakas.

»Danke«, sage ich. »Das ist einfach … wie ich empfunden hab.«

Und als ich die Worte ausspreche, fühle ich es wieder. Papi ist im Wasser. Und Mami auch.

Ich ziehe meine Sneaker aus und trete in den warmen Sand. Malakas tut es mir nach. Es sind nur ungefähr dreißig Schritte bis zum Wasser. Ich versuche, sie nicht zu zählen. Ich will unsere Füße einfach nur in die rauen Sandkörner sinken lassen, ohne die Distanz zu messen. Als das Wasser über unsere Zehen gleitet, ist es kühl, aber nicht kalt. Das Wasser erstreckt sich kilometerweit in so viele Richtungen – schlägt an die Ufer der *Other 49*, dehnt sich gen Himmel, wenn es den Sog verspürt, verbindet uns vielleicht mit allen, die wir lieben.

»Denkst du manchmal darüber nach … zurückzugehen?«, frage ich.

Malakas lacht leise. »Hmmm, woran denkst du dabei? An die friedliche Wüste? Die romantischen Blicke vom Zugdach?«

»Nein, ich meine es ernst.«

Vielleicht hat es etwas mit Anziehungskraft zu tun, genau wie die Gezeiten vom Mond bestimmt werden. Aber ich glaube, es ist etwas Ursprünglicheres als das. Ich glaube, es ist die Anziehungskraft von Rosa, Tomas, Guadalupe, dem Vulkan. Von Malakas' Lola und meiner Mami und meinem Papi. Wir sind es, die wir auf diesem Flecken Land namens »Sanctuary« – Zuflucht – stehen und wissen, wir können nicht wirklich frei sein, bis auch sie frei sind.

»Ja«, sagt Malakas und drückt meine Hand. »Ich denke oft daran.«

Wieder sehen wir auf das Wasser, die heranrollenden Wellen.

Vor und zurück.

Es ruft uns.

ANMERKUNGEN DER AUTORINNEN

VON PAOLA:

Die Idee für *Sanctuary – Flucht in die Freiheit* entstand während einer sehr dunklen Zeit in der Geschichte unserer Nation. Im Frühjahr 2018 begann die Trump-Regierung, an unserer südlichen Grenze Familien auseinanderzureißen. In Reaktion auf diese schreckliche und empörende Politik half ich, überall im Land Protestmärsche dagegen zu organisieren. Hunderttausende Menschen gingen auf die Straßen und forderten, dass die Trennung von Familien beendet würde. Unsere Stimmen waren so laut, dass die Regierung uns nicht ignorieren konnte. Trump war gezwungen, seine abscheuliche Politik zu ändern. Doch unser Sieg hatte einen bitteren Beigeschmack. Nach tränenreichen Familienzusammenführungen halfen Anwälte und Aktivistinnen und Aktivisten den Familien, die Scherben aufzusammeln. Kinder wie Eltern waren traumatisiert. Die Trump-Regierung führte ihre gnadenlosen Verhaftungen, Abschiebungen und Familientrennungen fort. Verzweifelt kämpfte ich gegen die Ungerechtigkeiten an, die meinen Freundinnen und Freunden, meinen Nachbarn und meiner Community widerfuhren.

In meiner Verzweiflung malte ich mir die schlimmstmögliche Zukunft für unser Land aus. Ich erweckte die Ängste von Tausenden undokumentierten Migrantinnen und Migranten, die ich über die letzten zehn Jahre interviewt habe, zum Leben. Ich erinnerte mich an die Geschichten, die mir die Frauen der *Caravan of Mothers of Missing Migrants* erzählt hatten, während wir durch Mexiko liefen und versuchten, die USA zu erreichen. Ich ließ die Tränen der Mütter und Väter wieder aufleben, die ohne ihre Kinder in Länder abgeschoben worden waren, in denen sie gejagt wurden wie Tiere. Ich starrte in die Finsternis unserer kollektiven Albträume. Ich sah eine Zukunft voller Ungerechtigkeit. Doch was mir am meisten Angst machte, war, dass diese ausgedachte Welt tatsächlich Realität werden könnte.

Als ich einen Blick auf unsere mögliche Zukunft warf, fragte ich mich: Wie können wir das vermeiden? Und meine Antwort war klar: durch Vali. Vali wurde aus dem Feuer der Frauen geboren, mit denen ich jahrelang zusammen Aktionen organisiert habe. Durch diese Frauen habe ich gelernt, dass Aktivistinnen ewige Optimistinnen sind. Aktivistinnen glauben daran, dass Veränderung möglich ist, auch wenn alles um sie herum ihnen etwas anderes sagt. Aktivistinnen kämpfen, allen Widrigkeiten zum Trotz, über Jahre, Jahrzehnte und Jahrhunderte. Ich glaube, was Aktivistinnen in ihrem schwierigen Kampf um Gerechtigkeit anspornt, sind ihr absolutes Vertrauen in die Möglichkeit einer gerechten Welt und eine bedingungslose Liebe für ihre Gemeinschaft.

Dieselben Prinzipien von Liebe und Gerechtigkeit treiben mich als Geschichtenerzählerin an. Ich erzähle die Geschichten von Migrantinnen und Migranten, weil auch ich eine stolze Migrantin bin. Die Geschichten, die ich erzähle, sind die Liebesgeschichten von Müttern und ihren Kindern.

Am Anfang von *Sanctuary – Flucht in die Freiheit* ist Vali eine Heranwachsende, die darum kämpft, ein normales Leben zu führen. Sie ist nicht naiv, was die Welt um sie herum angeht. Als undokumentierte Migrantin in den USA lebt sie mit der ständigen Angst, dass ihr Leben hier sehr schnell zu Ende sein kann. Diese permanente Angst hat Vali für ihr Alter stark gemacht. Als ihre Mutter von der Deportationseinheit gefangen genommen wird, muss sie eine Entscheidung treffen. Sie kann verzweifeln oder sie kann überleben. Vali macht, was Millionen Migrantinnen und Migranten vor ihr schon getan haben. Sie schafft einen Weg, wo vorher keiner war. Vali verzweifelt nicht, weil das keine Option für sie ist, genauso wenig wie nur zu überleben. Vali erschafft sich eine geliebte Gemeinschaft. Sie kämpft gegen Ungerechtigkeit an. Sie erlaubt der Liebe, sie zu leiten. Im Verlauf der Geschichte verwandelt Vali sich zu einer Freiheitskämpferin. Sie wird zur Antwort auf unsere Gegenwart.

Eins meiner Lieblingszitate lautet: »Kunst ist nicht ein Spiegel, den man der Wirklichkeit vorhält, sondern ein Hammer, mit dem man sie gestaltet.«

Sanctuary – Flucht in die Freiheit ist mein Hammer.

VON ABBY:
Dieses Buch sollte eine Dystopie werden. Vielleicht sogar eine Allegorie. Als Paola und ich anfingen, Valis Reise auszuarbeiten, war ich total begeistert, eine neue Welt zu erfinden, die als Warnung dienen könnte. Aber jedes Mal, wenn wir einen neuen Plot-Twist einarbeiteten oder ein Kapitel beendeten, wurde uns unsere Idee von den aktuellen Nachrichten weggeschnappt. Jedes Mal, wenn ich dachte, wir hätten diese Zukunft zu düster und grausam gemalt, bewiesen die Schlagzeilen uns das Gegenteil. Während des Jahres, in dem Paola und ich an diesem Buch schrieben, entschied der Supreme Court, dass die USA Asylsuchende abweisen dürfen, ertranken Óscar Alberto Martinez und seine dreiundzwanzig Monate alte Tochter Angie Valeria im Rio Grande, brannte der Amazonas, brannte Australien, brannte Kalifornien. Und als ich mich daranmachte, kurz vor der Veröffentlichung dieses Buchs die letzten Anmerkungen zu schreiben, befand sich ein Großteil der Welt in Quarantane und versuchte verzweifelt, die Ausbreitung einer neuen und tödlichen Pandemie zu stoppen.

Dieses Jahr hat aber auch erstaunliche Schönheit und Heldenmut hervorgebracht. Die Zusammenschlüsse von Teilnehmenden am Programm *Deferred Action for Childhood Arrivals*, die sich gemeinsam gegen die Trump-Regierung stellten, die *Las Lastesis*-Proteste, die sich überall auf der Welt ausbreiteten, eine sechzehnjährige Klimaaktivistin, die unser Bewusstsein weckt, und jede einzelne persönliche Geschichte von den Frauen der *Caravan of Mothers*, die Paola Mendoza wiedererzählt.

Paola zu begegnen und mit ihr zusammenzuarbeiten ist mit die größte Ehre, die mir bisher im Leben zuteilwurde. Paola ist eine entschlossene Visionärin, die sich dafür einsetzt, dass alle Menschen mit der Liebe und dem Respekt behandelt werden, die wir verdienen. Sie gibt Anstöße und Inspirationen und verwebt Kunst und Aktivismus untrennbar miteinander. Sie hat mich gelehrt, dass wir alle auf komplizierte Art verbunden und uns zugleich gar nicht einander bewusst sind. Wir sind verwundbar, stark und für alles, was auf dieser Erde passiert, verantwortlich.

Wir haben dieses Buch zusammen geschrieben, und es ist keine Dystopie. Es ist keine Allegorie. Es sind nur ein paar Schritte in die Richtung eines »Was wäre, wenn …?«. Es ist gleichzeitig finster und hoffnungsvoll, ein Aufruf. Ich freue mich riesig, dieses Buch raus in die Welt zu bringen, und bin gespannt, was passiert.

Denn es geht um unser menschliches Vermögen, zu lieben oder zu hassen oder eine Revolution zu beginnen.

DANKE

Es gibt so viele Menschen, denen wir danken wollen.

VON PAOLA:
Ich danke meiner Mom, ich bin dir ewig dankbar, dass du mir beigebracht hast, eine stolze Immigrantin zu sein. Deine Opfer und deine bedingungslose Liebe sind der Ansporn für alles, was ich tue.

Ich danke Mateo, deine Neugier ist der Funke für meine Vorstellungskraft.

Ich danke Michael Skolnik, ohne dich an meiner Seite könnte ich nicht die Künstlerin, Aktivistin und Mutter sein, die ich bin. Ich bin, weil du bist.

Ich danke meinen Schwestern in der Bewegung, Sarah Sophie Flicker, Nelini Stamp, Jenna Arnold, Becky Morrison, Alida Garcia, Linda Sarsour, Eisa Davis, Mona Chalabi, Linda Rivas, Jess Morales, Zakiyah Ansari und Ginny Suss, mit euch zu kämpfen war mir eine große Ehre. Jede von euch ist in diesen Seiten. Vali wurde aus eurem Feuer geboren.

Jose Antonio Vargas, danke, dass du immer ans Telefon gegangen bist, mir Rat gegeben hast und mich bedingungslos liebst. Du machst mich besser.

Ich danke Tony Choi Tolulope Aleshinloye für das Lesen des ersten Manuskripts und das Überprüfen, ob ich alles richtig gemacht habe.

Ich danke Abby Sher, dafür, dass sie meine Schwester in der Kunst ist.

Ich danke den Tausenden Menschen, die mir ihre Migrationsgeschichten erzählt haben, ich feiere euch jeden Tag. Ich ehre euch jeden Moment. Ihr seid meine Inspiration.

VON ABBY:

Ich danke all meinen Freundinnen und Freunden und meiner Familie, die diese Seiten gelesen haben: Brian Schwartz, Roger Rosen und Katherine Dykstra.

Ich danke meinen engsten Freundinnen und Schreibgurus, die mir mit ihrem ehrlichen Feedback geholfen haben: Joselin Linder, Gabra Zackman, Sara Moss, Samantha Karpel, Susan Shapiro, V. C. Chickering, Tara Benigno, Cynthia Kern, Sandra Sampayo und Marvi Lacar.

Ich danke meiner wunderbaren Familie, die mir half, dass mein Verstand in Verbindung mit meinen Herzen blieb: Jason, Sonya, Zev, Sam, Lucy, Peggy, Gene, CK, Elisabeth, Jon und Antoinette.

Ich danke Semyon, der mir Dumplings und Hoffnung schenkte, während er mir von seiner Heimat erzählte.

Und vor allem danke ich Paola, die mich jeden Tag inspiriert, laut, aufrichtig und mutig zu sein.

VON UNS BEIDEN:
Wir danken unserer wunderbaren Lektorin Stacey Barney, Caitlin Tutterow und Jen Klonsky bei Putnam, dass sie die Wichtigkeit dieser Geschichte erkannt und uns gefördert haben. Wir danken Mollie Glick und Lola Bellier bei CAA, dass sie von Anfang an an uns geglaubt haben. Danke, Dana Ledl für das fantastische Coverbild und Maria Fazio für das wunderschöne Buchdesign.

Und wir danken euch, unseren geschätzten Leserinnen und Lesern, dass ihr euch mit uns auf die Reise begeben und *Sanctuary – Flucht in die Freiheit* gefunden habt.

SO WEIT DIE TRÄUME TRAGEN

Anne-Laure Bondoux
DIE ZEIT DER WUNDER
Taschenbuch
192 Seiten
ISBN 978-3-551-31285-3
Auch als E-Book erhältlich

DER SIEBENJÄHRIGE KOUMAÏL ist ständig auf der Flucht vor den Schrecken des Kaukasus-Krieges. Sein einziger Lichtblick ist das Versprechen seiner Ziehmutter Gloria, ihn in seine eigentliche Heimat Frankreich zurückzubringen. Der Weg dorthin ist lang und gefährlich. Doch dank seiner nie endenden Hoffnung schafft Koumaïl es – nur Gloria ist plötzlich fort. Und mit ihr das Geheimnis seines Lebens, das er aufspüren muss ...